TITANS

Liebesroman

Cheerleader küsst man nicht

Poppy J. Anderson

Band 11

1. Auflage März 2015

Covergestaltung: Catrin Sommer rausch-gold.com

Unter Verwendung von © IPGGutenbergUKLtd – istock.com

© Christopher Badzioch – istock.com

Korrektorat: SW Korrekturen e.U

www.poppyjanderson.de

poppyj.anderson@googlemail.com

Besuchen Sie mich auf Facebook:

www.facebook.com/pages/Poppy-J-Anderson

Dieses Buch kann nur Julia gewidmet sein,
da sie mir seit über zwei Jahren in den Ohren liegt,
endlich ein Buch über Cheerleader zu schreiben.
Ich weiß zwar nicht, woher sie diese Faszination hat,
aber für ihren kommenden Geburtstag ist bereits etwas in Planung.

Prolog

Taylor Roberts stocherte lustlos in ihrem köstlich duftenden Loup de Mer herum und vermied es, ihrem Vater ins Gesicht zu schauen, der sicherlich wenig erbaut über ihre Appetitlosigkeit und über ihre Schweigsamkeit war. Dass er von New York nach Nashville geflogen war, um sie auf ihrem College zu besuchen, obwohl er momentan einen außerordentlich wichtigen Fall vor Gericht verhandelte, sagte ihr, dass sie in Schwierigkeiten stecken musste.

Niemals zuvor hatte sie ihm oder ihrer Mutter Sorgen, schlaflose Nächte oder Ärger bereitet, weshalb sie ihrem Vater nun zum ersten Mal in ihrem Leben mit einem nervösen Magengefühl gegenübersaß und sich fragte, wie sich ein Donnerwetter von ihm wohl anfühlen musste. Dass er wegen irgendetwas verärgert war, erkannte sie an den missmutig zusammengezogenen Augenbrauen und den vertieften Falten neben seinen Mundwinkeln. Genau diesen Gesichtsausdruck setzte er immer auf, wenn ihm etwas nicht passte oder er verärgert war. Dies passierte normalerweise dann, wenn die Beweisführung seiner Mitarbeiter schlampig recherchiert war oder er an der Ordnung ihrer Haushälterin etwas zu mosern hatte. Als sehr konservativer Mensch und erfolgreicher Anwalt war er es nun einmal gewohnt, dass er das Sagen hatte.

Taylor kannte es nicht anders.

Als es darum gegangen war, welche ihrer Klassenkameradinnen zu ihrem achten Geburtstag eingeladen wurden, hatte ihr Vater eine Liste der

Mädchen erstellt, deren Väter mit ihm Golf spielten oder Verbindungen zu seiner Kanzlei besaßen.

Als Taylor auf die Highschool gekommen war, war es ihr Vater gewesen, der eine Schule ausgesucht und prompt diejenige gewählt hatte, die ihr am wenigstens gefiel, selbst wenn der akademische Ruf noch so gut gewesen war.

Als ihr Debütantinnenball stattgefunden hatte, war Calvin Penworthy ihr Begleiter gewesen, obwohl sie ihn auf den Tod nicht hatte ausstehen können und viel lieber mit Mark Forester hingegangen wäre. Doch ihr Vater hatte auf Calvin bestanden, dessen Vater in dem gleichen Juristenausschuss saß wie er.

Und als Taylor eine Zusage der Juilliard erhalten hatte, war es ihr Vater gewesen, der entschieden hatte, dass sie dem Ballett den Rücken kehren und stattdessen das Vanderbilt-College in Nashville besuchen solle.

„Wie ist dein Fisch, Taylor?“

Mit dem Gefühl, bei einem Ladendiebstahl ertappt worden zu sein, senkte sie den Blick auf ihren Teller und nahm pflichtschuldigst einen kleinen Bissen, der sich jedoch wie Pappe in ihrem Mund anfühlte. Nur seinem strengen Blick war es zu verdanken, dass sie sich eine weitere Gabel voll Fisch in den Mund schob und beinahe mechanisch kaute. Seit Wochen hatte sie kaum Appetit und musste sich in schöner Regelmäßigkeit dazu zwingen, etwas zu sich zu nehmen. Genauso sehr musste sie sich dazu zwingen, morgens das Bett zu verlassen und ihre Vorlesungen zu besuchen. Am liebsten hätte sie sich die Decke über den Kopf gezogen und auf ihr Studium gepfiffen, doch wie hätte sie das ihren Eltern erklären sollen? Wie hätte sie ihnen den Grund für ihre momentane Verfassung beibringen sollen, ohne Gefahr zu laufen, dass dann die Hölle los wäre?

Beide erwarteten von ihr, dass sie fleißig studierte, dass sie ihre Erwartungen erfüllte und dass sie ihnen keine Schande machte. Taylor war nicht dumm und wusste sehr wohl, was ihre Eltern – vor allem ihr Vater – von ihr forderten. Sie war Taylor Elisabeth Roberts, Tochter von Daniel Henry Roberts und Enkelin von Henry Worcester Roberts, dem ehemaligen Gouverneur New Yorks. Allein um den Familiennamen nicht zu beschmutzen, durfte sich Taylor keine Entgleisungen leisten. Zwar war das politische Amt ihres Großvaters bereits Jahrzehnte her und keiner seiner Söhne war daran interessiert, in seine Fußstapfen zu treten, dennoch wäre ihr Vater im Dreieck gesprungen, wenn ihm zu Ohren gekommen wäre, dass Taylor betrunken von der Polizei aufgegriffen worden wäre, dass sie sich anderweitig danebenbenommen hätte oder womöglich vor einem Wahlkampfbüro der Demokraten gesehen worden wäre.

Niemals wurde er müde, vor ihr zu betonen, dass es ein Privileg sei, auf einem so guten College studieren zu dürfen, dass es ein Privileg sei, zu einer so angesehenen Familie zu gehören, und dass es ihre Pflicht sei, ihr Potenzial zu nutzen.

Wie hätte sie ihm bei diesen Voraussetzungen erzählen sollen, dass sie mit dem Gedanken spielte, das College zu verlassen und ihr Studium abzubrechen? Ihr Vater hätte einen Herzinfarkt gepaart mit einem Wutanfall bekommen, bevor er von ihr verlangt hätte, ihm einen Grund dafür zu liefern.

Und den hätte sie ihm niemals nennen können. Niemals. Eher wäre sie von einer Brücke gesprungen.

Also blieb ihr nichts anderes übrig, als auf dem College zu bleiben, das er ausgesucht hatte, und tagtäglich aus dem Bett zu steigen, um Vorlesungen eines Faches zu besuchen, das er bestimmt hatte.

„Deine Mutter hat mich gebeten, dich nach deinen Plänen für die Ferien zu fragen, Taylor. Sie möchte einen Familienausflug nach Martha's Vineyard machen und auch deine Großeltern dazu einladen. Ich gehe davon aus, dass du uns begleitest."

Mit der gleichen Lethargie, die sie seit Wochen empfand, nickte sie und zeichnete eher unbewusst Muster in den Kartoffelstampf auf ihrem Teller. Ihre Cousine Madison hätte sicherlich Einspruch gegen den als Frage getarnten Befehl erhoben, doch Taylor war ein langweiliger Familienurlaub lieber, als dass sie sich deshalb mit ihrem Vater gestritten hätte. Für eine Auseinandersetzung fehlte ihr momentan ganz einfach die Kraft. Außerdem wollte sie ihm keine Angriffsfläche für bohrende Fragen bieten, die sicherlich sowieso noch kommen würden. Ihr wäre es am liebsten gewesen, wenn dieses unangenehme Abendessen bald ein Ende nehmen würde, damit ihr Vater seinen Rückflug antreten könnte und sie zurück in ihr Wohnheim fahren dürfte, um sich dort ins Bett zu legen und zu schlafen. Hier mit ihm zu sitzen und sich so gut wie möglich darum zu bemühen, ihm eine lernwillige Studentin vorzuspielen, überstieg zurzeit ihre Fassung.

Manchmal wünschte sie sich, ein bisschen mehr wie Madison zu sein, die auf Konventionen pfiff und sich nicht darum scherte, was andere von ihren teilweise verrückten Entscheidungen hielten. Taylors zwei Jahre ältere Cousine war ein absoluter Freigeist, der ihr ständig riet, doch einmal das zu tun, was ihr gefiel, und nicht nach der Pfeife ihres Vaters zu tanzen. Doch das war einfacher gesagt als getan. Leider fehlte ihr die nötige Courage, ihm erfolgreich die Stirn zu bieten.

Gegen ihren Vater kam Taylor einfach nicht an – weder mit acht Jahren, als sie heulend dagegen protestiert hatte, all die Mädchen zu ihrem Geburtstag einzuladen, die sie nicht mochte, noch mit vierzehn Jahren, als sie auf eine reine Mädchen-Highschool geschickt wurde, noch als Debütantin, deren Begleiter ständig beleidigende Bemerkungen über alle anderen gemacht und sie in schlimmste Peinlichkeiten gestürzt hatte, noch vor zwei Jahren, als sie sich mit ihm über die Wahl ihres Colleges gestritten hatte.

„Du solltest deine Mutter öfter anrufen. Seit du auf dem College bist, vermisst sie dich, Taylor."

Gerade noch schaffte sie es, ein genervtes Augenverdrehen zu unterdrücken, und schob stattdessen das Kinn vor. „Ich bin schon seit zwei Jahren auf dem College, Dad. Mittlerweile sollte sich Mom daran gewöhnt haben, dass ich nicht mehr zu Hause wohne", hob sie hervor und wollte sich kein schlechtes Gewissen einreden lassen, dass sich ihre Mutter daheim in New York einsam fühlte.

Das Los eines Einzelkindes war es nun einmal, die volle Aufmerksamkeit seiner Eltern genießen zu dürfen. Einerseits war dies sehr schön, aber andererseits bedeutete es, geradezu eingeengt, überbehütet und vereinnahmt zu werden. Taylor wusste, wovon sie sprach. Während ihr Vater danach strebte, seinem einzigen Kind eine außerordentlich gute Ausbildung zukommen zu lassen, und Taylor immer wieder zu verstehen gab, dass sie ihn nicht enttäuschen dürfe, gerade weil sie sein einziges Kind war, kannte der Stolz ihrer Mutter keine

Grenzen. Sie hatte sich immer mit Feuereifer in Taylors Erziehung gestürzt und schien nach dem Highschoolabschluss ihrer Tochter ihr größtes Hobby verloren zu haben.

„Du weißt, wie sehr dich deine Mutter liebt", erwiderte ihr Vater mit missbilligender Stimmlage. „Sie hat deinen Spott nicht verdient."

Taylor schluckte und senkte den Kopf, während sie murmelte: „Ich wollte sie nicht verspotten, Dad."

„Für mich klingt dies jedoch ganz anders." Die Miene ihres Vaters verhärtete sich. „Deine Mutter macht sich große Sorgen, weil du dich so selten meldest. Außerdem befürchtet sie, dass es dir nicht gut geht oder dass etwas geschehen sein muss, weil man dir jedes Wort aus der Nase ziehen muss. Wie soll ich sie nach unserem heutigen Gespräch von dem Gegenteil überzeugen, wenn ich mich ebenfalls fragen muss, was mit dir los ist?"

Mit trockener Kehle schluckte sie und schaute unschlüssig auf, um den stahlharten Augen ihres Vaters zu begegnen, die sie eindringlich musterten. Bevor sie jedoch etwas hätte erwidern können, machte er ihr deutlich, dass er noch nicht fertig war. Die Tatsache, dass sie sich mitten in einem Restaurant befanden, hielt ihren Vater nicht davon ab, mit autoritärer Stimme auf sie einzureden. Taylor wäre gerne in Deckung gegangen oder einfach aufgestanden. Nach seinem gestrigen Anruf, mit dem er ihr mitgeteilt hatte, dass er nach Nashville käme, um sie zu sehen, hatte sie genau so ein Gespräch gefürchtet.

„Wie du dir vorstellen kannst, habe ich deiner Mutter nicht erzählt, dass mich dein Tutor angerufen und mir berichtet hat, dass du kurz davor stehst, in deinem Hauptfach durchzufallen." Nach einer dramatischen

Pause klang seine Stimme noch strenger als zuvor. „Durchzufallen, Taylor! Könntest du mir bitte sagen, was das zu bedeuten hat? Habe ich dich etwa dazu erzogen, dein Studium zu vernachlässigen, damit du mit Pompons wedeln und Footballspieler anfeuern kannst?"

Nach einem Schreckmoment setzte sie mit einem Krächzen an: „Dad, woher ...?"

Aufgebracht unterbrach er sie. „Es ist völlig egal, woher ich weiß, dass du den Cheerleadern beigetreten bist. Nur weil du in einem anderen Bundesstaat zum College gehst, bedeutet dies nicht, dass ich über deine Aktivitäten nicht unterrichtet wäre."

Plötzlich schmeckte sie ätzende Galle in ihrer Kehle und öffnete den Mund, um ihm zu antworten und gleichzeitig festzustellen, dass kein Ton zu hören war.

„Was soll ich zu diesem vulgären Verhalten sagen? Natürlich sollst du dich weiterhin sportlich betätigen, aber Cheerleading ist sicherlich nicht die Sportart, die ich mir für meine Tochter vorgestellt habe. Der Dekan ist zudem ein Studienfreund deines Großvaters, Taylor, und sieht sich wöchentlich an, wie du im kurzen Röckchen auf und ab springst. Was soll er von unserer Familie halten?"

„Aber ..."

„Ist das etwa die Retourkutsche dafür, dass du mit dem Ballett aufgehört hast?"

Während ihr das Herz schmerzhaft in der Brust pochte, ballte sie unter dem Tisch die Hände zu Fäusten und bemerkte, wie sie zu schwitzen begann. „Natürlich nicht."

Ratlos schüttelte er den Kopf. „Wie bist du dann auf den Gedanken gekommen, mit einem Mal den Cheerleader zu spielen?"

Mit belegter Stimme antwortete sie: „Es macht mir Spaß, Dad."

„Spaß? Wir schicken dich nicht zum College, damit du Spaß hast, sondern deiner Ausbildung wegen."

Wut und Schuldgefühle zugleich stiegen in ihr auf. „Das Cheerleading hat keinen Einfluss auf meine Noten."

Er schnaubte abfällig. „Nachdem ich mir am Nachmittag deine rapide sinkenden Leistungsdiagramme im Büro deines Tutors angeschaut habe, denke ich anders darüber."

Taylor wollte nicht daran denken, wie sie es fand, dass ihr Vater derart eigenmächtig über ihren Studienverlauf, ihre Noten und ihre Freizeitaktivitäten unterrichtet war. Aus gutem Grund hatte sie sowohl ihm als auch ihrer Mutter verschwiegen, dass sie sich den Cheerleadern angeschlossen hatte. Wenigstens eine Sache hatte sie selbst entscheiden wollen, ohne dass ihr jemand hätte hineinreden können. Neben all dem Druck, gute Leistungen zu bringen und einen ausgezeichneten Collegeabschluss zu machen, damit sie im Anschluss an einer ebenso guten Universität angenommen werden würde, hatte Taylor eine einzige Sache haben wollen, die ihr Spaß machte. Eine Sache, die ihr gefiel – und nicht ihrem Vater. Mit dem Ballett hatte sie seinetwegen aufgehört, weil er der Meinung gewesen war, dass Tänzerin kein Beruf war und ein anspruchsvolles Balletttraining nur ihrem Studium im Wege gestanden hätte. Über ein Jahr hatte sie es vermisst, auf der Bühne zu stehen und zu tanzen, täglich zum Training zu gehen und sich zur Musik zu bewegen, doch das Cheerleading hatte diese Lücke gefüllt.

Zum ersten Mal hatte sie sich auf dem College wohlgefühlt.

Zum ersten Mal hatte sie Freundschaften zu anderen Studentinnen geschlossen und sich jemandem verbunden gefühlt.

Und zum ersten Mal war sie glücklich auf dem College gewesen.

Dass sie seit einigen Wochen nicht mehr zum Training ging und auch nicht beabsichtigte, sich dort wieder sehen zu lassen, trug zu ihrer schlechten Stimmung bei. Doch eventuell könnte es ihren Vater ein wenig beruhigen, dass seine Tochter nicht mehr *im kurzen Röckchen mit Pompons wedelte.*

„Wenn du es genau wissen willst, bin ich bei den Cheerleadern wieder ausgetreten, Dad. Du musst dir also keine Sorgen machen, dass ich die Familie weiterhin in Verruf bringe."

Ohne es beabsichtigt zu haben, klang ihre Stimme nach ächzendem Sarkasmus. Augenblicklich versteifte sich ihr Vater.

„Taylor Elisabeth Roberts, ganz sicher steht es dir nicht zu, auch noch sarkastisch zu werden. Wir reden hier über ein ernstes Thema! Deine Ausbildung steht auf dem Spiel, aber dich scheint dies überhaupt nicht zu interessieren."

Ihre Schultern sackten hinab, während sie sich in dem übergroßen Sweatshirt zu verstecken versuchte, das sie angezogen hatte, um etwas Trost zu empfinden. Leistungsnachweise, Noten und Ausbildungsthemen waren momentan ihre geringsten Sorgen. Für ihren Vater waren sie jedoch am wichtigsten.

Kurz vor einem nervösen Tränenausbruch schüttelte sie den Kopf und beteuerte heiser: „Es ... es ist nur eine Phase, Dad. Ich werde schon nicht durchfallen."

„Wie kannst du dir da sicher sein? Dein Wirtschaftsprofessor hat mir gesagt, dass du deine Hausarbeit noch immer nicht abgegeben hast, obwohl er dir bereits eine erweiterte Frist zugestanden hat. Weißt du eigentlich, wie ich mir vorgekommen bin, als er mir von den schlechten Leistungen meiner Tochter berichtet hat? Weißt du, wie peinlich das war?"

„Es tut mir leid", würgte sie hervor und spürte zu allem Überfluss die neugierigen Blicke der Gäste des Nebentisches im Rücken. Anscheinend hatte ihr Vater vergessen, dass sie sich hier nicht in einem Gerichtssaal befanden und er keine Geschworenen mit volltönender Stimme beeindrucken musste.

„*Mir* tut es leid. Ich dachte nämlich, dass wir dich zu einem verantwortungsbewussten Menschen erzogen hätten, der weiß, wo seine Prioritäten liegen. Andere Studenten würden sich die Finger nach den Chancen lecken, die wir dir ermöglicht haben, Taylor." Er holte tief Luft. „Nimmst du Drogen?"

„Nein!" Erschrocken zuckte ihr Kopf hoch, während sie hektisch den Kopf schüttelte. „Dad! Ich würde doch niemals ... niemals Drogen nehmen!"

„Was ist dann los? Ich habe dir von Anfang an gesagt, dass du die Finger von Alkohol und Studentenpartys lassen sollst. So etwas bringt nur Scherereien und Ärger. Trinkst du?"

„Nein." Sie atmete schwer aus. „Ich bin noch keine einundzwanzig und weiß, dass ich nicht trinken darf."

Zynisch spitzte er die Lippen. „Junge Dame, ich bin nicht blöd. Auch Studenten unter einundzwanzig kommen an Alkohol heran. Sollte mir zu Ohren kommen, dass du volltrunken ..."

„Dad, ich trinke nicht“, unterbrach sie ihn zitternd. „Ehrlich.“

„Was ist dann los?“

„Es ... es ist nur eine ... eine Phase.“

Ratlos und verärgert zugleich lehnte er sich vor. „Taylor, ich werde es nicht akzeptieren, wenn du wie deine Cousine das Studium schleifen lässt. Mein Bruder mag darüber hinwegsehen, dass sich seine Tochter die Zukunft verbaut, aber ich werde dies nicht hinnehmen.“

Eigentlich wollte sie die Scham nicht empfinden, die in ihr hochstieg, und stammelte mit krächzender Stimme: „Ich ... ich werde mich bessern.“

Der eindringliche Blick aus seinen Augen machte sie nervös. Panisch überlegte sie, ob er an ihrer Miene ablesen konnte, was wirklich mit ihr los war, und spürte brennende Tränen in ihre Augen steigen.

„Taylor ...“

Bevor sie selbst wusste, was sie tat, sprang sie auf und würgte hervor: „Ich ... ich werde nicht durchfallen, Dad. Versprochen.“ Anschließend ließ sie ihn einfach stehen und stürmte aus dem eleganten Restaurant hinaus, wobei sie fast mit einem Kellner zusammengestoßen wäre, der ein Tablett mit Champagnergläsern getragen hatte.

1. Kapitel

„Ian, ich muss mit dir reden! Jetzt sofort, verdammt noch mal!“

„Oje.“ Brian Palmers dreckiges Kichern drang an sein Ohr. „Du armes Schwein! Teddy ist auf hundertachtzig. War echt nett, dich gekannt zu haben, Carlisle.“

Ian Carlisle vergrub die Hände in den Taschen seiner Anzughose, schnitt eine Grimasse und drehte sich anschließend mit einem Seufzer zu der Frau um, die seine Gehaltsschecks unterschrieb und jetzt gerade mit einem hochroten Kopf auf ihn zukam. Sein Mannschaftskapitän hatte recht, da dessen Frau aussah, als stünde sie kurz vor einem Mord. Selbst das nachlässig unter den Arm geklemmte Kind, das vor lauter Spaß kreischte, minderte diesen Eindruck nicht. Inmitten der gut gelaunten Hochzeitsgesellschaft, die sich im Foyer des Gebäudes der New York Titans versammelt hatte, wirkte Teddy MacLachlan-Palmer ein wenig deplatziert. Während die junge Teambesitzerin, die einen Kopf kleiner und um die fünfzig Kilo leichter als er war, ihn anfunkelte und ein Handy in der Luft herumschwang, zuckte in ihm die Erinnerung an einen Independent-Film auf, in dem blutrünstige Zombievampire auf arglose Footballspieler losgegangen waren. Automatisch hob er seine Schultern in die Höhe, da Teddy tatsächlich so aussah, als würde sie ihm mit dem größten Vergnügen die Halsschlagader durchbeißen.

Normalerweise hätte er keine Skrupel besessen und Brian gefragt, ob es zu den sexuellen Vorlieben seiner Frau gehörte, ihn mit Bissen zu malträtieren, doch in der jetzigen Situation hielt er es für klüger, den Mund zu halten. Obwohl er sich ziemlich gut denken konnte, warum seine Teamchefin ihn anscheinend einen Kopf kürzer machen wollte, spielte er das Unschuldslamm und schaute sie mit einem einnehmenden Lächeln an.

„Hallöchen, Chefin! Gut siehst du heute aus.“ Mit einer Ernsthaftigkeit, die ihn selbst überraschte, musterte er das außergewöhnliche und wild bedruckte Kleid der Frau, die mit einem Schnauben vor ihm stehen blieb und das Kleinkind auf ihre Hüfte hob. „Es ist ein Wunder, dass dich dein Göttergatte so vor die Tür lässt, immerhin könnte er Konkurrenz bekommen.“

Besagter Göttergatte klopfte ihm auf die Schulter und erklärte amüsiert: „Wenn du zu dick aufträgst, darfst du dich nicht wundern, wenn sie dir den Scheiß nicht abkauft.“

Ians Lächeln verrutschte nicht einen Millimeter. „Wieso trage ich zu dick auf? Deine Frau *ist* ein heißes Gerät.“

„Das heiße Gerät reißt dir gleich den Kopf ab und benutzt ihn anschließend als Töpfchen für die Zwillinge“, schimpfte Teddy und schien nicht zu bemerken, dass ihr Sprössling erst an seiner Faust kaute und diese anschließend in den Ausschnitt seiner Mom steckte, um dort mit einem seligen Grinsen auf Erkundungstour zu gehen.

Ian dagegen bemerkte sofort, dass seine Chefin keinen BH trug.

Brian wiederum schien zu bemerken, wie sein Teamkollege ungehörig intensiv in den Ausschnitt seiner Frau starrte. Vermutlich nahm er ihr aus diesem Grund das Kind ab, das sich mit einem Krähen an seinen Hals klammerte und feuchte Küsse auf das Kinn seines Dads drückte. Mit einem unterdrückten Stöhnen sah Ian, wie sich der Ausschnitt des exotischen Kleides wieder aufrichtete und ihm die Sicht auf einen reizvollen Flecken Haut verweigerte. Dafür, dass er sein Weihnachtsdate hatte versetzen müssen, um an der spontanen Hochzeit seines Teamkollegen teilzunehmen, wäre es nur fair gewesen, einen spektakulären Einblick in den Ausschnitt seiner Chefin zu bekommen.

Leider war das Leben nur selten fair.

„Weißt du, was das ist?“ Teddy schenkte der Tatsache, dass alle drei männlichen Anwesenden sich gerade intensiv mit ihrem Dekolleté beschäftigt hatten, keinerlei Beachtung, sondern fuchtelte mit ihrem Telefon vor Ians Nase herum.

„Ich bin zwar nicht Columbo, aber ich würde haarscharf alle Indizien miteinander kombinieren und auf ein Handy schließen“, entgegnete er todernst.

„Das ist überhaupt nicht komisch“, wütete sie los und kam ihm mit dem Ding so nahe, dass er um seine Nase fürchtete. „Der Commissioner hat mich gerade angerufen, Ian!“

„Wie nett, dass er persönlich anruft, um dir ein frohes Fest zu wünschen.“

Augenblicklich zogen sich ihre Augen zu Schlitzen zusammen. Doch ihre nächsten Worte galten nicht ihm, sondern ihrem Mann, der das glucksende Baby auf seinem Arm bespaßte.

„Brian, bringe ihn lieber weg. Ich will nicht, dass mein Sohn sieht, wie ich einen Mord begehe.“

„Dann bleibe ich auf jeden Fall hier“, widersprach der Quarterback inbrünstig. „Nächste Woche geht es für uns in die Play-offs und da möchte ich auf Ian nicht verzichten – egal, wie sehr er auch nerven kann.“

„Ey Mann, danke! Ich liebe dich auch – platonisch natürlich." Ian zwinkerte dem schwarzhaarigen Footballspieler zu, der prustend die Augen verdrehte und seinen Sohn auf seinem Arm auf und ab hüpfen ließ.

„Gut zu wissen. Ich hatte schon die Befürchtung, dass du jetzt wieder mit deiner *Würstchen im Schlafrock*-Diskussion beginnen würdest."

„Apropos Würstchen im Schlafrock ..." Er hob den Kopf, um über die bunt gemischte Hochzeitsgesellschaft hinweg nach einem Büfett zu suchen. „Hat Dozer für etwas Essbares gesorgt? Ich bin am Verhungern."

„Ian", zischte Teddy ihm zu und schien von seinem Ablenkungsmanöver nicht beeindruckt worden zu sein. „Könntest du dich bitte konzentrieren?"

Er zuckte mit der Schulter. „Schwer zu sagen, Chefin. Wenn ich Hunger habe, bekomme ich ADHS."

Eine deutlich erkennbare Ader begann auf ihrer Stirn zu pochen. „Und ich bekomme deinetwegen noch das Tourette-Syndrom!"

„Das kann ich bestätigen." Brian seufzte schwer und hielt seinem Sohn die Hand hin, in die der Kleine einschlug. „Seit du bei uns bist, flucht sie sehr viel häufiger als früher. Ich habe nicht einmal gewusst, dass sie solche Wörter überhaupt kennt. Manchmal benutzt sie mich sogar als Punchingball!"

„Halt die Klappe, Brian!"

Ihr Mann verdrehte die Augen. „Mein Gott, Teddy! Wir sind auf einer Hochzeit. Bei *normalen* Frauen löst dies normalerweise eine gewisse romantische Stimmung aus. Und um ehrlich zu sein, hatte ich darauf gehofft, mit dir eine heiße Nummer im Konferenzraum zu schieben. Stattdessen werde ich angezickt ..."

„Wahre Liebe gibt es eben wirklich nur unter Männern.“ Ian hielt dem kleinen Fratz nun seine Hand hin und wurde gleich darauf mit einem zahnlosen Lachen belohnt, während der Sohn seines Mannschaftskapitäns geradezu profimäßig einschlug.

„Siehst du, Teddy?“ Brian nickte Ian großspurig zu. „Carlisle würde sich sicherlich mit mir in den Konferenzsaal verkrümeln, wenn er auf Würstchen im Schlafrock stünde.“

„Aber klaro!“ Er streckte dem Baby die Zunge raus und wurde mit einer sabbernden Nachahmung belohnt.

„Ich störe eure Liebesbekundungen nur ungern“, warf Teddy ächzend ein, ignorierte ihren Mann und trat stattdessen auf Ians Fuß, um ihn wissen zu lassen, dass er sich auf sie und nicht auf Brian zu konzentrieren hatte. „Aber ich habe noch ein Hühnchen mit dir zu rupfen, du Blödmann.“

„Nur weil du eifersüchtig auf die besondere Beziehung deines Mannes zu mir bist, musst du keine körperliche Gewalt anwenden“, schalt er sie gutmütig und schüttelte seinen Fuß. Glücklicherweise gehörte seine Chefin zu den Frauen, die eher barfuß liefen, als sich in hochhackige Schuhe zu quetschen. Obwohl er erst seit dieser Saison für die Titans spielte, kannte er die meisten Macken seiner Kollegen und natürlich auch die seiner Chefin. Dass Teddy ein eher burschikoser Typ Frau war, hatte ab und an seine Vorteile. Heute war es sicherlich von Vorteil, dass sie ihm keinen spitzen Absatz in den Fuß rammen konnte. Außerdem hatte er erst vor wenigen Augenblicken erfahren, dass burschikose Frauen anscheinend auf BHs verzichteten, was an und für sich ebenfalls von großem Vorteil sein konnte.

Andererseits sah Teddy MacLachlan-Palmer so aus, als hätte sie keine Probleme damit, mit Fäusten auf ihn loszugehen. Selbst die Anwesenheit eines ihrer Babys schien sie nicht daran zu hindern, Gift und Galle zu spucken.

„Mir ist es relativ egal, wie eure besondere Beziehung aussieht“, ächzte sie wutschnaubend. „Was mir nicht egal ist, ist, dass unser Commissioner mich zu Weihnachten anruft, um mir mitzuteilen, dass du mal wieder negativ aufgefallen bist! Hast du den Verstand verloren, Ian?“

Eher desinteressiert fragte er nach: „Worum geht es denn dieses Mal?“

Einen Moment lang befürchtete er, dass seine Chefin Amok laufen könnte, da ihr die Augen aus den Höhlen zu treten schienen. „Worum es geht? Dieses Mal? Heißt das, dass du nicht einmal weißt, was du schon wieder verbockt hast?!“

Betont fröhlich begann er *Jingle Bells* zu pfeifen und konnte gerade noch ihrem Fuß ausweichen, mit dem sie ihn treten wollte.

„Hey! Ich verbreite hier Weihnachtsstimmung ...“

„Du verbreitest Chaos!“ Wütend hielt sie ihm das Handy vor die Nase, auf dem ein Selfie zu sehen war, das ihm annähernd bekannt vorkam. „Bist du von allen guten Geistern verlassen worden?!“

„Was ist das?“ Neugierig trat Brian neben ihn und verschluckte sich glatt an einem Lachen.

„Das ist nicht komisch, Brian“, fuhr ihn seine Frau an. „Wir kommen seinetwegen in Teufels Küche!“

Ian war der Meinung, dass seine Chefin übertrieb, und erwiderte mit lässiger Stimme: „Ich will ja nicht prahlen, aber ...“

„Doch, doch! Das kannst du, Alter“, unterbrach Brian ihn. „In so einer Situation kann man unbesorgt prahlen.“

„Brian!“

Die wild gewordene Frau ignorierend nahm Ian ihr das Handy aus der Hand und begutachtete das Foto eingehend. „Eigentlich wollte ich damit prahlen, dass ich verdammt fotogen bin, Palmer. Und dann auch noch nach einer solchen Nacht!“

„Ach so ... auf *dich* habe ich nicht wirklich geachtet, wenn du verstehst ...“

Teddy riss ihm unbeherrscht das Handy aus der Hand. „Wieso zum Teufel machst du davon ein Foto und stellst es auch noch ins Netz?!“

Er zuckte mit der Schulter. „Ehrlich gesagt kann ich mich nicht daran erinnern, es geschossen und veröffentlicht zu haben. Vermutlich war ich betrunken.“

Sein Kapitän begann wiehernd zu lachen. „Und dann auch noch im Vollrausch! Respekt, Carlisle.“

„Du bist nicht hilfreich!“ Die Teamchefin fuhr sich entnervt über das Gesicht. „Was du da getan hast, Ian, hat mit einem respektvollen Sportgeist nichts zu tun! Die anderen Vereine finden das nicht komisch und ich auch nicht.“

Gutmütig rümpfte er die Nase und betonte fröhlich: „Was wir drei da miteinander gemacht haben, war tatsächlich nicht *respektvoll*. Es war ziemlich ... heiß. Wie Sex sein sollte, Teddy.“

Ihr blieb der Mund offen stehen, während sie ihm demonstrativ das Foto unter die Nase hielt. „Du hast unter das Bild gepostet: *Besser als der Superbowl*!“

„Na und?“ Ahnungslos zuckte er mit der Schulter.

„Na und?!“, wiederholte sie fassungslos. „Verdammt, Ian! Auf dem Foto liegst du nackt zwischen zwei ebenfalls nackten Frauen, die zufällig zu den Cheerleadern der Broncos gehören – dem Verein, gegen den wir nur knapp gewonnen haben. Und absolut zufällig ist eine der Damen die Freundin des Quarterbacks, mit dem du dich auf dem Feld fast geprügelt hättest!“

„Sieg auf der ganzen Linie würde ich sagen“, antwortete er grinsend.

Stöhnend schüttelte Teddy den Kopf und murmelte: „Ich kündige.“

„Schatz, das kannst du nicht“, wies ihr Mann sie freundlich auf das Offensichtliche hin und legte einen Arm um ihre Schulter. „Teambesitzer können nicht kündigen – so leid es mir auch tut.“

Räuspernd bemühte sich Ian um eine ernsthafte Tonlage. „Wenn es dir hilft, kann ich gerne versprechen, ab sofort auf Dreier mit gegnerischen Cheerleadern zu verzichten. Jedenfalls so lange, bis wir den Superbowl gewonnen haben.“

„Du treibst mich in die Klapsmühle“, warf sie ihrem Wide Receiver mit vergrätzter Miene vor. „Du wirst schuld daran sein, dass mich meine Kinder nur noch sehen können, wenn ich eine Zwangsjacke trage!“

„Ach“, beruhigte Brian seine Frau gutmütig. „So weit wird es schon nicht kommen. Komm schon, Schatz. Wir geben George bei irgendjemandem ab und machen einen Spaziergang durchs Gebäude.“

Dank der einschmeichelnden Stimme des Quarterbacks der Titans, von dem Ian bereits gehört hatte, dass er seine Frau in null Komma nichts besänftigen und auf andere Gedanken bringen konnte, glaubte er sich bereits in Sicherheit, als sich ihre schmal gewordenen Augen auf sein Gesicht hefteten und äußerst entschlossen wirkten.

„Du wirst keine Cheerleader mehr anfassen. Verstanden!“

Wie ein zu Unrecht verurteilter Straftäter schnappte er gespielt empört nach Luft. „Aber, Teddy! Was soll ich tun, wenn eine von ihnen verletzt auf dem Boden liegt?“

„Dann rufst du einen Arzt!“ Abwehrend verschränkte sie die Arme vor der Brust. „Ich meine es todernst, Ian! Du lässt die Finger von Cheerleadern, von Freundinnen oder Frauen anderer Spieler, oder du lernst mich kennen. Außerdem hast du ab sofort Handy-Verbot. Ich will kein Selfie, keinen Post oder was weiß ich von dir in nächster Zeit im Netz sehen.“

„Und was soll ich stattdessen tun?“

„Wie wäre es mit Football?“, fuhr sie ihn an. „Oder lies ein Buch! Und deine Spielzüge solltest du auch endlich einmal beherrschen! Beim letzten Training sah es so aus, als hättest du dich verlaufen.“

Lächelnd fuhr er sich durch sein blondes Haar. „Alles bloß Taktik, Chefin.“

„Und nenne mich nicht Chefin“, entgegnete sie angefressen.

Glücklicherweise mischte sich ihr Mann ein und unterbrach sie mit einem lauten Stöhnen. „Carlisle, meine Frau und ich verabschieden uns jetzt, um noch ein Quäntchen Romantik zu genießen, bevor ich sie wieder an die Heizung ketten muss, damit sie niemanden anfällt, sobald der Mond aufgeht ...“

Er brach in Gelächter aus, während Brian dessen fauchende Frau mit eiserner Entschlossenheit wegführte. Amüsiert blickte er ihnen hinterher und war verdammt froh, dass sein Kapitän anscheinend wusste, wie er mit seiner Frau umgehen musste. Zwar hatte er sowieso keine Lust auf diese Hochzeit gehabt, doch von seiner winzigen Chefin angefallen zu werden, während er Hunger hatte und den unbequemen Smoking verfluchte, den er gezwungenermaßen tragen musste, ging ihm entsetzlich auf den Keks.

Ehrlicherweise musste er gestehen, dass er sich in keinem seiner bisherigen Teams so wohlgefühlt hatte. Zwar spielte er erst seit dieser Saison in New York und kannte seine Mitspieler daher noch nicht besonders lange, doch da er als umgänglicher Zeitgenosse bekannt war, der über keinerlei Berührungsängste verfügte, hatte er sich ziemlich rasch mit seinen Teamkollegen angefreundet. Das war auch der Grund, weshalb er sich darauf eingelassen hatte, heute die improvisierte Hochzeit seines Kumpels Dupree zu besuchen, obwohl Weihnachten war.

Mit einem Grummeln zog er sein Handy aus der Hosentasche heraus und rümpfte kritisch die Nase, als sein Blick auf den Anruf fiel, der während der Zeremonie eingegangen war. Da er keinen Bock hatte, diesen zu beantworten und mit seiner Mom zu telefonieren, schob er das Handy zurück in die Hosentasche und atmete kurz durch.

Schon seit Jahren feierte er Weihnachten nicht mehr, weil er auf heuchlerische Familienfeste keinen Wert legte. Außerdem war seine Familie, wenn man diese als solche überhaupt bezeichnen konnte, eh über zwei Kontinente zerstreut. Seinen Pop hatte er seit mindestens fünf Jahren nicht mehr gesehen und seine beiden Halbbrüder aus zweiter Ehe seines Vaters sowie seine Stiefmutter kannte er kaum. Die vier lebten in der Nähe von Aberdeen, wo auch Ian bis zu seinem sechsten

Lebensjahr aufgewachsen war, bis seine Eltern in die Staaten gezogen waren. An seine Kindheit in Schottland hatte er nur noch wenige Erinnerungen, auch wenn er den breiten schottischen Akzent nie wirklich losgeworden war. Vielleicht hatte er ihn auch gar nicht ablegen wollen, um aus lauter kindlichem Trotz seinen Stiefvater zu ärgern, den seine Mom ihm mit neun Jahren beschert hatte, als er bereits zum dritten Mal innerhalb von drei Jahren hatte umziehen müssen.

Selbst wenn er sich an seine ersten sechs Lebensjahre kaum erinnern konnte, wusste er doch, dass sich seine Eltern damals so gut wie nie gestritten hatten. Erst als sie in die USA gezogen waren, weil seine Mom vor lauter Heimweh unglücklich geworden war und sein Pop die Aussicht auf einen guten Job als Automechaniker in Chicago gehabt hatte, war es immer öfter zu Streitigkeiten gekommen. Zwei Jahre nach ihrem Umzug hatten sich die beiden scheiden lassen. Ians Vater war zurück nach Schottland gegangen, während Ian bei seiner Mom geblieben war, die erst nach Oklahoma zu ihrem Vater und anschließend nach Colorado gezogen war, um dort als Sekretärin zu arbeiten. Nicht einmal ein halbes Jahr später hatte sie ihren Chef geheiratet, den Ian noch heute nicht leiden konnte. Natürlich wusste er selbst, dass er kein einfaches Kind gewesen war. Ihm hatte es damals schwer zu schaffen gemacht, dass sein Pop das Land verlassen und nicht einmal Anstalten gemacht hatte, um seinen Sohn zu kämpfen.

Dass Ian innerhalb weniger Monate zweimal die Schule hatte wechseln müssen und jedes Mal wegen seines Akzents gehänselt worden war, hatte die Situation nicht besser gemacht. Ständig war er in Prügeleien geraten und hatte anschließend daheim Ärger von seinem

Stiefvater bekommen. Seine Mom dagegen war völlig in der Rolle der liebenden Ehefrau aufgegangen, die ihrem Mann ein Jahr nach der Hochzeit ein Baby und zwei Jahre später ein weiteres Kind geboren hatte. Ian war sich wie ein Fremder vorgekommen, der ständig zur Seite geschoben worden war. Noch heute nahm er es seiner Mom übel, ihn in dem ganzen Trubel übersehen und ihrem Mann nach dem Mund geredet zu haben. Anstatt zwischen Ian und seinem Stiefvater zu vermitteln, hatte ihre absolute Parteinahme für ihren Mann alles nur schlimmer gemacht. Mit elf hatte Ian begonnen, die Schule zu schwänzen, und mit zwölf hatte er von älteren Schulfreunden gelernt, wie man Autos kurzschloss. Nachdem er von der Polizei in einem geklauten Auto aufgegriffen worden war, hatte daheim Grabesstimmung geherrscht. Nur wenige Wochen später war es derart schlimm zwischen ihm und seinen Stiefvater Rayne geworden, dass sein Grandpa ihn zu sich nach Oklahoma genommen hatte. Bis zu seinem Umzug aufs College hatte er auf der Farm seines Großvaters gewohnt und vermisste noch heute sein damaliges Leben.

Und seinen Grandpa vermisste er am meisten.

Sein Pop und seine Mom waren seine Eltern und irgendwie liebte er sie auch, doch dies hieß nicht, dass er nun mit achtundzwanzig Jahren darauf angewiesen war, die heile Familie zu spielen. Ab und zu telefonierte er mit ihnen, antwortete auf ihre Mails und konnte sich dazu durchringen, einmal im Jahr zu einem Besuch nach Colorado zu fliegen, um wie ein Fremder am Familientisch zu sitzen und sich Geschichten über Freunde der Familie anzuhören, die er sowieso nicht kannte. Seine beiden Halbschwestern Georgia und Casey kannte er ebenso wenig wie seine Halbbrüder Callum und Malcolm. Damit kam er klar.

Bevor ihm die düsteren Gedanken an seine Familie den Appetit verdarben, machte er sich lieber auf die Suche nach etwas Essbarem und schlenderte durch das Foyer. Obwohl die Hochzeit in letzter Sekunde geplant worden war, hatte das Organisationsteam ganze Arbeit geleistet. Sogar Dekorationen und Blumengestecke gab es, die an ein Mischmasch aus Weihnachtsfilmen und Hochzeitskram erinnerten. Etwas skurril waren vor allem die kleinen Bulldoggen seines Kumpels und Bräutigams, die mit Weihnachtsmützen auf den Köpfen durch das Foyer hetzten und von der kleinen Tochter seines Mannschaftskollegen Tom gejagt wurden. Gerade noch konnte er einer der hechelnden Bulldoggen ausweichen, als ihm der Geruch nach Pizza in die Nase stieg.

Zwar passten *Mafiaplätzchen* nicht unbedingt zu den kulinarischen Höhepunkten einer Hochzeitsfeier, doch das protestierende Magenknurren holte Ian auf den Boden der Tatsachen zurück. Solange er sich mit irgendetwas vollstopfen konnte, sollte es ihm recht sein. Er war dermaßen ausgehungert, dass er sogar mit Dörrfleisch oder Dosenravioli vorliebgenommen hätte.

Die Gäste, die ihn auf seinem Weg zu dem improvisierten Büfett ansprechen wollten, ignorierte er wohlweislich und strebte lieber eiligen Schrittes den langen Tisch an, auf dem halb leere Pizzakartons lagen. Ohne sich einen Teller zu nehmen, grabschte er nach einem fetttriefenden Stück Peperonipizza und stieß dabei versehentlich die Frau neben sich an, die er in seiner Hast überhaupt nicht bemerkt hatte.

„Oh, Entschuldigung“, murmelte er.

Als sie ihm mit einem erschrockenen Laut das Gesicht zuwandte, setzte er ein entschuldigendes Lächeln auf und zuckte unbedarft mit der Schulter.

„Kalte Pizza ... na ja, besser als nichts, oder?“

Ohne auf eine Antwort zu warten, stopfte er sich das Stück in den Mund und beobachtete, wie sie ihn ungläubig anschaute. Der plötzliche Genuss der zugegebenermaßen kalten Pizza überforderte ihn dermaßen, dass er sich keine Gedanken um den fassungslosen Ausdruck in dem hübschen Gesicht der Blondine machte, ihr kurz zunickte und sich umdrehte, um wieder zu verschwinden.

Er schluckte einen großen Biss hinunter, kaute und hielt plötzlich inne, um sich eine Sekunde später ungläubig umzudrehen und die Blondine fassungslos anzustarren.

„Taylor?“

Ihre Stimme zitterte, als sie schlicht und ergreifend erwiderte: „Ian.“

Rasch schluckte er den Rest der Pizza hinunter, wischte sich über den Mund und überwand die kurze Distanz zu ihr, um mit absoluter Verwirrung vor ihr stehen zu bleiben. Nervös und unsicher sah er auf sie hinab und zwang sich zu einem leichten Lächeln. „Lange nicht gesehen. Wie geht es dir?“

Sie schien tief Luft zu holen, bevor sie ihre blauen Augen ein winziges Stück verengte und die vollen Lippen kurz zusammenpresste. Nur einen Augenblick später antwortete sie dumpf: „Ganz gut.“

„Schön ...“ Er räusperte sich und kam sich wie der letzte Volltrottel vor. „Ich meine, es ist ... schön, das zu hören. Gut siehst du aus.“

„Danke“, erklärte sie ziemlich unterkühlt, was ihm wiederum merkwürdig vorkam.

Wie viele Jahre war es her, dass er sie zum letzten Mal gesehen hatte? Fünf Jahre mussten mittlerweile vergangen sein. Es war in seinem letzten Jahr am College gewesen, als er die zwanzigjährige Studentin kennengelernt hatte. Sie hatten eine tolle Zeit zusammen gehabt und waren ziemlich verknallt gewesen – wie man es eben auf dem College war. Man kam viel rum, verknallte sich, verbrachte die meiste Zeit miteinander und fand kurz darauf jemand anderen, in den man sich verknallte. Bei ihm und Taylor war es nicht anders gewesen. Collegelieben waren sowieso nie von langer Dauer und endeten meistens ebenso plötzlich, wie sie begonnen hatten. Kurz vor seinem Abschluss hatten sie sich aus den Augen verloren, wenn er sich richtig erinnerte. Damals war alles verdammt chaotisch abgelaufen, schließlich hatte der Draft kurz bevor gestanden und er war ständig von seinem Agenten belagert worden, der ihn zu Abendessen mit Teamchefs und Cheftrainern geschleppt hatte. Viel Zeit für eine feste Freundin hatte er demnach sowieso nicht gehabt. Ian wusste noch, dass Taylor extrem anhänglich gewesen war und ihm immer wieder nachtelefoniert hatte. Irgendwann hatte sie damit aufgehört, seine Mailbox vollzuquatschen, also musste sie den Wink mit dem Zaunpfahl verstanden haben.

Aus heutiger Sicht wusste er, dass er sich ziemlich mies verhalten hatte, denn Taylor war ein süßes Mädchen gewesen, das eine solche Abfuhr nicht verdient hatte.

Glücklicherweise waren sie beide mittlerweile erwachsen und konnten über ihre jugendlichen Missgeschicke lachen.

Daher schaute er in das bildhübsche Gesicht der Blondine, die anlässlich der Hochzeit ein pfirsichfarbenes Kleid trug und ihr blondes Haar zu einem eleganten Knoten geschlungen hatte, und setzte ein charmantes Lächeln auf. „Bist du mit der Braut befreundet?"

Sie schüttelte den Kopf, hob das Kinn und erklärte mit stoischer Stimme: „Ich bin Cheerleader bei den Titans. Seit einem Jahr schon."

Überrascht legte er seinen Kopf schief. „Was? Aber ... aber wieso habe ich dich dann noch nie gesehen?"

Ihre Antwort bestand aus einem Schulterzucken, bevor sie einen Schritt nach hinten machte. „Ich muss wieder los ..."

„Gibst du mir deine Nummer?", wollte er lässig wissen und griff nach seinem Handy. „Wir können ja mal einen Kaffee trinken gehen."

Einen Moment lang sagte sie nichts, bevor sie ungläubig fragte: „Einen Kaffee?"

„Oder einen Tee." Grinsend strich er sich eine Strähne aus der Stirn. „Irgendein Heißgetränk deiner Wahl."

„Ich denke nicht, dass dies eine gute Idee ist."

„Wieso nicht?" Er zwinkerte verwirrt und musterte sie neugierig. „Wir können über die guten, alten Zeiten quatschen."

Der Blick aus ihren blauen Augen sowie der verschlossene Mund hätten ihn eigentlich warnen sollen, doch Ian gehörte unglücklicherweise zu den Menschen, die lachend in ihr Verderben rannten. Nicht umsonst konnte er sich selten aus Ärger raushalten und wurde daher öfter bei Kneipenprügeleien verhaftet als der Otto Normalverbraucher.

„Die guten, alten Zeiten?“, zischte sie ihm aufgebracht zu. „Hast du den Verstand verloren?“

Abschätzig ließ er die Mundwinkel sinken und erwiderte trocken: „Komische Geschichte. Du bist nicht die Erste, die mich das heute fragt.“

Wortlos drehte sich die allem Anschein nach aufgebrachte Blondine um und wollte gehen, als er nach ihrer Hand griff und eine Sekunde später eine schallende Ohrfeige verpasst bekam.

Ian zuckte zurück und schnitt eine Grimasse, denn der Schlag war härter gewesen, als er vermutet hätte.

„Rühr mich nicht an“, zischte sie ihm zu, entriss ihm die Hand und verschwand wütend.

Bevor er überhaupt wusste, wie ihm geschah, stand plötzlich Blakes Freundin Madison vor ihm und sah nicht minder aufgebracht aus.

„Was hast du zu ihr gesagt?“

„Wie bitte?“ Geradezu eulenartig blinzelte er und rieb sich die Wange. „Was zum Teufel willst du denn von mir?“

„Lass Taylor in Ruhe“, warnte sie ihn. „Meine Cousine ist zu gut für dich!“

„Deine *Cousine*?“ Ratlos schüttelte er den Kopf und legte diesen anschließend in den Nacken. „Oh Mann!“

2. Kapitel

Den Mund voller Eiscreme öffnete Taylor ihre Wohnungstür und erklärte rundheraus: „Ich will nicht darüber reden."

„Dir tropft Eiscreme aus dem Mund", entgegnete ihre Cousine unbeeindruckt und schob sich an ihr vorbei in die Wohnung.

Damit blieb Taylor nichts anderes übrig, als die Tür zu schließen, sich über den Mund zu wischen, ihre Familienpackung Chocolate-Chips-Eis verteidigend zu umklammern und den Suppenlöffel wieder in der sahnigen Masse zu versenken. Gleichzeitig lehnte sie sich für einen kurzen Moment gegen die Wand und beobachtete missmutig, wie Madison frei von jeglicher Scheu aus ihren Schuhen schlüpfte und ungeniert gähnte, bevor sie kommentarlos das Wohnzimmer anstrebte. Taylor seufzte und sah ein, dass sich ihre Cousine nicht vertreiben lassen würde, also stieß sie sich von der Wand ab und folgte ihr. In ihrem kleinen Wohnzimmer angekommen schälte sich Madison aus der schwarzen Lederjacke und ließ sich geräuschvoll auf die Couch fallen, bevor sie Taylor auffordernd ansah.

Die dachte jedoch nicht daran, Madison Rede und Antwort zu stehen, sondern wäre lieber alleine geblieben. Schließlich hatte sie die Hochzeitsfeier im Titans-Gebäude nicht umsonst schnurstracks verlassen, nachdem sie die mit Abstand unangenehmste Begegnung hinter sich gebracht hatte, die sie sich vorstellen konnte. Seit Sommer letzten Jahres, als bekannt geworden war, dass Ian Carlisle nach New York wechseln würde, hatte Taylor diesen Augenblick gefürchtet. Niemals im Leben hatte sie wieder mit ihm reden wollen. Ehrlicherweise hätte sie auch nie damit gerechnet, ihn wiederzusehen, und war verdammt glücklich über diese Aussicht gewesen.

Ian Carlisle war nun einmal eine Episode in ihrem Leben, an die sie nicht gerne zurückdachte. Am liebsten hätte sie mit einem brennenden Eisen die Erinnerung an ihn aus ihrem Gedächtnis gelöscht. In den vergangenen fünf Jahren hatte sie einiges getan, um ihn so gut wie möglich zu vergessen. Seinetwegen hatte sie tatsächlich darüber nachgedacht, das Team der Cheerleader zu verlassen, weil sie nicht das Risiko hatte eingehen wollen, ihm über den Weg zu laufen. Doch dann hatte sie sich selbst eine Närrin geschimpft, die sich ihre größte Leidenschaft nicht wegen eines überheblichen Widerlings madig machen lassen wollte.

Bis zu der vermaledeiten Hochzeitsfeier hatte sie es geschafft, Ian Carlisle nicht zu begegnen. Auf dem Spielfeld war er bislang immer zu abgelenkt gewesen, um sich die Reihen der Cheerleader genauer anzusehen, und während der Trainingseinheiten, die Taylor mit den anderen Mädchen absolvierte, hatte er sich nie blicken lassen. Da Taylors Cousine seit einigen Wochen eine Beziehung zu seinem Kumpel Blake führte, hatte sie immer dafür Sorge getragen, dass keiner seiner Teamkollegen bei ihm war, wenn sie Madison besuchen gekommen war. Die Aussicht auf Weihnachten hatte sie nervös gemacht, schließlich hatte sie befürchten müssen, dass Blake einige seiner Mitspieler hätte einladen können. Madison war nämlich auf die grandiose Idee gekommen, die ganze Familie in die Wohnung ihres Freundes einzuladen, um dort Weihnachten zu feiern.

Für Taylor war dies eine grauenvolle Vorstellung gewesen.

Was dann aber gefolgt war, hätte nicht schlimmer sein können.

Anstatt Weihnachten bei Madison und Blake zu feiern, hatte sich Dupree Williams zu einer spontanen Hochzeit entschlossen, zu der das ganze Team eingeladen worden war. Dementsprechend war die eigentlich geplante Weihnachtsfeier ausgefallen und die ganze Familie hatte an der improvisierten Zeremonie und der anschließenden Feier teilgenommen, auf der Ian Carlisle geradezu in sie hineingelaufen war.

„Seit wann isst du Eis mit einem Suppenlöffel?"

„Seit ich es kann", ächzte sie genervt und starrte Madison bedeutungsschwanger an. „Es ist Weihnachten. Solltest du das Fest nicht mit deinem Freund verbringen?"

Madison zuckte lässig mit der Schulter und erklärte geradezu fröhlich: „Der ist schon völlig hinüber. Ich vertraue auf seine Kumpels, dass sie ihn nach Hause schaffen, denn in seinem momentanen Zustand weiß er nicht einmal seinen Namen."

Das waren wirklich himmlische Aussichten.

Da Taylor nicht länger wie bestellt und nicht abgeholt in ihrem eigenen Wohnzimmer stehen wollte, machte sie es sich auf einem Sessel bequem und schlug die Beine unter. Glücklicherweise hatte sie ihr Kleid bereits mit einer Jogginghose und einem Sweatshirt getauscht. In den gemütlichsten Klamotten, die sie besaß, hatte sie sich einen entspannten Abend machen und den heutigen Tag ausblenden wollen. Auf Besuch war sie nicht eingestellt gewesen. An der entschlossenen Miene ihrer Cousine konnte sie erkennen, dass Madison nicht mit dem Gedanken spielte, wieder zu gehen. Dennoch versuchte Taylor, sie wenig subtil zum Gehen zu überreden.

„Wenn Blake in einer so schlechten Verfassung ist, solltest du dich erst recht um ihn kümmern", wies sie ihre Cousine auf das Offensichtliche hin und nahm einen weiteren Löffel Eis. Mit vollem Mund ergänzte sie: „Nicht dass er an seinem eigenen Erbrochenen erstickt."

„Es ist ja nicht sein erster Suff." Allem Anschein nach machte sich Madison keine Sorgen um den Zustand ihres Freundes. „Blake kommt schon klar. Um dich mache ich mir größere Sorgen."

„Musst du nicht", erwiderte Taylor lapidar und tat so, als wüsste sie nicht, worauf ihre Cousine hinauswollte. „Ich werde den Rest der Packung vernichten und lege mich anschließend auf die Couch, um einen Film anzusehen. Das heißt ... ich werde das erst dann tun können, wenn du meine Couch nicht länger besetzt."

Hoffentlich verstand Madison den zarten Hinweis, dass sie verschwinden sollte.

Doch Madison war schließlich dafür bekannt, ein zäher Knochen zu sein. „Was hat Ian zu dir gesagt, dass du ihm eine geknallt hast?"

Taylor runzelte die Augenbrauen und hielt die Eispackung wie einen Schutzschild vor sich. „Ich will nicht darüber reden."

„Komm schon", forderte ihre Cousine sie gutmütig auf. „Mach es nicht so spannend."

„Daran ist nichts spannend", erwiderte Taylor gepresst und merkte, dass sie urplötzlich keine Lust mehr auf Eiscreme hatte. Stattdessen bildete sich ein harter Knoten in ihrem Magen.

„Da muss ich dir leider widersprechen.“ Madison lehnte sich absolut entspannt zurück und wirkte nicht wie eine Frau, die sich eigentlich darum Sorgen machen sollte, dass ihr Freund an seiner eigenen Kotze ersticken könnte. Sie fläzte sich lieber in dem winzigen schwarzen Fransenkleid, bei dessen Anblick jeder Priester ein Ave Maria gebetet hätte, auf Taylors Couch und durchbohrte sie mit ihren Augen. „Du hast Ian Carlisle geohrfeigt. Auf der Hochzeit eines seiner Teamkollegen und in Anwesenheit der ganzen Familie ...“

Nun wurde ihr tatsächlich etwas mulmig zumute, während sie nach Luft schnappte. „Weißt du, ob meine Eltern das mit angesehen haben? Oder Großmutter?“

Wie nicht anders zu erwarten gewesen war, verdrehte Madison die Augen. „Selbst wenn Onkel Dan oder Tante Pam gesehen hätten, wie du diesem Flegel eine Ohrfeige gegeben hast, würdest du deswegen sicherlich keinen Hausarrest bekommen. Und was Grandma betrifft, hätte sie dich angefeuert oder eine Wette mit den Jungs abgeschlossen.“

„Du stellst Großmutter ständig wie Barbarella dar“, tadelte Taylor. „Sie ist eine Dame.“

„Sie ist eine Furie“, stellte Madison klar. „Sogar Wladimir Putin würde in Tränen ausbrechen, wenn er es mit ihr zu tun bekäme. Blake zittert allein bei dem Gedanken, ihr zu begegnen. Dass sie eine Gehhilfe, Hörgeräte und ein Gebiss trägt, tut nichts zur Sache. Grandma ist bissiger als ein Pitbull.“

Taylor fand, dass Madison übertrieb und ihre gemeinsame Großmutter stets wie eine Mischung aus dem Antichristen und Supergirl darstellte. Die alte Dame war nun einmal eine robuste und unverwüstliche Frau, die bereits über neunzig war und sich nichts vormachen ließ. Tatsächlich bewunderte Taylor diese Eigenschaft an ihr, bekam sie selbst in gewissen Situationen ja kaum ihren Mund auf, um zu widersprechen. Ihre Großmutter und auch Madison ließen sich nie den Mund verbieten und schafften es, ihre Gegner mit spitzen Zungen schachmatt zu setzen. Taylor dagegen wusste nie, was sie sagen sollte, wenn es zu einer Auseinandersetzung kam. Vielleicht lag dies auch daran, dass es in ihrem Elternhaus kaum zu Streitigkeiten gekommen war. Meistens hatte ihr Vater etwas entschieden und ihre Mutter und sie hatten sich widerspruchslos gefügt.

„Aber ich kann dich beruhigen“, schaltete sich nun wieder Madison ein. „Onkel Dan und Tante Pam waren mit Grandma bereits aufgebrochen, als du dich auf Ian gestürzt hast.“

„Ich habe mich nicht auf ihn gestürzt“, protestierte sie und bemerkte zu ihrer Schande, wie glühende Hitze ihr in die Wangen stieg. „Nichts läge mir ferner!“

Madison verzog den Mund. „Ich schätze, dass sich Ian auch etwas anderes darunter vorstellt. Normalerweise stürzen sich Cheerleader auf seine Hosen und nicht auf sein Gesicht.“

Taylor schnitt eine Grimasse und fand es angebracht, ihrer zwei Jahre älteren Cousine einen kleinen Dämpfer zu verpassen. „Entschuldige bitte, aber war es nicht dein Freund, der seine Finger nicht von allen Cheerleadern lassen konnte, die seinen Weg kreuzten?“

Unbeeindruckt grinste Madison auf. „Eigentlich bin ich ständig davon ausgegangen, dass Blake etwas damit zu tun haben musste, dass du derart schlecht auf Footballspieler zu sprechen warst, aber mittlerweile glaube ich, dass ein gewisser blonder Wide Receiver damit zu tun hat. Und ich meine nicht Julian Scott.“

Sie unterbrach den Augenkontakt zu ihrer Cousine und stellte die Eispackung auf dem Couchtisch ab, während sie sich geschäftig gab und imaginäre Staubflocken von der Oberfläche wischte. „Kann ich dir etwas zu trinken anbieten?“

„Ha“, rief Madison triumphierend. „Es stimmt also! Was hat er getan?“

„Ich weiß nicht, wovon du sprichst“, erwiderte Taylor hochnäsig und verfluchte ihre eigene Dummheit, weil sie es gewesen war, die Madison den Job als Maskottchen der Titans verschafft hatte. Wenn sie ihre Klappe gehalten hätte, wäre Madison niemals Blake O'Neill begegnet und hätte die Familie nicht zu der weihnachtlichen Hochzeitsfeier von Dupree Williams geschleppt, auf der Taylor Ian wiedergesehen hatte. Ohne diesen Zusammenprall wäre sie vermutlich weiterhin unbehelligt geblieben und hätte ihn nur aus der Ferne beobachten müssen. Ohne diese Begegnung im Foyer des Titans-Gebäudes hätte sie ihm vermutlich nie wieder in die fast schon schwarzen Augen schauen und nun mit ihren schmerzvollen Erinnerungen kämpfen müssen.

Jetzt war es jedoch zu spät. Taylor wusste bereits, dass sie in der kommenden Nacht nichts anderes täte, als sich in ihrem Bett hin und her zu rollen und keinen Schlaf zu finden.

„Seit wann ohrfeigst du fremde Männer?“

Zynisch wanderte eine Augenbraue in die Höhe. „Warst du es nicht, die mich mit zu diesem Selbstverteidigungskurs geschleppt hat?“

Madison schnaubte laut auf. „Frauen in New York sollten wissen, wie man Männern am effektivsten in die Eier tritt, aber das heißt nicht, dass du einem Hochzeitsgast im Smoking an die Gurgel gehen sollst, weil er einen blöden Kommentar zu deinem Allerwertesten gemacht hat.“

Nun war es an Taylor, zu schnauben.

Anscheinend gab sich ihre Cousine mit einem einfachen Schnauben nicht zufrieden. „Muss ich dir etwa jede Einzelheit aus der Nase ziehen?“

„Ich will nicht darüber reden.“

„Und ich dachte, es gäbe nichts darüber zu reden?“ Seufzend lehnte sie sich vor. „Warum bist du so kryptisch? Du sprichst mit mir, Taylor, und nicht mit deiner Mutter.“

Taylor presste die Lippen aufeinander und beharrte: „Es gibt nichts zu reden. Und ich *will* nicht darüber reden!“

„Aha. Sehr aufschlussreich“, erklärte Madison ironisch. „Bist du daran interessiert, was Ian mir geantwortet hat, als ich ihn fragte, was los sei?“

Wo gerade noch brennende Hitze geherrscht hatte, machte sich nun fahle Blässe breit. Taylor hatte das Gefühl, jeden Moment in Ohnmacht zu fallen, und starrte mit ängstlicher Neugierde in Madisons Gesicht.

„Du hast mit ihm gesprochen?“

„Na klar! Wenn meine mustergültige Cousine, die sich sogar dazu bereit erklärt, unsere biestige Großmutter zu den Treffen ihrer ebenfalls biestigen Freundinnen zu fahren, einen Mann auf einer Hochzeit ohrfeigt, will ich wissen, was dahintersteckt.“

Urplötzlich war ihre Kehle knochentrocken. „Was ... was hat er gesagt?“

„Nicht viel.“ Madison zuckte mit der Schulter. „Er faselte etwas von einem Missverständnis.“

„Oh.“ Vor lauter Erleichterung hätte sie beinahe geseufzt, konnte dies jedoch schnell genug unterdrücken und setzte eine annähernd neutrale Miene auf. „Ja, damit ist doch alles gesagt."

„Ach, und da war noch etwas." Madisons Augen glühten geradezu listig auf, als sie mit betont überraschter Stimme hinzufügte: „Und dann meinte er, dass ihr euch vom College kennen würdet."

Taylor biss die Zähne zusammen. „Na und?"

„Na und?", wiederholte ihre Cousine staunend. „Wieso hast du mir nie gesagt, dass du Ian Carlisle vom College kennst?"

Obwohl ihr das Herz bis zum Hals klopfte, antwortete sie betont ruhig: „Weil es unwichtig war."

„Unwichtig? Und warum hast du ihn dann geohrfeigt?"

„Madison, ich stehe hier nicht vor Gericht."

Leider gehörte Madison nicht zu der Sorte naiver Dummchen, die jedem dahergelaufenen Idioten mit einer Handykamera glaubten, dass sie Modelscout wären, sondern hätte problemlos beim FBI arbeiten können. „Ist er der Idiot, der dafür verantwortlich ist, dass du Footballspieler nicht leiden kannst?"

„Wer sagt, dass ich Footballspieler nicht leiden kann?", fragte sie murmelnd und senkte den Blick, da sie eine schlechte Lügnerin war.

Wie es nicht anders zu erwarten gewesen war, lachte Madison fröhlich auf. „Du kannst einfach nicht lügen. Ich habe mich schon immer gefragt, warum du den Cheerleadern beigetreten bist, obwohl du Footballspieler zum Kotzen findest."

Taylor räusperte sich und warf den Kopf zurück, um verteidigend zu erklären: „Cheerleading ist rein zufällig ein toller Sport, der nichts mit den Idioten zu tun haben muss, die sich auf dem Feld die Köpfe einschlagen."

„Wenn du das sagt“, entgegnete Madison trocken. „Abgesehen davon, dass du die Idioten anfeuerst, während sie sich auf dem Feld die Köpfe einschlagen ...“

„Verdammt, Madison“, unterbrach sie ihre Cousine aufgebracht. „Nur weil ich die meisten Footballspieler für arrogante Idioten halte, muss das nicht bedeuten, dass mir Cheerleading keinen Spaß macht! Wir klatschen schließlich nicht wie dressierte Bären in die Hände, sondern üben komplizierte Akrobatikfiguren ein und haben tänzerisch alle etwas drauf.“

„Ich weiß.“ Mit einem Mal klang Madison extrem verständnisvoll. „Es ist zwar kein Ballett, aber besser als nichts, oder?“

Taylor gewann immer mehr den Eindruck, dass ihre Cousine, die sie so sehr liebte wie eine Schwester, es heute darauf anlegte, sie zum Weinen zu bringen. Natürlich konnte Madison nicht wissen, dass gerade die Erinnerung an Ian und ihre gemeinsame Zeit ihr dermaßen wehtat, dass sie kurz vor einem Tränenausbruch stand, doch sie wusste, wie schwer es ihr gefallen war, ihre Ballettschuhe an den Nagel zu hängen.

Während sie relativ aufgewühlt auf ihrem Sessel saß und die Arme vor der Brust verschränkte, lehnte sich Madison seufzend vor und lächelte weich. „Entschuldige. Ich wollte nicht ... du weißt schon.“

„Ist schon okay“, beruhigte sie sie. „Heute ist einfach nicht mein Tag.“

„Dabei ist Weihnachten“, murmelte Madison resigniert. „Es tut mir leid, dass ich euch um ein klassisches Familienfest gebracht und zu einer Hochzeit geschleppt habe.“

„Na ja.“ Sie lächelte schwach. „Die beiden Hunde und das Blumenmädchen waren süß.“

„Taylor." Madison griff nach ihrer Hand und klang mit einem Mal sehr ernst. „Wenn dir dieser Idiot wehgetan haben sollte, würdest du mir das doch sagen, oder?"

Verstört blinzelte sie. „Was ... was meinst du?"

Die Mundwinkel ihrer Cousine wurden bleich, als diese gepresst erklärte: „Auf dem College ... du wärst nicht die erste Studentin, die ... die von einem Kommilitonen gegen ihren Willen ... also ..."

„Oh mein Gott!" Hastig schüttelte Taylor den Kopf und drückte nun ihrerseits beruhigend Madisons Hand. „Denkst du etwa, dass Ian Carlisle mich vergewaltigt haben könnte?!"

„Du sagst mir ja nichts", klagte Madison. „Erst dachte ich, dass ihr miteinander ausgegangen wärt, aber dann wolltest du partout nichts sagen und wirktest so ... so verstört. Was soll ich da denn denken?"

Verzagt nagte Taylor auf ihrer Unterlippe herum und erwog für eine Millisekunde, Madison von dem zu erzählen, was sie wegen Ian durchgemacht hatte. Niemandem sonst hätte sie davon erzählen können, denn Madison war nicht nur ihre Cousine, sondern auch ihre beste Freundin. Außerdem hätte Madison vermutlich als einzige Person, die sie kannte, die Klappe gehalten und Verständnis gezeigt. Dennoch kam Taylor zu dem Schluss, dass sie es ihr einfach nicht erzählen wollte. Lieber behielt die den ganzen Schlamassel für sich, um weiterhin so tun zu können, als wäre nie etwas passiert. Damit zu leben war einfacher, als ständig daran erinnert zu werden.

Um Madison jedoch nicht in den Wahnsinn zu treiben, hielt sie sich an die Wahrheit – jedenfalls an einen Teil davon.

Mit einem Stöhnen gab sie zu: „In meinem zweiten Collegejahr hat er mich zu einem Date eingeladen. Wir sind miteinander ausgegangen, hatten Sex und das war es dann auch schon."

Als Madison nichts sagte, sondern sie ansah, als hätte sie ihr soeben mitgeteilt, dass sie sich die Zunge spalten und anschließend in einem Eidechsenkostüm durch New York City kriechen wolle, rümpfte Taylor die Nase.

„Was ist?"

„Du hattest Sex mit Ian?"

Grimmig nickte sie. „Und? Ist die Tatsache, dass ich schon einmal Sex hatte, so verwunderlich, dass es dir die Sprache verschlagen hat?"

„Moment." Madison hob die Hand. „Du ... meine kleine, wohlbehütete, gut erzogene und strebsame Cousine ... hattest Sex mit Ian Carlisle?"

„Soll ich es mir auf die Stirn tätowieren lassen, oder was?" Ärgerlich runzelte sie die Stirn und musste es sich gefallen lassen, dass Madison sie noch immer wie ein Weltwunder betrachtete.

„Wir reden hier über denselben Ian Carlisle, oder?"

Mit all dem Sarkasmus, zu dem sie fähig war, erklärte Taylor: „Sollte es noch einen Ian Carlisle geben, der mit einem schottischen Akzent spricht, auf dem Vanderbilt-College Football gespielt hat und jetzt der neue Wide Receiver der Titans geworden ist, sollte ich mich wohl bei dem falschen für die Ohrfeige entschuldigen."

„Ian Carlisle ist so ungefähr der letzte Kerl, mit dem dein Vater einverstanden wäre." Madison brach in ein entzücktes Lachen aus. „Der Mann sitzt so oft in einer Ausnüchterungszelle, dass er vermutlich bei der nächsten

Renovierung die Wandfarbe aussuchen darf. Onkel Dan würde tot umfallen, wenn du ..."

Taylor sah sich gezwungen, die quirlige Aufregung ihrer Cousine zu dämpfen. „Es ist fünf Jahre her, Madison. Ian Carlisle war ein Flirt auf dem College, den ich sicherlich nicht wiederholen werde. Selbst wenn er mich noch einmal fragen würde, ob ich mit ihm einen Kaffee trinken will, würde ich dankend ablehnen. Meine Abschlussprüfungen stehen kurz bevor, und Ian Carlisle wäre die letzte Person, an die ich meine Gedanken verschwenden würde."

Madison schien sich nur auf eins konzentrieren zu können. „Er hat dich gefragt, ob du mit ihm einen Kaffee trinken gehen willst?"

„Hast du mir überhaupt zugehört?" Taylor seufzte ärgerlich. „Er ist Geschichte. Passé. Und mir völlig egal."

„Dafür sah die Ohrfeige ziemlich emotional aus."

Taylor verdrehte die Augen. „Können Ohrfeigen etwas anderes als emotional sein? Ich wäre dir wirklich dankbar, wenn wir das Thema endlich fallen lassen könnten."

„Von mir aus!" Ergeben hob Madison beide Hände in die Höhe. „Ich habe ihm sowieso schon gesagt, dass du zu gut für ihn bist und er die Finger von dir lassen soll."

„Vielen Dank", ächzte Taylor. „Was täte ich bloß ohne dich?"

„Hey, du bist meine kleine Cousine", beschwerte sich Madison. „Irgendjemand muss auf dich aufpassen."

Taylor verzog den Mund. „Kannst du nicht mal eben ein Baby bekommen? Dann wäre ich dich los."

Erschrocken lachte ihre Cousine auf. „Bist du irre? Kannst du dir das vorstellen? Blake und ich und ein *Baby*?"

„Gott, bist du romantisch! Weiß dein Freund, wie du über ihn redest?“

Madison grinste breit. „Er ist ein Schatz ...“

„... der womöglich gerade an seinem Erbrochenen erstickt.“

Ihr Gast wedelte beiläufig mit einer Hand vor ihrem Gesicht herum. „Bevor ich gegangen bin, habe ich ihm gesagt, dass er sich auf die Seite rollen soll, wenn ihm schlecht wird. Da mache ich mir keine Gedanken.“

„Irgendwie bekomme ich gerade einen echt gruseligen Eindruck von eurer Beziehung.“ Sie erschauerte gespielt verängstigt.

Netterweise nahm Madison ihr dies nicht krumm. „Er passt einfach perfekt zu mir. Wir beide haben den gleichen perversen Geschmack und lachen über die gleichen Witze.“

„Mir gruselt es schon genug, Madison. Bitte, keine Details.“

„Keine Sorge, die behalte ich für mich.“ Räuspernd nickte sie ihr zu. „Solltest du dennoch Ians Telefonnummer brauchen, dann ...“

„Könntest du dich bitte auf den Weg nach Hause machen und nach deinem Freund sehen?“, unterbrach sie Madison flehend. „Schließlich will ich nicht schuld sein, wenn er dir unter den Händen wegstirbt.“

Madison zuckte mit der Schulter und lächelte sie an, bevor sie aufstand. „Blake wird sich tierisch freuen, wenn er erfährt, wie rührend du um seine Gesundheit besorgt warst. Stell dir vor, er ist nämlich der Meinung, dass du ihn nicht leiden kannst.“

„Ich wünsche dir auch frohe Weihnachten“, versetzte Taylor und gab ihr einen imaginären Kuss.

3. Kapitel

Auch auf die Gefahr hin, dass Teddy ihn einen Kopf kürzer machen könnte, betrat Ian den Trainingsraum der Cheerleader und blieb mit einem erfreuten Grinsen stehen. Wenn es nicht zu offensichtlich gewesen wäre, hätte er sich gerne auf eine Bank gesetzt und dem bunten Treiben zugesehen, in dem leicht bekleidete Frauen diverse Verrenkungen betrieben, in Flickflacks über Matten turnten oder von den wenigen männlichen Cheerleadern in die Höhe gestemmt wurden.

Mit großem Interesse verfolgte er, wie einer dieser männlichen Cheerleader eine winzige Brünette in die Höhe hob und auf seiner Hand balancierte. Da die Mädels normalerweise Röckchen trugen, war es den Zuschauern nie vergönnt, diese Hebefiguren aus der Nähe zu betrachten, doch im Training trugen die meisten Cheerleader Hotpants oder Leggings, sodass Ian seine Meinung über die männlichen Mitglieder der Cheerleader überdenken musste. Blake hätte sich vermutlich sogar freiwillig gemeldet, um hier auszuhelfen, wenn er gewusst hätte, wie nah die männlichen Cheerleader ihren Partnerinnen dabei kamen. Obwohl ...

Nach allem, was Ian von Blakes früherer Besessenheit auf Cheerleader gehört hatte, vermutete er, dass sein Teamkollege viele der anwesenden Mädels bereits nackt gesehen hatte. Es war kein Geheimnis, dass der Runningback am liebsten in den eigenen Reihen gewildert hatte. Noch heute wurde er damit aufgezogen, dass ihn mehr Mitglieder des Cheerleading-Teams der Titans hüllenlos gesehen hatten als die eigenen Mitspieler. Eigentlich war es ein absolutes Klischee, dass

Footballspieler mit Cheerleadern schliefen, denn meistens blieben diese beiden Teams getrennt. Außerdem legten die meisten Cheerleader und auch die meisten Footballspieler großen Wert auf eine professionelle Trennung. Er selbst hatte in seinem Leben erst mit drei Cheerleadern geschlafen, von denen zwei nicht einmal zu seinem Verein gehört hatten.

Ehrlicherweise hatte er erst erfahren, dass die beiden für ein anderes Team die Pompons schwangen, als er schon mit ihnen in einem Taxi gesessen hatte. Da er bereits so weit gekommen war und sie in sein Hotel eingeladen hatte, wollte er nicht dermaßen unhöflich sein und sie wieder wegschicken. Was konnten die beiden schon für ihren Job? Das war erst ein paar Wochen her und er erinnerte sich nicht einmal an ihre Namen.

An den dritten Cheerleader dagegen erinnerte er sich problemlos, was nicht einmal daran lag, dass sie ihm jetzt gerade schräg gegenüberstand, an einer Wasserflasche nippte und über etwas lachte, was ihr jemand erzählte. An Taylor Roberts erinnerte er sich nur allzu gut, schließlich war sie das hübscheste Mädchen gewesen, das er während seiner Collegezeit kennengelernt hatte, und das netteste dazu. Als er sie zum ersten Mal gesehen hatte, war ihm fast ein Ball an den Kopf geworfen worden, und er hatte einen monströsen Anschiss seines Coachs bekommen, weil er sich nicht auf das Training, sondern auf den blonden Cheerleader konzentriert hatte, der das Nachbarfeld betreten hatte. Wie sollte er sich nicht an sie erinnern, wenn er ihretwegen beinahe eine Gehirnerschütterung bekommen hätte?

Außerdem erinnerte sich ein Mann vermutlich bis zu seinem Tod an das Mädchen, das geweint hatte, als er zum ersten Mal mit ihm schlief.

Beinahe automatisch fuhr seine Hand über seine Wange, die selbst nach vier Tagen prickelte, wenn er an die saftige Ohrfeige zurückdachte, die Taylor ihm verpasst hatte. Ob er sie verdient hatte, konnte er gar nicht sagen, denn seine Erinnerung an sie war ausgesprochen positiv. Nun ja ... er hätte sich von seinen Kumpels nicht ständig verleugnen lassen sollen, als sie ihm hinterhertelefoniert hatte oder bei seiner Studentenverbindung aufgekreuzt war, aber im Grunde hatten sie beide großen Spaß gehabt. Fast drei Monate waren sie miteinander gegangen, was vermutlich seine längste Beziehung gewesen war. Dann war ihm alles zu stressig geworden und er hatte Schluss gemacht – auf die einzige Art, die er gekannt hatte. Er war auf Tauchstation gegangen und hatte sich einfach nicht mehr gemeldet.

Es hatte ihm leidgetan, Taylor wehzutun, aber Ian war ziemlich ratlos gewesen, was sie eigentlich von ihm erwartet hatte. Sie war im zweiten Jahr auf dem College gewesen und er im Abschlussjahr. Während sie nach ihrem Collegeabschluss auf eine Universität hatte gehen wollen, um Ärztin oder Anwältin oder was auch immer zu werden, hatte er nur daran denken können, von welchem Team er gedraftet werden würde. Es hätte mit ihnen niemals geklappt, auch wenn sie ständig davon geredet hatte, dass sie ihn ihren Eltern vorstellen wollte. Für Ian hätte es keinen besseren Grund geben können, spätestens zu diesem Zeitpunkt abzuhauen.

Wieso sollte er sich mit den Eltern anderer abgeben, wenn er seinen eigenen erfolgreich aus dem Weg ging?

Bevor er seinen Gedanken weiter nachhängen konnte, sah er, wie Taylor ihn entdeckte und ihr fröhliches Lächeln erstarb.

Um dem Ganzen die Krone aufzusetzen, riss er den Arm in die Höhe und brüllte gut gelaunt durch den Raum: „Hey, Taylor! Können wir uns noch einmal über die Hochzeit unterhalten?"

Taylors Reaktion war zum Schreien komisch, da sie einen kurzen Moment schneeweiß wurde und anschließend rot anlief. Das aufgeregte und teilweise kreischende Getöse, das die anderen Cheerleader nach seiner Bemerkung machten, kommentierte er mit einem freundlichen Nicken und einem Winken, das selbst Königin Elisabeth nicht besser hinbekommen hätte.

Seine angebliche Herzensdame schien nichts daran komisch zu finden, da sie sich ein Sweatshirt schnappte, hineinschlüpfte und mit großen Schritten auf ihn zukam.

„Bist du völlig übergeschnappt?", fauchte sie ihn an, grabschte nach seinem Arm und zog ihn geradezu diktatorisch aus dem Raum hinaus. „Was zum Teufel willst du hier? Und wie kommst du dazu, so eine Bemerkung loszulassen?"

Wie ein bockiges Pferd blieb er stehen, als die Tür hinter ihm zuschlug, und zwang Taylor, ebenfalls stehen zu bleiben. Mit einem bedeutungsvollen Blick in ihre blauen Augen löste er ihre Hand von seinem Arm und schüttelte diesen übertrieben.

„Autsch! Weißt du, was der wert ist?"

„Provoziere mich nicht, Ian", zischte sie aufgebracht. „Ich bin wirklich nicht in Stimmung für deine Scherze."

„Wieso?" Arglos hob er die Schultern an und sah belustigt auf sie hinab. „Was habe ich denn Schlimmes gesagt? Ich wollte mich nur kurz mit dir über unsere Begegnung auf Duprees Hochzeit unterhalten. Das ist alles."

„Du weißt genau, was die Mädels in deine Bemerkung hineininterpretieren!“ Genervt stöhnte sie auf und fasste sich an die Nasenwurzel. „Du schaffst es und machst mich lächerlich.“

Lächerlich war tatsächlich nur seine körperliche Reaktion auf die Frau, die ihn gerade noch wie eine Furie attackiert hatte und ein Gesicht zog, als müsste sie Kakerlaken essen, während sie ihn ansah. Je länger er sie betrachtete, desto mehr erinnerte er sich an die Zeit vor fünf Jahren und wusste wieder, warum er drei Monate lang jede Einladung zu Dates mit anderen Studentinnen ausgeschlagen hatte. Eigentlich gehörte Ian zu der Sorte Mann, die nicht an das Prinzip Treue glaubte. Außerdem war er der Meinung, dass man keine Rücksicht auf eine Frau nehmen musste, solange man ihr keinen Ring über den Finger geschoben hatte. Doch als er mit Taylor ausgegangen war, hatte er keine Lust gehabt, das Angebot anderer Mädels anzunehmen, die sich ihm mit schöner Regelmäßigkeit an den Hals geworfen hatten. Wenn er sie nun betrachtete, wusste er auch wieder, warum es ihm so gegangen war.

Taylor Roberts war noch immer bildhübsch und sah sogar mit einer finsteren Grimasse zum Anbeißen aus. Hellblonde Haare, eisblaue Augen und ein geradezu klassisches Gesicht zogen ihn noch heute in den Bann. Außerdem hatte man sie nicht umsonst zum Cheerleader gewählt, da auch das, was sie unter ihren Trainingsklamotten verbarg, nicht von schlechten Eltern war, wie er sich erinnerte.

„Könntest du mir bitte verraten, was du von mir willst?“

Unabsichtlich starrte er auf ihre vollen Lippen und grinste automatisch. „Würdest du mir den Spruch *Ich war gerade in der Gegend* abkaufen?“

„Nein.“

Seufzend schob er die Hände in die Taschen seiner Jeans. „Hast du schlecht geschlafen? Oder liegt deine grauenvolle Laune an mir?“

„Rate“, forderte sie ihn finster auf, bevor sie den Kopf schüttelte und düster erklärte: „Ian, wenn dich meine bekloppte Cousine geschickt hat, dann ...“

„Keine Sorge, auf meine bekloppten Ideen komme ich schon selbst.“ Er nickte in Richtung Trainingsraum. „Bist du noch immer Cheerleader?“

Nach einem längeren Moment, in dem sie ihn argwöhnisch musterte, verriet sie mit dumpfem Unterton: „Ich bin es wieder, wenn du es genau wissen willst. Vor einem Jahr bin ich diesem Team beigetreten. Wäre das dann alles? Ich muss nämlich wieder rein.“

Abwehrend schüttelte er den Kopf und bemühte sich um Augenkontakt, den sie ihm jedoch verweigerte. Wenn er nicht damit gerechnet hätte, wieder eine verpasst zu bekommen, hätte er ihre Schultern umfasst und sie dazu gezwungen, ihn anzusehen, doch sein Selbsterhaltungstrieb war größer. Gegen Kneipenprügeleien hatte er nie etwas, aber grundlos von Frauen geschlagen zu werden, war nicht sein Ding. Nicht, dass er es nicht schon einmal probiert hätte, aber er hatte schnell herausbekommen, dass es seiner Libido nicht guttat, angebrüllt und mit Lederpeitschen aus einem Sexshop traktiert zu werden.

„Ich weiß, dass du mir böse bist, Taylor ...“

„*Böse*?“ Ihr Ton klang eine Spur zu höhnisch für seinen Geschmack, weshalb er die Stirn runzelte.

„Ja, mein Verhalten war alles andere als ... nett."

„*Nett*?"

Er machte einen Schritt auf sie zu und schob kämpferisch das Kinn vor. „Heute weiß ich, dass ich mich feige verhalten habe. Ich hätte Tacheles mit dir reden und persönlich Schluss machen sollen – und das tut mir leid."

Ihr Schnauben sowie der verächtliche Augenaufschlag sagten ihm, dass sie ihm kein Wort abkaufte.

Da Ian nicht gerne den Prügelknaben spielte und nichts von kriecherischer Schwäche hielt, rümpfte er ärgerlich die Nase. „Die Sache ist die: Das ist fünf Jahre her und wir sind erwachsen geworden."

„Nach allem, was ich über dich höre, würde ich dem nicht unbedingt zustimmen." Ihre eisblauen Augen zogen sich zu Schlitzen zusammen. „Kneipenprügeleien und Pinkelaktionen aus Hochhausfenstern klingen nach pubertierenden Idioten, aber nicht nach Erwachsenen."

Ihn juckte ihr abfälliger Ton nicht, daher verdrehte er die Augen. „Bist du so verbohrt, dass du meine Entschuldigung nicht einmal annehmen kannst?"

„Verbohrt bin ich nicht, aber ich frage mich, was diese Aktion bringen soll." Beinahe resigniert legte sie den Kopf schief und schaute ihn derart offen an, dass es ihm kalt über den Rücken lief. „Wie du schon gesagt hast, ist das fünf Jahre her. Wir haben nichts mehr miteinander zu tun, was anscheinend das Beste ist. Also belassen wir es doch einfach dabei."

Er wackelte mit den Augenbrauen und fragte amüsiert: „Bringst du es tatsächlich übers Herz, mich anzufeuern?"

Knochentrocken erwiderte Taylor: „Ich schließe jedes Mal die Augen und tue so, als ob du schwul wärst."

Ian musste lachen. „Geh mit mir einen Kaffee trinken, Taylor."

„Sehe ich etwa so blöd aus, den gleichen Fehler zweimal zu machen?"

Gespielt nachdenklich legte er den Kopf schief und runzelte die Stirn. „Man sollte den gleichen Fehler tatsächlich nicht zweimal machen. Es sei denn ..."

„Es sei denn ... *was*?", hakte sie genervt nach und verschränkte abwehrend die Arme vor der Brust.

Mit der Ernsthaftigkeit eines Wirtschaftsverbrechers vor Gericht erläuterte er: „Man sollte den gleichen Fehler niemals zweimal machen, es sei denn der Fehler heißt Ian und ist verdammt heiß."

Das Zucken ihrer Mundwinkel hielt er für ein gutes Zeichen und wartete darauf, dass sie ihm ihre Telefonnummer geben würde, als sie leichthin erwiderte: „Mach's gut."

Während sie ihm den Rücken zudrehte und die Tür zum Trainingsraum öffnete, rief er ihr nach: „Man sieht sich."

Ihre Antwort bestand darin, ihm die Tür vor der Nase zuzuknallen.

Ian ließ sich mit einem Seufzer auf einen Stuhl fallen und fragte seinen Teamkollegen neugierig: „Was machst du denn hier?"

Julian Scott hob den Kopf und grinste entspannt: „Das Titans-Magazin hat um ein Interview gebeten. Bis es anfängt, wollte ich mir die Zeit vertreiben." Er deutete auf das aufgeschlagene Buch vor sich, lehnte sich zurück und nickte ihm zu. „Und was treibt dich her? Hast du mal wieder unanständige Fotos gepostet und bekommst jetzt den Kopf gewaschen?"

„Woher weißt du denn von dem Foto?"

Sein Teamkollege zuckte mit der Schulter und lachte fröhlich. „Sehe ich etwa so alt aus, als könnte ich nicht wissen, wie soziale Netzwerke funktionieren?"

Um seinen um ein paar Jahre älteren Teamkollegen zu piesacken, schaute er ihn bedeutungsvoll an. „Ja, ja ... das Alter, Scott! Hast du schon Probleme beim Pinkeln?"

Man musste Julian Scott zugutehalten, dass er tatsächlich zu den umgänglichsten und entspanntesten Footballspielern gehörte, die Ian jemals kennengelernt hatte. Der Mann, der ebenfalls Wide Receiver war und in wenigen Wochen seinen Abschied vom Profifootball nehmen würde, war nie aus der Ruhe zu bringen. Weder auf dem Feld verlor er den Kopf noch im Privatleben schien er jemals auszurasten. Ian hatte schon mehrmals erlebt, wie er eine hitzige Auseinandersetzung in der Umkleidekabine mit ruhigen Worten gelöst hatte und wie entspannt er mit seinen Kindern umging, selbst wenn diese Zeter und Mordio schrien und sich wie kleine Monster aufführten.

Auch jetzt saß ihm der Mann mit einem gutmütigen Lächeln gegenüber und schien der Tatsache, dass er bald Rentner sein würde, keine Bedeutung zuzumessen. Für Ian war dies nur schwer nachzuvollziehen. Wenn er an den Tag dachte, an dem er seinen Posten verlor und mit dem Football aufhören würde, bekam er Schweißausbrüche und nervöse Zuckungen.

„Dass *du* keine Probleme beim Pinkeln hast, beweisen diverse Videoaufnahmen vom letzten Sommer“, hob Julian hervor. „Liv und ich haben uns das Video bestimmt zehnmal angeschaut und sind jedes Mal vor Lachen fast zusammengebrochen. Was hast du dir dabei gedacht, aus einem Hochhausfenster zu schiffen?“

„Keine Ahnung“, antwortete er wahrheitsgemäß. „Ich war betrunken. Deine Frau hat sich also das Video angesehen?“ Grinsend lehnte er sich zurück. „Interessant.“

„Du musst gar nicht so fett grinsen“, wies ihn Julian unbeeindruckt hin. „Meine Frau ist bescheuerte Aktionen von Footballspielern bereits gewohnt. Und jetzt erzähl: Was hat Teddy zu deinem Foto mit den Cheerleadern gesagt?“

„Was wohl?“ Er schnitt eine Grimasse. „Sie motzte rum, faselte davon, dass ich sie in die Klapsmühle bringe, und hat von mir verlangt, die Finger von Cheerleadern zu lassen.“

„Oha.“

Er schnaubte laut auf und rümpfte die Nase. „Am liebsten hätte sie mich zum Eunuchen gemacht. Das war jedenfalls mein Eindruck.“

Sein Teamkollege fuhr sich mit einer Hand über das lachende Gesicht. „Irgendwie kann ich sie verstehen. Die Arme muss eure Schandtaten immer wieder ausbügeln.“

Ian verdrehte die Augen und verschränkte die Hände hinter seinem Kopf, während er sich in der Cafeteria des Gebäudes umsah, in der am späten Nachmittag nichts mehr los war. Seit er vor wenigen Monaten nach New York gewechselt war, hatte er die entspannte Stimmung im Verein zu schätzen gelernt. Bei den Titans ging es um einiges familiärer und freundschaftlicher zu, als er es gewohnt war. Das betraf nicht nur das Team, das beinahe abartig harmonisch war, sondern alle Mitarbeiter des Vereins. Früher wäre es ihm nie in den Sinn gekommen, sich in die Cafeteria zu setzen, um dort einen Plausch zu halten, oder nach Trainingsschluss noch zu bleiben, weil er es gewohnt gewesen war, dass die Spieler sich sofort in ihre Luxuskarren setzten, sobald sie freihatten. Hier hingen die Spieler freiwillig herum, auch wenn ihr Training bereits beendet war. Viele brachten sogar ihre Kinder mit und ließen diese überall herumtollen oder von Mitarbeitern babysitten. Selbst die Zwillinge seiner Chefin und seines Mannschaftskapitäns wurden ständig herumgereicht, wobei man den Eindruck gewinnen konnte, dass sich die Mitarbeiter darum rissen, auf die kleinen Scheißer aufzupassen.

Manche seiner Teamkollegen waren derart auf den Verein fixiert, dass sie hier sogar heirateten.

„Was meinst du denn mit *eure Schandtaten*?“ Bedeutungsvoll hob Ian eine Augenbraue in die Höhe.

„Ach, ich denke an Blake und dich. Ihr beiden bringt es wirklich fertig und schafft es, dass Teddy auf die Couch muss.“ Julian nickte ihm zu. „Hat sie denn mitbekommen, wie du gleich nach ihrer Ansage eine der Cheerleader angemacht hast?“

Für einen Moment wusste Ian nicht, wovon zum Teufel sein Teamkollege sprach, und runzelte die Stirn, bis ihm einfiel, dass Julian Zeuge seines Gesprächs mit Taylor auf der Hochzeit vor wenigen Tagen gewesen sein musste. Unbehaglich zog er seine Hände hinter seinem Kopf hervor und vergrub diese in den Taschen seiner gefütterten Jeansjacke, während er die Beine von sich streckte und das Kinn nach vorne schob.

„Ich habe sie nicht angemacht.“

„Ach?“ In gespieltem Erstaunen legte Julian Scott, der für Ians Geschmack viel zu clever war, den Kopf schief. „Also kommt es öfter vor, dass du völlig grundlos geohrfeigt wirst? Du armes Schwein!“

„Ha, ha, sehr komisch, du Vogel“, erwiderte er trocken und seufzte laut auf. „Taylor ist meine Ex vom College. Bis zur Hochzeit wusste ich nicht einmal, dass sie hier Cheerleader ist.“

Sein Teamkollege hob überrascht den Kopf. „Was?“

Ian verzog den Mund. „Stell dir mal meine Überraschung vor. Es ist fünf Jahre her, dass ich sie zum letzten Mal gesehen habe, dann steht sie plötzlich vor mir und knallt mir eine.“

Julian schien sich darum zu bemühen, ernst zu bleiben, doch das unterdrückte Grinsen war allzu deutlich zu erkennen. „Irgendwie kann ich mir nicht vorstellen, dass du in der Geschichte das Unschuldslamm bist.“

„Vielen Dank“, ächzte Ian. „Sehr freundlich von dir.“

Sein Gesprächspartner zupfte am Kragen seines dunkelblauen Pullovers herum. „Für mich klingt es eher so, als hätte sie sich vor dir versteckt, wenn du bis vor ein paar Tagen nicht einmal wusstest, dass sie hier im Verein Cheerleader ist. Und das bedeutet, dass du irgendetwas angestellt haben musst. Warum sonst sollte sie dir eine scheuern?“

„Mann, o Mann.“ Ian atmete tief aus. „Es ist immerhin fünf Jahre her! Da sollte jeder normal denkende Mensch doch nicht mehr angefressen sein ...“

„Also hast du doch etwas angestellt“, fasste Julian ohne irgendeinen Triumph in der Stimme zusammen. „Außerdem sind fünf Jahre nichts für eine Frau, die wütend ist.“

Mit einem trockenen Lachen fragte Ian nach: „Gibst du mir einen väterlichen Tipp? Alt genug wärst du dafür allemal.“

„Warte das nächste Training ab. Da werde ich dir deinen Hintern aufreißen und dir eine väterliche Tracht Prügel verpassen“, versprach sein Kumpel ihm freundlich.

„Ich kann es kaum erwarten“, lachte Ian, doch Julian war mit seinen väterlichen Tipps anscheinend noch nicht fertig.

„Frauen vergessen nichts. Auch nicht nach fünf Jahren. Ich habe zwar keine Ahnung, was du getan hast, aber die Ohrfeige war ziemlich deutlich.“

Obwohl Ian nicht zu den Kuscheltypen gehörte, die mit anderen über seine Probleme oder seine Gefühle sprach, hielt er es für keine schlechte Idee, mit Julian Scott über Taylor zu sprechen. Im Gegensatz zu den meisten anderen Männern, die sich das Los teilten, zu Hause eine Frau zu haben, schien der Wide Receiver derjenige zu sein, der die wenigsten Probleme mit seinem Eheweib hatte.

„Na ja, ich weiß selbst, dass ich mich nicht gerade mustergültig benommen habe.“

„Soll heißen?“ Interessiert griff Julian in eine Packung Erdnüsse, die bislang unbeachtet auf dem Tisch gelegen hatte, und warf sich ein paar davon in den Rachen.

Unbehaglich rutschte Ian auf seinem Stuhl hin und her. „Wir waren seit zwei oder drei Monaten zusammen, als sie zu sehr klammerte. Sie wollte, dass ich ihre Eltern kennenlernte ... und so ein Kram.“

„So ein Kram?“

Ian kratzte sich am Kopf. „Mann, ich hatte das Gefühl, dass sie schon eine Tischordnung für unsere Hochzeit plante! Dabei war es nur ein College-Flirt. Jeder weiß doch, dass man auf dem College nur Spaß haben will."

Das Lachen seines Teamkollegen irritierte ihn, weshalb er mit finsterer Miene aufsah.

„Was ist daran so lustig, Scott?"

„Nichts." Dieser grinste ihn breit an. „Ich habe meinen ersten College-Flirt geheiratet. Mir war schon nach unserem ersten Date klar, dass es darauf hinauslaufen würde."

Eigentlich hielt Ian nichts von Höflichkeit und sagte den Menschen ehrlich, was er von ihnen dachte, aber jetzt hielt er es für angebrachter, seinem Teamkollegen nicht zu sagen, dass er ihn für verrückt hielt, gleich das erste Mädchen zu heiraten, das ihm über den Weg lief. Die Welt bestand schließlich aus vielen hübschen Frauen. Warum sollte man sich auf eine beschränken?

„Dann bist du halt die Ausnahme."

„Vermutlich." Nicht im Mindesten beleidigt nickte er. „Für dich war es damals also nur ein Flirt, aber sie dachte an etwas Festes?"

„Ich schätze schon." Er zog die Augenbrauen zusammen. „Der Draft stand kurz bevor, weshalb ich für den ganzen Gefühlsmist und endlose Gespräche keine Zeit und keinen Kopf hatte. Natürlich war es nicht besonders höflich, mich nicht mehr bei ihr zu melden, aber damals wusste ich mir nicht anders zu helfen."

Julian verschluckte sich an einer Erdnuss und hustete auf. Mit gerötetem Gesicht blinzelte er ihm zu, hob eine Hand an den Mund, um sich nach seiner Hustenattacke zu räuspern, und fragte ungläubig: „Willst du mir sagen, dass du die Kleine abserviert hast, ohne ihr das zu sagen?“

Unsicher zuckte er mit der Schulter. „Ich wollte sie nicht heulen sehen. Was hätte ich denn sonst machen sollen? Also bin ich nicht mehr ans Telefon gegangen und habe mich verleugnen lassen, wenn sie bei uns im Wohnheim vor der Tür stand.“

„Oh Mann, Carlisle! Du bist vielleicht eine Nummer!“ Julian schüttelte den Kopf. „Und jetzt wunderst du dich, warum sie so schlecht auf dich zu sprechen ist?“

„Hey, das war vor fünf Jahren!“

„Eben.“ Misstrauisch verengten sich die Augen seines Teamkollegen. „Willst du wieder etwas mit ihr anfangen?“

Natürlich wollte er das! Doch um möglichst lässig zu erscheinen, nickte er nachdenklich. „Wäre möglich.“

„Aber warum?“

Ian lachte trocken auf. „Hast du sie dir mal angesehen? Sie ist eine Granate.“

Ein paar Sekunden sagte sein Gegenüber nichts, bis er sich mit einem resignierten Stöhnen zurücklehnte und trocken erklärte: „Jetzt weiß ich wieder, warum ich bei Briannas Geburt geschworen habe, dass ich keinen Footballspieler zum Schwiegersohn will. Danke, dass du mich daran erinnert hast.“

„Gern geschehen“, entgegnete Ian fröhlich und erntete einen ironischen Blick.

4. Kapitel

„Miss Roberts, Sie sind die einzige meiner Studenten, die sich noch immer nicht entschieden hat, was sie nach ihrem Abschluss machen wird. Sie wissen doch, dass die Bewerbungen für die Spezialisierungsprogramme bereits laufen, oder?“

Taylor nickte mit einem Lächeln, das hoffentlich nicht allzu gequält ausfiel, und blieb am Pult ihres Professors stehen, während sich die übrigen Studenten verabschiedeten und den Raum verließen. Eigentlich hatte sie gehofft, dass Professor Stanley sie übersehen oder schlichtweg vergessen hätte, da er dem Klischee des zerstreuten Professors alle Ehre machte, doch leider war dem nicht so. Ihr war es ausgesprochen unangenehm, dass sie als Einzige der Abschlussklasse noch nicht wusste, was sie nach Beendigung des Studiums machen wollte.

In wenigen Monaten wäre es so weit und sie könnte als Zahnärztin praktizieren. Die vergangenen vier Jahre hatte sie an der Columbia-Universität verbracht, Zahnmedizin studiert und ihre praktischen Studien absolviert. Ihr stand der Weg offen für eine glänzende Karriere als Zahnärztin in einer Privatpraxis, wenn sie sich nicht dafür entschied, sich zu spezialisieren und beispielsweise Kieferchirurgin zu werden.

Leider reizte sie weder das eine noch das andere.

Vier Jahre auf dem College hatten sie zu der Erkenntnis gebracht, dass sie auf keinen Fall Anwältin werden und in die Fußstapfen ihres Vaters treten wollte. Medizin war daher die einzige Alternative gewesen. Nun ja, es war die einzige Alternative gewesen, die ihr Vater ihr genannt hatte. Allein Jura oder Medizin waren die Fächer gewesen, die er akzeptiert hätte. Auf der Highschool hatte sie Literatur geliebt, am Theater mitgespielt und täglich getanzt. Ballett war ihre Leidenschaft gewesen, der sie gerne weiter nachgegangen wäre, wenn ihr Vater nicht befunden hätte, dass sie mit dem Tanzen aufhören müsste, um ihr Studium nicht zu gefährden. Ihren Wunsch, an der Juilliard in New York Tanz zu studieren, hatte er als kindischen Wunschtraum abgetan. Obwohl sie damals sogar den Mund aufgemacht und sich mit ihm über ihre Zukunft gestritten hatte, war er es natürlich gewesen, der sich durchgesetzt hatte. Demnach war ihr nichts anderes übrig geblieben, als sich zwischen Jura und Medizin zu entscheiden. Aus Trotz hatte sie sich geweigert, wie ihr Vater dem Anwaltsberuf nachzueifern, und hatte sich gezwungenermaßen für Medizin entschieden.

Da Taylor schon bei Krankenhausserien umschalten musste, weil sie blutige Wunden nicht gerne sah, war es Zahnmedizin geworden. Vier weitere Jahre auf der Columbia waren gefolgt, die sie zwar dem Beruf der Zahnärztin nähergebracht hatten, aber nun viel zu schnell umgegangen waren.

Taylor hatte das Gefühl, sich zwischen Pest und Cholera entscheiden zu müssen.

Eine Spezialisierung hätte vielleicht einen Aufschub bedeutet, aber andererseits wollte sie nicht noch länger die Schulbank drücken. Gleichzeitig verspürte sie überhaupt keinen Elan, jeden Morgen aufzustehen, in eine Praxis zu fahren und Menschen in die Münder zu schauen. Allein der Gedanke, dies in den kommenden vierzig Jahren machen zu müssen, verursachte ihr Depressionen.

Gutherzig lächelte Professor Stanley. „Sie sind eine äußerst begabte Studentin, Miss Roberts. Ich könnte mir sehr gut vorstellen, dass Sie bei einem der Programme problemlos genommen würden, falls Sie dies wünschen."

Räuspernd erwiderte sie: „Vielen Dank, Professor Stanley. Ich werde in den nächsten Tagen überlegen, ob ich mich für eines der Programme bewerbe."

„Das sollten Sie bald tun", erklärte er und kam schnaufend um das Pult herum. „Die Bewerbungsfristen werden in Kürze auslaufen. Haben Sie bereits eine Praxis im Auge, in der Sie praktizieren könnten?"

Taylor dachte daran, dass ihr Vater seit einem Jahr davon sprach, sie in der Privatklinik eines Freundes unterzubringen, und nickte wie ferngesteuert. Während sie mit Schrecken darüber nachdachte, als Zahnärztin in der Praxis eines Freundes ihres Vaters zu arbeiten, hielt Professor Stanley ihre Antwort für eine positive Nachricht, da er breit lächelte und zufrieden nickte. Gleichzeitig fuhr er sich über die verschwitzte Glatze und kramte in seiner Hosentasche nach einem Schokoriegel. In der ganzen Fakultät war bekannt, dass seine Frau wie ein Luchs auf seine Ernährung achtete, da sie Internistin war und argwöhnisch auf die Blutwerte ihres Mannes schielte. Leider litt Professor Stanley unter einer absoluten Leidenschaft für Süßigkeiten und versteckte daher einen geheimen Vorrat an Schokoriegeln in seinem Pult, wie er seinen Studenten mit einem Augenzwinkern verraten hatte. Seine Frau lehrte als Professorin ebenfalls an der Columbia und hatte erst im letzten Semester einen Auftritt hingelegt, der noch heute heiß auf dem ganzen Campus diskutiert wurde. Während ihr Mann in der Mensa mit seinen Kollegen über die Vorteile einer neuen Studienordnung gesprochen hatte, war seine Frau wie eine Furie an seinen Tisch gestürmt und hatte ihm das Schälchen Schokopudding weggenommen, das er sich hatte einverleiben wollen.

Dass seine Frau mit ihm vor allen Anwesenden über seinen Cholesterinspiegel gestritten hatte, war selbstverständlich *das* Thema an der Uni gewesen. Es war sogar noch interessanter gewesen als das Gerücht, dass Professor MacIntosh eine Liebesbeziehung zu einem seiner Studenten führte. Glücklicherweise war Professor Stanley ein liebenswerter Witzbold, der die ganze Geschichte mit Humor genommen hatte. Tatsächlich gab es keinen anderen Dozenten, den Taylor so sehr schätzte wie ihn.

Als er ihr einen seiner Schokoriegel anbot, nahm sie diesen daher dankend an und musste lächeln, als er meinte: „Erzählen Sie meiner Frau nicht von dem Riegel. Und schon gar nicht meinem Zahnarzt!"

Mit einem entzückten Lachen schüttelte sie den Kopf. „Ich werde schweigen wie ein Grab."

„Sehr gut." Er nahm einen Bissen und erklärte nach einer Weile mit verständnisvoller Stimme: „Für viele Studenten ist es schwierig, die Universität zu verlassen und ins Berufsleben einzusteigen. Einerseits freut man sich darauf, nicht länger die Schulbank zu drücken, aber andererseits kann es einen in Furcht versetzen, plötzlich in die Arbeitswelt einzutreten. Das ist völlig normal."

Taylor gab eine unverständliche Antwort von sich und nahm einen kleinen Bissen des Schokoriegels.

„Falls Sie sich deswegen Sorgen machen, können Sie einen Termin mit der Beratungsstelle der Universität ausmachen, Miss Roberts. Glauben Sie mir, dort wird man Ihnen alle Fragen, die Sie eventuell haben, beantworten können."

„Das ist sehr nett“, erklärte sie gespielt munter. „Vermutlich bekomme ich tatsächlich so etwas wie Muffensausen, wenn ich an das Examen denke.“

„Darüber sollten *Sie* sich wirklich keine Sorgen machen“, entgegnete Professor Stanley mit einem Zwinkern. „Ihre Vornoten sind erstklassig und den schriftlichen Teil werden Sie ebenfalls mit Bravour meistern.“ Er warf einen kurzen Blick auf seine Uhr, seufzte und knüllte das Papier seines Schokoriegels zusammen, bevor er ihn in den Mülleimer warf. „Leider habe ich in ein paar Minuten meine Sprechstunde. Falls Sie sich unsicher sind, was ein weiterführendes Programm betrifft, können Sie jederzeit an meine Tür klopfen, Miss Roberts. Gerne kann ich Ihnen die Vorteile beider Richtungen aufweisen, sofern Sie sich noch unsicher sind.“

Taylor trat einen Schritt zurück und schenkte ihrem Professor ein dankbares Lächeln. „Das ist sehr nett. Ich werde bei Bedarf darauf zurückkommen.“ Sie hob den halben Schokoriegel in ihrer Hand in die Höhe. „Und vielen Dank für den Schokoriegel, Professor Stanley.“

„Sehr gerne geschehen.“ Schnaufend schulterte er seine Tasche. „Ich vertraue darauf, dass Sie darüber Stillschweigen bewahren.“

„Absolut“, erwiderte sie amüsiert, verabschiedete sich und machte sich auf den Weg zu ihrem Auto. Sobald sie den Schlüssel ins Schloss steckte und den Motor startete, schloss sie für einen kurzen Moment die Augen und kämpfte gegen das Bedürfnis an, ihren Kopf auf das Lenkrad zu legen und zu schlafen.

Zurzeit wurde ihr alles zu viel, und sie fühlte sich wie damals auf dem College, als sie unter dem Vorwand, an einem Burn-out zu leiden, zur psychologischen

Studienberatung gegangen war. Da Taylor nicht gewusst hatte, wie sie es ihren Eltern hätte erklären sollen, warum sie den Universitätspsychologen aufsuchte, hatte sie ihnen vorgespielt, unter Stress aufgrund des hohen Leistungsdrucks zu leiden. Dank der ärztlichen Schweigepflicht hatte sie dem Psychologen ihren Kummer anvertrauen und sich all das von der Seele reden können, was sie belastet hatte. Obwohl sie noch eine ganze Zeit daran zu knabbern gehabt hatte, war sie langsam aus dem düsteren Loch hinausgeklettert und hatte sich wieder auf ihr Studium konzentriert.

Heute ahnte sie, dass sie die ganze Misere noch nicht wirklich verarbeitet hatte. Hinzu kam, dass sie sich auf ein Leben vorbereitete, das sie eigentlich gar nicht führen wollte.

Im Gegensatz zu vielen anderen Menschen standen ihr Türen offen, die ihr eine tolle Karriere und ein finanziell sorgenfreies Leben ermöglichen konnten. Eigentlich hätte sie dankbar sein müssen und nicht darüber jammern dürfen, dass sie ein Fach studiert hatte, an dem nicht ihr Herz hing. Andere Menschen gingen unterbezahlten Jobs nach, konnten sich keine Krankenversicherung für ihre Familie leisten und waren nicht in der Lage, ihren Kindern zwei warme Mahlzeiten am Tag zu kaufen. Eigentlich müsste sich Taylor über ihre Probleme schämen und demütig daran denken, wie gut es ihr doch im Grunde ging.

Trotzdem war sie nicht glücklich.

Die Schuld an ihren finsteren Gedanken konnte sie nicht einmal dem Zusammentreffen mit Ian geben. Zwar hatte sein Anblick alte Wunden wieder aufgerissen, doch schon vor der Bekanntgabe, dass er zu den New York Titans wechseln würde, hatte Taylor damit begonnen, an ihrer Berufswahl zu zweifeln. Momentan lief einfach alles schief.

Um sich abzulenken, machte sie das Radio lauter und verließ nachdenklich das Universitätsgelände, um zum Haus ihrer Eltern zu fahren. Auf dem Weg dorthin hoffte sie, dass ihr Vater noch in seiner Kanzlei beschäftigt war, und wurde glücklicherweise nicht enttäuscht, als sie in der untersten Etage des dreistöckigen Hauses in der Upper East Side auf ihre Mutter traf, die aufgeregt umherlief.

„Hallo, Schatz! Wie schön, dass du da bist. Dein Vater ist heute länger in seiner Kanzlei beschäftigt, deshalb musst du mir helfen, die Tischdekoration für das Silvester-Menü auszusuchen."

Taylor stellte ihre Tasche ab, nachdem ihre Mom ihr einen Kuss gegeben hatte, und protestierte bedauernd: „Eigentlich wollte ich nur kurz vorbeischauen und ..."

Den Einwand ließ ihre Mutter nicht zu, sondern ergriff ihre Hand und zog sie in den leicht orientalisch anmutenden Salon, den sie nach einer Marokkoreise vor zwei Jahren in mühevoller Arbeit renoviert hatte. Taylor konnte sich noch allzu gut daran erinnern, dass es für ihre Mutter monatelang kein anderes Thema als die Renovierung des Salons gegeben hatte. Damals hatte sie darüber gegrübelt, ob ihre Mutter tatsächlich all die Arbeit nur auf sich nahm, um den Salon zu renovieren, oder ob sie eine Aufgabe brauchte und sich in ihrer vielen Freizeit einfach langweilte. Der Gedanke lag nahe, schließlich hatte ihre Mutter niemals gearbeitet, sondern war stets Hausfrau und Mutter gewesen.

Als Taylor noch ein Kind und später ein Teenager gewesen war, hatte ihre Mutter alle möglichen Schulausschüsse geleitet und Taylors Freizeitaktivitäten bis in das kleinste Detail organisiert. Täglich war sie mitgekommen, um sich die Tanzstunden ihrer Tochter anzusehen, und hatte jede Schulveranstaltung mitgestaltet. Damals wäre es Taylor nie in den Sinn gekommen, sich zu fragen, ob ihre Mutter mehr wollte, als lediglich Dinnerabende für ihren Mann zu planen oder ihre Tochter zu betreuen. Leider konnte man ihrer Mutter nicht ansehen, ob sie glücklich oder unglücklich war, weil man sie niemals anders als gut gelaunt erlebte.

Auch jetzt drückte sie mit einem Lächeln Taylors Hand und zog sie neben sich auf ein Sofa, für das sie den entsprechenden Stoff in Marokko bestellt und einer Polsterei in Vermont den Auftrag gegeben hatte, ein altes Möbelstück damit zu beziehen. Die Geschichte dazu hatte Taylor an die zwanzig Male gehört.

„Aber du musst mir einfach helfen, Schatz. Ich sehe vor lauter Bäumen den Wald nicht mehr“, klagte sie und öffnete ein Album mit diversen Fotos, auf denen unterschiedliche Tischgedecke zu sehen waren. „Der Abend wird ein Riesenspaß, Liebling. Dad und ich freuen uns so sehr, dass du ebenfalls kommst.“

Das angekleisterte Lächeln führte ihre Mutter glücklicherweise aufs Glatteis, denn Taylor freute sich überhaupt nicht darauf, den Silvesterabend im Haus ihrer Eltern bei einem langweiligen Dinner mit den Geschäftspartnern ihres Vaters zu verbringen. Nachdem ihre Mutter jedoch seit Wochen immer wieder davon angefangen hatte und Taylor wusste, dass Madison nicht mehr für einen beschwingten Silvesterabend zur Verfügung stand, da sie mit ihrem Freund feiern würde, war ihr nichts anderes übrig geblieben, als die Einladung ihrer Mutter anzunehmen. Wenigstens würde das Essen grandios schmecken, da ihre Mutter für besondere

Anlässe immer einen Koch engagierte, dessen Menü nicht zu übertreffen war.

Wenigstens etwas.

„Wobei kann ich dir denn helfen, Mom?“

„Du bist ein Schatz, Taylor! Als Erstes sollten wir über die Farben der Dekoration reden. Ich dachte an ein winterliches Motiv. Was hältst du von eisblau, weiß und silber?“

Der Anblick ihrer strahlenden Mutter, die sich wie der Schneekönig auf ihre Silvesterparty freute und ihr einen dankbaren Blick schenkte, zauberte ein kleines Lächeln auf Taylors Lippen. Während sie mit der Meinung ihres Vaters ständig nicht einverstanden war und sein herrisches Wesen nicht vertrug, war ihre Mom der Grund, weshalb sie mehrmals in der Woche zu ihren Eltern fuhr und auch an diesem schrecklichen Silvesteressen teilnahm. Sie liebte ihre Mutter und wollte ihr nicht wehtun. Außerdem wollte sie ihr keinen Kummer verursachen oder ihr Sorgen bereiten. Tatsächlich gehörte ihre Mutter der Generation von Frauen an, die der Meinung waren, ihrem Mann zuliebe ständig zurückstecken zu müssen. Ob es die eigene Karriere oder die Wahl der Gästeliste betraf, richtete sich ihre Mutter immer nur nach den Wünschen ihres Mannes.

Für ihn wollte sie perfekt sein, wollte perfekte Dinnerabende ausrichten, eine perfekte Tochter erziehen und stets als perfekte Ehefrau erscheinen. Das sah man allein an ihrem jetzigen Outfit. Wie immer trug ihre Mutter akkurat gebügelte Hosen sowie eine weiße gestärkte Bluse und die obligatorische Perlenkette um den Hals, während ihr blondes Haar zu einer eleganten Frisur gekämmt war. Noch nie hatte Taylor ihre Mutter in schlampiger Kleidung oder mit strähnigen Haaren erlebt.

Vor allem als Teenager, der eigentlich Primaballerina hatte werden wollen, war das Verhalten ihrer Mutter bei Taylor auf Unverständnis gestoßen. Oft hatte sie sich im rebellischen Trotz gefragt, wie eine Frau, die drei Sprachen beherrschte und französische Literatur studiert hatte, sich damit begnügen konnte, zum Ausschuss der Elternvertretung einer Highschool zu gehören.

Wenn Taylor jedoch ehrlich war, musste sie gestehen, dass sie sich nicht anders verhielt. Auch sie schaffte es nicht, ihrem Vater ihre Wünsche mitzuteilen oder eigenständig über ihr Leben zu entscheiden. Anders als beispielsweise ihre Cousine Madison besaß sie nicht den Schneid, sich über die Erwartungen ihrer Eltern hinwegzusetzen.

„Der Koch wird dieses vorzügliche Lamm zubereiten, von dem ich dir vor ein paar Monaten erzählt habe. Außerdem hat er mir versprochen, dass er frische Himbeeren auftreiben kann, die er zu dem Soufflé marinieren wird. Nach dem Essen werden wir zwar alle mindestens ein Kilogramm zunehmen, aber das wird es wert sein."

Taylor antwortete mit einem Murmeln auf das euphorische Geplapper ihrer Mutter und blätterte alibimäßig in dem Album herum, in dem sie alle möglichen Tischdekorationen auf Fotos festgehalten hatte.

„Schatz, stimmt etwas nicht mit dir?" Ihre Mom nahm ihr das Album ab und schlug es zu. Mit besorgter Miene suchte sie ihren Blickkontakt und verzog den Mund. „Freust du dich nicht auf das Dinner?"

„Doch“, log Taylor unwirsch, schaute unsicher zur Tür des Salons und verriet anschließend zögerlich: „Es ist nur ... ich mache mir Gedanken um das Examen.“

Augenblicklich strahlte das Gesicht ihrer Mutter. „Wir sind so stolz auf dich. Dein Vater spricht von nichts anderem. Ich weiß, dass er bereits mit seinem Freund Gordon gesprochen hat, der dich mit Kusshand in seiner Praxis aufnehmen würde. Er praktiziert hier ganz in der Nähe. Wäre das nicht eine wunderbare Idee?“

Der Knoten in ihrem Magen sagte etwas ganz anderes. Taylor holte tief Luft und fragte beinahe schüchtern nach: „Was ist, wenn ich mein Examen nicht bestehe?“

Die Verwirrung ihrer Mutter kannte keine Grenzen, als sie stotterte: „Warum ... warum solltest du denn durchfallen? Deine Noten sind exzellent. Hast du dich denn nicht gut genug vorbereitet?“

„Doch, das habe ich“, gab Taylor zu, um kurz darauf unsicher die Hände zu heben. „Ich meine nur, Dad und du, ihr wärt enttäuscht, wenn ich durchfiele, oder?“

„Du wirst nicht durchfallen“, versuchte ihre Mutter sie zu beruhigen. „Bisher hast du alles geschafft, was du dir vorgenommen hast. Dein Vater und ich sind sehr stolz.“

Unschlüssig schluckte Taylor. „Den Eindruck hatte ich in letzter Zeit nicht, wenn ich mit Dad gesprochen habe.“

„Ach.“ Gespielt munter griff ihre Mom wieder nach dem Album. „Du kennst doch deinen Vater. Er hatte einen sehr stressigen Fall und wird dann immer ein wenig ruppig.“

„Das kenne ich“, murmelte Taylor und verdrehte die Augen.

„Dein Dad möchte nur dein Bestes, Taylor.“

Taylor setzte sich gerade auf und verschränkte die Arme vor ihrer Strickjacke. „Mom, er meckert noch immer darüber, dass ich bei den Titans als Cheerleader arbeite, obwohl mir dies großen Spaß macht. Wenn er mein Bestes wollte, würde er deshalb nicht ein solches Fass aufmachen.“

Verzagt seufzte ihre Mutter auf und fuhr mit fahrigen Fingern über die Seiten des Albums. „Das ist nicht so einfach, Taylor. Dein Vater ist sehr konservativ ...“

Schnaubend verdrehte sie die Augen. „Konservativ? Grandma ist konservativer als ein Befürworter der Todesstrafe aus Texas, trotzdem hat sie bislang nicht ein schlechtes Wort darüber verloren, dass ich Cheerleader bin. Dad dagegen schimpft jedes Mal darüber, wenn wir uns sehen.“

„Taylor, sei nicht unfair“, bat Pamela Roberts ihre Tochter geradezu flehentlich. „Dein Vater steht unter großem Stress.“

„Denkst du denn, dass ich keinen Stress habe, wenn Dad mich ständig anmotzt?“ Sie schob das Kinn vor und erklärte heiser: „Ich lerne ohne Unterlass, um das Examen zu bestehen, und denke ständig darüber nach, wie Dad reagieren könnte, wenn ich durchfiele. Cheerleading ist das Einzige, das mich momentan aufheitern kann. Aber selbst das passt Dad nicht.“

„Ach, Liebling.“ Ihre Mutter griff nach ihrer Hand und rückte näher, um ihr liebevoll ins Gesicht zu sehen. „Du darfst dich nicht derart unter Druck setzen. Ich möchte nicht, dass noch einmal so etwas passiert wie auf dem College. Du wirst einen exzellenten Abschluss machen und anschließend in einer großartigen Praxis arbeiten. Dein Vater und ich werden nicht glücklicher sein können. Aber ...“ Sie hielt einen Moment lang inne und lächelte entschuldigend. „Aber vielleicht wäre es wirklich an der Zeit, dass du das Cheerleading an den Nagel hängst.“

„Mom!“

„Liebling“, warf ihre Mutter sanft ein. „Du musst dich auf deine Abschlussprüfung konzentrieren. Außerdem würde es sich für eine Ärztin nicht ziemen, wenn sie wöchentlich in kurzem Röckchen auf einem Footballfeld zu sehen ist.“

Taylor wusste nicht, ob sie wütend oder enttäuscht sein sollte, als ihre Mutter genau das wiederholte, was Taylor ständig von ihrem Vater gesagt bekam. Der einzige Unterschied bestand darin, dass ihre Mutter es nicht wie eine Forderung klingen ließ, sondern dabei eine verständnisvolle Miene aufsetzte.

„Noch ist es ja nicht so weit“, erwiderte sie dumpf und entzog ihrer Mutter die Hand.

„Taylor ...“

Kopfschüttelnd erhob sie sich und unterdrückte die Wut, die in ihr aufstieg. Es wäre unfair gewesen, ausgerechnet bei ihrer Mutter Dampf abzulassen, dennoch konnte sie schlecht aus ihrer Haut. Genau wie damals, als sie die Highschool beendet und sich gewünscht hatte, auf die Juilliard zu gehen, musste sie enttäuscht feststellen, dass sich ihre Mutter völlig unreflektiert auf die Seite ihres Mannes stellte.

„Natürlich wissen wir, dass es dir Spaß macht, als Cheerleader zu arbeiten, aber du hast doch bald einen richtigen Beruf.“ Die Stimme ihrer Mutter nahm einen flehentlichen Klang an. „Irgendwann muss man erwachsen werden, Taylor. Als Studentin war es völlig in

Ordnung, einen solchen Nebenjob zu haben, aber von einer Ärztin erwartet man ein angemessenes Verhalten.“

Sehr trocken brachte sie es auf den Punkt: „Du meinst, dass Dad von einer Ärztin ein angemessenes Verhalten erwartet.“

„Taylor“, seufzte ihre Mom und erhob sich ebenfalls. „Sei deinem Vater nicht ungerecht gegenüber. Er will doch nur, dass es dir gut geht.“

Wenn sie etwas darauf geantwortet hätte, wäre ihre Mutter schockiert gewesen, also hielt sie lieber den Mund, atmete tief durch und erklärte anschließend: „Mom, ich glaube, ich fahre besser nach Hause.“

Bestürzt blinzelte ihre Mutter. „Aber ... aber lass uns nicht streiten.“

„Ich will mich nicht streiten“, erwiderte sie resigniert. „Der Tag war lang und anstrengend, deshalb bin ich müde. Außerdem bekomme ich Kopfschmerzen.“

„Möchtest du nicht mit uns zu Abend essen?“

Gerade noch konnte sie sich zurückhalten, heftig den Kopf zu schütteln. Stattdessen lächelte sie schwach. „Lieber nicht. Ich wollte noch ein paar Notizen durchgehen und mich früh ins Bett legen.“

Als ihre Mutter sie zur Tür begleitete und davon plapperte, wie schön der Silvesterabend doch werden würde und wie sehr sie sich darauf freute, dass Taylor an der Dinnerparty teilnahm, merkte Taylor, dass sie nicht gelogen hatte.

Sie bekam tatsächlich Kopfschmerzen.

5. Kapitel

Ian stand in seiner Küche und wippte auf nackten Füßen zu der Musik, die in ohrenbetäubender Lautstärke durch seine Wohnung vibrierte, während er Gemüse kleinschnitt und einen Blick in den kochenden Topf neben sich warf.

Voller Eigenlob musste er bekennen, dass das, was er dort zubereitete, schon verdammt gut roch. Zufrieden und ziemlich hungrig warf er die hauchdünnen Gemüsestreifen in die Pfanne, drehte die Herdplatte eine Stufe nach unten und schwenkte das Ganze hin und her. Wenn man ihn beobachtet hätte, wäre man davon ausgegangen, dass er eine klassische Kochlehre absolviert hätte, da Ian nicht nur in der Lage war, Zwiebeln perfekt zu hacken, sondern auch mit einer Hand Eigelb von Eiweiß trennen konnte und den Unterschied zwischen Spaghetti und Linguine kannte. Niemand hätte ihn für einen leidenschaftlichen Hobbykoch gehalten, doch Ian stand total darauf, aus unterschiedlichsten Lebensmitteln köstliche Gerichte zuzubereiten.

Ein Blick auf die Uhr sagte ihm, dass der Reis gar sein musste, also nahm er einen Löffel und probierte einen Bissen, bevor er den Herd ausschaltete und den Inhalt abgoss. Gleichzeitig summte er das Lied von ACDC nach und konnte sich gerade noch von einem Headbanging abhalten, als er daran dachte, dass er sich erst vor zwei Monaten eine fette Beule an der Stirn geholt hatte, als er beim Kochen Luftgitarre gespielt hatte und mit seinem Schädel gegen die Dunstabzugshaube geknallt war. Seither übte er sich in Zurückhaltung, was seine Performance in der Küche betraf.

Kochen und Rockmusik waren pure Entspannung für ihn. Um Dampf abzulassen, stattete er ab und zu der Kneipe seines Vertrauens einen Besuch ab, doch wenn er sich vom Stress des Alltags ablenken wollte, stellte er sich abends in die Küche und schwang die Töpfe, während er gleichzeitig Musik hörte. Lieferdienste waren nicht wirklich sein Ding, da er immer wieder feststellen musste, dass er besser kochen konnte und seine Gerichte besser schmeckten. Außerdem machte es ihm nichts aus, im Supermarkt durch die Gänge zu bummeln und am Herd zu stehen. Natürlich wusste er, dass viele seiner Geschlechtsgenossen talentfrei waren, was das Kochen betraf, aber auf ihn traf dies nicht zu.

Als er im Alter von zwölf Jahren zu seinem Grandpa nach Oklahoma gezogen war, war ihm nichts anderes übrig geblieben, als das Kochen zu erlernen und mit seinem Großvater in der Küche zu stehen. Da seine Großmutter bereits vor seiner Geburt gestorben war, hatte es keine Frau gegeben, die den Haushalt geführt oder sich ums Essen gekümmert hätte. Von heute auf morgen war Ian in einen Junggesellenhaushalt geraten, der von seinem Großvater mit absoluter Ordentlichkeit geführt wurde. Für Ian hatte dies bedeutet, nicht länger stundenlang vor dem Fernseher zu hocken, mit Freunden Autos kurzzuschließen oder die Schule zu schwänzen. Er hatte lernen müssen, dass es Regeln gab, die er befolgen musste. Außerdem hatte er gelernt, in aller Frühe aufzustehen, die Rinder zu versorgen, die Ställe auszumisten und anschließend mit dem Rad zur Schule zu fahren, bevor er wieder nach Hause fuhr, seinem Grandpa beim Haushalt half und seine Hausaufgaben machte. Zudem hatte sein Großvater darauf bestanden, dass er Football spielte, weil er der Meinung gewesen war, dass ein Junge wissen musste, wie man sich in einem Team verhielt und wie man Verantwortung übernahm.

Sechs Jahre lang hatte Ian auf einer Rinderfarm in Oklahoma gelebt und war von seinem Grandpa erzogen worden – dem anständigsten Menschen, den er jemals gekannt hatte. Noch heute dachte er zuallererst an das alte Farmhaus mitten in Oklahoma, wenn ihn jemand fragte, wo sein Zuhause war. Zwar war die Farm nach dem Tod seines Großvaters verkauft worden, doch Ian verspürte ab und zu eine nicht zu beschreibende Sehnsucht nach dem Ort, an dem er als Jugendlicher am glücklichsten gewesen war.

In seiner Erinnerung gab es zuvor lediglich eine Anzahl ungemütlicher Mietswohnungen sowie das Haus seines Stiefvaters, in dem er sich niemals wohl oder gar willkommen gefühlt hatte. Erst das baufällige Haus, an das sich mehrere Ställe sowie einige Koppeln angeschlossen hatten, war für ihn zu einem Zuhause geworden. Natürlich wusste Ian, dass es weniger das Haus als sein Großvater gewesen war, der ihm ein Gefühl von einem Heim gegeben hatte. Obwohl sein Grandpa kein Mann großer Worte gewesen war und oftmals geschwiegen hatte, hatte er Ian stets gezeigt, dass er bei ihm willkommen war.

Ian war noch immer in Gedanken an seinen Großvater versunken, als er die letzten Handgriffe erledigte, eine riesige Portion auf seinen Teller schaufelte und sich mit seinem Abendessen anschließend an den Esstisch setzte, wobei die Musik noch immer aus den Lautsprechern dröhnte. Obwohl er alleine lebte, wäre er nie auf die Idee gekommen, sich mit seinem Essen auf die Couch zu verkrümeln und den Fernseher anzuschalten, schließlich hatte ihm sein Großvater eingebläut, dass man sich zum Essen an den Tisch setzte. Mochte Ian sich teilweise noch so rüpelhaft benehmen, aber ein paar der großväterlichen Regeln befolgte er noch heute.

Er hatte nicht einmal die Hälfte seiner Portion geschafft, als das Telefon klingelte.

Mit einem müden Seufzer schob er seinen Teller von sich, schaltete die Stereoanlage aus und griff nach dem Telefon, das auf der Ladestation neben dem riesigen Fernseher stand. Ein Blick auf das Display verriet Ian, dass seine Mom anrief, was bei ihm dazu führte, dass er augenblicklich jeden Appetit verlor und auch seine Laune rapide sank.

Obwohl er eigentlich am liebsten gar nicht an den Hörer gegangen wäre, überwand er sich und nahm den Anruf an. Schließlich war übermorgen Silvester, sagte er sich sichtlich genervt.

„Hallo, Mom.“

„Oh ... hallo, Ian! Woher wusstest du, dass ich dich anrufe?“, erklang die verwirrte Stimme seiner Mutter.

Ian verdrehte die Augen und schlenderte an das Fenster seiner Wohnung, aus dem er einen Blick auf die verschneite Straße unter sich hatte. Erst vor zwei Stunden hatte es zu schneien begonnen, und schon war alles mit der weißen Pracht bedeckt. Einen kurzen Moment genoss er das friedliche Bild unter sich und lobte sich selbst dafür, diese Wohnung in einem grandiosen Haus im West Village gefunden zu haben, bevor er sich wieder auf den Anruf seiner Mutter konzentrierte.

„Ich habe deine Nummer auf dem Display entdeckt. Was gibt es, Mom?“

„Warum hast du nicht zurückgerufen?“, klagte sie durch den Hörer. „Zu Weihnachten habe ich es auf dieser Nummer und auf deinem Handy probiert, aber du bist nicht drangegangen. Ich wollte dir ein frohes Fest wünschen.“

Er schnitt eine Grimasse und erklärte mit all der Geduld, über die er verfügte: „Zu Weihnachten war ich auf einer Hochzeit eingeladen und konnte deshalb nicht ans Telefon gehen. Anschließend hatte ich täglich Training und bin zu nichts anderem gekommen.“

Seine Mom schnalzte tadelnd mit der Zunge. „Zumindest zu Weihnachten hättest du dir fünf Minuten Zeit nehmen können, um mit deiner Familie zu telefonieren.“

Ironisch dachte Ian daran, dass sie immer nur dann eine Familie waren, wenn es seiner Mutter in den Kram passte. Als er ihr eine Einladung zu seinem Highschoolabschluss geschickt hatte, waren sie komischerweise keine Familie gewesen, schließlich war der Kühlschrank, der genau an diesem Tag in das Haus seines Stiefvaters geliefert werden sollte, wichtiger gewesen. Als sein Großvater gestorben war und Ian seine Mom vom College aus angerufen hatte, um sie um ein Flugticket nach Hause zu bitten, damit er an der Beerdigung hatte teilnehmen können, hatte sie ihm verständnisheischend erklärt, dass sie ihm ohne das Einverständnis ihres Mannes kein Geld geben könne. Damals war es sein Pop gewesen, der ihm von Schottland aus Geld überwiesen hatte, damit er nach Oklahoma hatte fliegen können. Und als Ian sie gefragt hatte, ob sie ihn zum Draft begleiten würde, damit er nicht völlig allein auf die Entscheidung warten müsse, zu welchem Verein er käme, hatte sie ihn mit der Begründung abgespeist, dass Georgia zu einer Kostümparty eingeladen sei, für die sie ein Prinzessinnenkleid nähen müsse.

Dass sich Ians Interesse an seiner Familie in Grenzen hielt, war vermutlich nur allzu verständlich.

„Entschuldige, Mom, aber zurzeit ist es etwas hektisch. Wir sind in den Play-offs und müssen uns darauf konzentrieren.“ Mit anderen Worten hieß das, dass sie ihn in Ruhe lassen und nicht nerven sollte.

„Du weißt doch, dass ich von Football nichts verstehe, Ian.“

Angesichts ihres abschätzigen Tons knirschte er mit den Zähnen. Dass ihr Sohn in der NFL spielte, schien nicht wichtig genug zu sein, dass sie sich über seinen Sport schlaumachte oder sich dafür interessierte. Eigentlich hätte ihn dies nicht wundern dürfen. „Und sonst, Mom? Wie geht's?“

„Uns geht es sehr gut“, erklärte sie fröhlich. „Georgia und Mark kamen uns über die Feiertage besuchen.“

Dumpf fragte er nach: „Wer zum Teufel ist Mark?“

„Ian, also wirklich! Musst du so reden?“

Naserümpfend korrigierte er sich: „Wer ist Mark?“

„Mark ist Georgias Freund, Ian. Sie beide gehen auf das gleiche College. Ich bin mir sicher, dass ich dir von ihm schon einmal erzählt habe“, entgegnete sie relativ verschnupft.

Ian dagegen war sich sicher, dass er sich für den Freund seiner ihm fremden Halbschwester nicht interessiert hätte, wenn ihm seine Mom von ihm erzählt hatte. Daher antwortete er salopp: „Aha.“

„Jedenfalls hatten wir alle großen Spaß. Casey war zwar noch immer beleidigt, aber dank Raynes Geschenk war sie dann wieder ein wenig versöhnt.“

Da er keine Ahnung hatte, wovon seine Mutter sprach, wollte er mit beinahe grollender Stimme wissen: „Weshalb war Casey beleidigt?“

Als wäre er absolut nachlässig und hätte ihren Geburtstag vergessen, klagte seine Mom: „Casey war doch so unglaublich wütend, weil wir ihr nicht erlaubt haben, mit ihren Freunden über Weihnachten in diese Skihütte zu fahren. Aber was hätten wir denn tun sollen? Schließlich wollten wir zusammen die Feiertage begehen, wenn schon einmal die ganze Familie zusammenkommt.“

Früher hätten ihm die nachlässig gesprochenen Worte seiner Mom wehgetan, immerhin schien sie zu vergessen, mit wem sie sprach und dass er im Grunde auch zu jener Familie gehörte, die sie dort so über den Klee lobte, doch heute empfand er nicht einmal Wut darüber, dass er so offensichtlich ausgegrenzt wurde.

„Wie schön, dass ihr so ein beschauliches Fest hattet. Ihr alle miteinander.“

Leider war sie für seine Ironie nicht empfänglich, da sie mit einem entzückten Lachen antwortete: „Danke, Ian. Seit Georgia auf dem College ist, fühlt sich alles etwas merkwürdig an. Nicht auszudenken, wie es zu Hause sein wird, wenn Casey irgendwann aufs College geht.“

Ian biss die Zähne zusammen und konnte innerlich nur noch mit dem Kopf schütteln. Manchmal fragte er sich, in welchem Paralleluniversum seine Mom lebte. Als sie ihren zwölfjährigen Sohn zu ihrem Vater nach Oklahoma geschickt hatte, war ihr die Trennung nicht derart schwergefallen, wenn er sich richtig erinnerte.

„Hattest du denn auch ein schönes Fest?“

„Ja.“ Er räusperte sich leichthin. „Ich habe mit einigen meiner Teamkollegen auf der Hochzeit eines Mitspielers gefeiert. Das war sehr nett.“

„Oh, das freut mich“, erklärte sie fröhlich. „Es ist wirklich schade, dass du so weit entfernt wohnst, sonst hättest du mit uns feiern können.“

Fast hätte er trocken aufgelacht, erwiderte stattdessen jedoch gefühlvoll: „Ja, sehr schade.“

„Ich meine es ernst“, säuselte seine Mutter. „Georgia und Casey kennen ihren älteren Bruder kaum. Es ist eine Schande.“

Da er den versteckten Vorwurf nicht auf sich sitzen lassen wollte, atmete er tief durch, um anschließend so freundlich wie möglich zu sagen: „Wessen Schuld ist das denn, Mom? Ich wollte mit zwölf sicherlich nicht nach Oklahoma ziehen.“

„Ach, Ian.“ Verzagt murmelte seine Mom in den Hörer: „Fang bitte nicht schon wieder damit an. Du weißt genauso gut wie ich, dass es damals zwischen dir und Rayne nur Ärger gab.“

Damit hatte sie zwar recht, aber im Gegensatz zu seinem Stiefvater war er ein zwölfjähriger Junge gewesen, der sich ungewollt gefühlt hatte. Natürlich war er alles andere als einfach gewesen und hatte viel Mist gemacht, aber einfach abgeschoben zu werden, hatte sein Problem mit seinem Stiefvater sicherlich nicht aus der Welt geschafft.

„Weißt du was, Mom? Mein Training war anstrengend und ich würde ganz gerne ins Bett gehen“, versuchte er das Gespräch abzuwürgen.

„Ian, jetzt sei doch bitte nicht gleich pampig. Wann telefonieren wir schon miteinander?“

Genervt runzelte er die Stirn und trat einen Schritt vom Fenster weg. „Momentan passt es einfach nicht.“

„Eigentlich wollte ich mit dir über das kommende Wochenende sprechen.“

Verdutzt rümpfte er die Nase und starrte verwirrt vor sich hin. „Was?“

Die Aufregung war seiner Mom geradezu anzuhören. „Rayne besucht einen Vertreterkongress in New York. Und da wir noch ein paar Meilen zur Verfügung haben, werden Casey und ich ihn begleiten, um shoppen zu gehen und uns die Stadt anzusehen.“

Hastig warf Ian ein: „Mom, ich werde keine Zeit haben, um den Stadtführer zu spielen.“

„Rayne hat gesagt, dass dein Team erst eine Woche später das nächste Spiel hat, weil ihr ... ihr ... na ja ... irgendein *Wildcard-Dingsbums*. Das weiß ich nicht mehr genau. Jedenfalls hat er mir den Spielplan gezeigt und erklärt, dass dein Team erst am zehnten Januar spielt – also eine Woche später.“

Ihr Triumph war kaum zu überhören. Ian dagegen schloss die Augen. „Das mag schon sein, aber ich habe Training, Mom.“

„Für ein Abendessen wirst du doch Zeit haben“, fragte sie ungläubig. „Wann habe ich schon einmal die Möglichkeit, meinen Sohn zu besuchen?“

Darauf wusste er nichts zu sagen, sondern zählte innerlich bis zehn, bevor er unwillig nachhakte: „Ein Abendessen?“

„Am Samstag“, bestätigte sie. „Wir kommen am Freitag gegen Abend an und werden sofort ins Hotel fahren. Am Samstag werden Casey und ich Sightseeing und Shopping machen, während Rayne auf seinem

Kongress ist, und abends können wir alle vier zusammen essen gehen."

Das waren tatsächlich grauenvolle Aussichten, wenn er daran dachte, auf seinen Stiefvater zu treffen. Glücklicherweise kam dies nicht öfter als einmal in fünf Jahren vor. Am kommenden Wochenende schien es wieder einmal so weit zu sein.

„Noch etwas, Ian."

„Ja? Was kommt jetzt?"

Angesichts seines Tons schien sie einen Moment zu stocken, bevor sie fortfuhr: „Dein Stiefvater hat sich furchtbar über dieses Foto von dir aufgeregt, das im Internet kursiert."

„Welches Foto?", fragte er griesgrämig nach.

„Welches Foto wohl?", flüsterte sie aufgeregt zurück, was Ian zu der Vermutung veranlasste, dass ihr Mann in der Nähe war und nicht mitbekommen sollte, worüber sie sich mit ihrem Sohn unterhielt. „Ich meine das Foto, auf dem du mit *zwei* nackten Frauen zu sehen bist!"

„Ach, *das* Foto meinst du." Übertrieben fröhlich säuselte er in den Hörer: „Jetzt hat es bei mir klick gemacht."

„Das ist kein Grund für Scherze", tadelte seine Mutter aufgeregt. „Du weißt ja nicht, wie dein Stiefvater auf so etwas reagiert, Ian. Stell dir nur vor, was deine Schwestern denken könnten, wenn sie solche Fotos von dir entdecken?"

Abgesehen davon, dass auf dem Foto, von dem seine Mom sprach, keine delikaten Körperstellen gezeigt wurden, war sich Ian ziemlich sicher, dass siebzehn- und neunzehnjährige Mädchen heutzutage sehr wohl wussten, dass auch drei Menschen gleichzeitig miteinander Sex haben konnten. Schwangerschaften unter Teenagern waren heute sehr viel verbreiteter als noch vor zehn Jahren, also konnte seine Mom die moralische Keule wieder wegpacken.

„Wenn du möchtest, können Rayne und ich uns ja am kommenden Samstag darüber unterhalten", schlug er daher sarkastisch vor und wurde mit einem Stöhnen belohnt.

„Bitte, Ian. Ich möchte nicht, dass ihr euch streitet. Es soll ein schönes Familienessen werden. Außerdem freut sich Casey darauf, dich endlich einmal wiederzusehen."

Ein minimaler Kloß bildete sich in seinem Hals, als er an seine jüngste Halbschwester dachte, die ihm als Kleinkind ab und zu selbst gemalte Bilder geschickt hatte, die er noch heute besaß. Tatsächlich bedauerte er in der verkorksten Beziehung zu seiner Familie am meisten, dass er keine bessere Bindung zu seinen Halbgeschwistern hatte. Eigentlich war er neugierig auf Georgia und Casey, aber auch auf Malcolm und Callum, die auf einem anderen Kontinent lebten. Wäre Rayne am kommenden Wochenende nicht dabei gewesen, hätte er sich auf ein Abendessen mit seiner Mom und seiner siebzehnjährigen Schwester sogar freuen können.

Des lieben Friedens willen stimmte er daher zu. „Wenn es dir so viel bedeutet, werde ich die Klappe halten, Mom."

„Ach, Ian", schniefte sie. „Es muss doch nicht immer so sein."

„So?"

„So feindselig", ergänzte sie. „Warum kannst du dich mit deinem Stiefvater nicht einfach verstehen? Bist du so aufsässig, weil er deinen Dad ersetzen wollte?"

Ian überlegte, ob er darauf überhaupt antworten sollte oder seine Mom in dem selbst geschaffenen Glauben ließ, dass ihr Mann das Musterexemplar eines Stiefvaters wäre. Da er am kommenden Samstag jedoch weit mehr ertragen müsste, als er gewohnt war, entschied er sich dafür, etwas darauf zu entgegnen.

Sehr harsch erklärte er daher: „Nein, Mom. Wenn ich aufsässig war, dann nur deshalb, weil er Dad *nicht* ersetzen wollte."

Ratlos flüsterte sie: „Wie meinst du das denn?"

Er schüttelte den Kopf und kämpfte gegen seine Enttäuschung an. „Wir sehen uns am Samstag, Mom."

Dann legte er auf.

„Bist du sicher, dass ihr nicht zur Silvesterparty kommen wollt, Rabbit? Ich habe diese geniale Lounge mit Blick auf den Times Square gemietet, also können wir uns das Feuerwerk anschauen, ohne uns dabei den Arsch abzufrieren."

„Blake, weder Teddy noch ich wollen die Zwillinge allein lassen, schließlich ist es Silvester."

Der Runningback schien nicht aufgeben zu wollen, da er um seinen genervten Quarterback herumhampelte und ihm seine Silvesterparty schmackhaft machen wollte. Dass Brian schweißüberströmt auf einem Rennrad saß und sich die Lunge aus der Seele keuchte, schien ihn dabei nicht zu stören.

Ian beobachtete das Spektakel mit milder Neugierde von einer Bank aus, auf der er saß, um seine Sportschuhe zu verknoten. Während die meisten seiner Teamkollegen in dem riesigen Raum Krafttraining betrieben und sich an diversen Geräten tummelten, hatte Blake O'Neill nur eines im Sinn: Er wollte einen Tag vor seiner grandios geplanten Silvesterparty sichergehen, dass seine Kumpels auch wirklich daran teilnahmen. Bei dem Aufstand, den er deshalb machte, vermutete Ian, dass sein Teamkollege ein Heidengeld für die Sause ausgegeben hatte.

Anzunehmen war es, da er eine riesige Lounge samt Catering und Musik im noblen Marriotthotel direkt am Times Square gemietet hatte, was sicher ein Vermögen kosten musste. Da Ian wusste, dass Blake – ähnlich wie er selbst – auf noblen Schnickschnack keinen großen Bock hatte, war er ein wenig verwirrt über so eine Verschwendung. Eine Party im Pub um die Ecke mit Sandwiches und Bier hätte es schließlich auch getan. Außerdem musste man da keinen Schiss haben, dass man Unsummen bezahlen musste, sollte mal etwas zu Bruch gehen.

„Teddys Mom kann doch auf George und Scott aufpassen", jammerte er nun regelrecht. „Wollt ihr euch diese geile Party wirklich entgehen lassen?"

Schnaubend und keuchend setzte sich Brian aufrecht hin, strampelte langsamer und griff nach einem Handtuch, um sich den Schweiß vom Gesicht zu wischen. Dann ließ er das Handtuch über das Lenkrad baumeln und nahm einen Schluck Wasser, bevor er noch immer keuchend erklärte: „Ich bin froh, wenn ich meinen Frieden habe."

Blake schien nicht aufgeben zu wollen, da er hoffnungsvoll wissen wollte: „Heißt das jetzt ja oder nein?"

Der schwarzhaarige Quarterback rümpfte die Nase, schaltete einen Gang runter und schüttelte den Kopf. „Es heißt, dass wir nicht kommen, Blake."

„Aber warum denn nicht?"

„Warum?" Brian Palmer lachte trocken auf und warf seinem Kumpel einen bedeutungsschwangeren Blick zu. „Scott hatte letzte Woche eine Mittelohrentzündung und ist noch immer knatschig. George zahnt und ist unausstehlich. Und Teddy macht mir dank Ian die Hölle heiß. Schlaf bekomme ich momentan kaum noch, und wenn ich menschliche Zuneigung suche, muss ich mich tackeln lassen. Sonst noch Fragen?"

Räuspernd mischte sich Ian ein, nachdem er sich erhoben hatte und in Richtung der Rennräder geschlendert war. „Was soll ich denn jetzt schon wieder getan haben?"

„Teddy regt sich noch immer über dieses Foto auf", stöhnte der Mannschaftskapitän. „Ich habe den Eindruck, dass sie an nichts anderes mehr denkt."

Ian grinste und nickte verstehend. „Vielleicht solltest du dich eher bei mir bedanken, wenn deine Frau an nichts anderes als an einen Dreier denken kann."

Brian wirkte vergrätzt, da er abfällig die Mundwinkel sinken ließ. „Schön wär's! Gestern Abend sind die Zwillinge endlich einmal ohne Theater sofort eingeschlafen und wir hatten unsere Ruhe. Im Bett wollte ich dann ... na ja ..." Er wackelte mit den Augenbrauen und zog gleich darauf eine Grimasse. „Bevor ich überhaupt dazu kam, meine Klamotten loszuwerden, begann sie schon wieder damit, über dich zu meckern und darüber zu reden, was du für ein Idiot wärst. Der Abend war natürlich gelaufen!"

Nicht im Mindesten beleidigt zuckte Ian mit der Schulter. „Ich bin mir nicht sicher, ob ich mich freuen oder mich davor gruseln soll, dass deine Frau an mich denkt, wenn ihr miteinander im Bett liegt."

„Übertreibe es lieber nicht, Ian", wies ihn zu seiner absoluten Überraschung Blake zurecht, bevor er mit einem flehenden Jammerblick Brian ansah. „Ey, Mann! Kannst du nicht eine Ausnahme machen und doch kommen?"

„Soll ich dein Händchen halten, oder was?" Brian radelte nun endgültig aus und machte dabei ein Gesicht, als hätte er in eine Zitrone gebissen. „Willst du Madison etwa einen Antrag machen und brauchst dafür moralische Unterstützung?"

Der erschrockene Ausdruck auf dem Gesicht des leicht grobschlächtig wirkenden Runningbacks versüßte Ian den Tag, der damit begonnen hatte, dass er mit dem ärgerlichen Gefühl aufgewacht war, zu einem Abendessen mit seiner Mutter gedrängt zu werden, auf das er nicht die geringste Lust hatte. Allein das schweißtreibende Training und das anschließende Geblödel mit seinem Teamkollegen schafften es, dass er nicht ständig an den kommenden Samstag denken musste, der ihm tierisch im Magen lag. Wenn nicht in anderthalb Wochen das Divisional-Spiel angestanden hätte, wäre er übermorgen mit dem schlimmsten Kater seines Lebens aufgewacht, da Ian Lust darauf hatte, all seinen Frust über das unbefriedigende Verhältnis zu seiner Mutter in einem schönen, altmodischen Suff zu ertränken.

Leider war er trotz allem, was man ihm nachsagte, verantwortungsvoll genug, um sich am Riemen zu reißen und vor den entscheidenden Spielen nicht auszuflippen.

In etwas mehr als einem Monat fand der Superbowl statt und die Titans gehörten zu den letzten Teams, die eine Chance auf eine Teilnahme hatten. Deshalb würde er nichts tun, was dies gefährden könnte.

Alkoholentgleisungen inklusive.

„Bist du irre? Wieso sollte ich Madison heiraten wollen? Mann, du hast sie doch nicht mehr alle", blökte Blake empört los und tat gerade so, als hätte Brian von ihm verlangt, beim nächsten Spiel in rosafarbener Strapse aufzulaufen.

„Warum bist du bloß so versessen darauf, dass wir zu deiner Silvesterparty kommen sollen?"

„Ja", beschwerte sich auch Tom Peacock, der mit einem Handtuch um den Hals dazutrat. „Mich nervt er deswegen auch schon seit Tagen, dabei sage ich ihm ständig, dass Erin und ich Zoey nicht so einfach mitnehmen können. Und Dupree hängt er damit auch in den Ohren, obwohl der noch seinen Honeymoon mit Sarah genießen will."

„Mal ehrlich, Blake", wollte Ian neugierig wissen und lehnte sich gegen eine Butterfly-Maschine, während er die Arme vor der Brust verschränkte. „Warum zum Teufel veranstaltest du eigentlich diese riesige Party, wenn die meisten von uns gar keine Zeit haben? Das muss dich doch ein Vermögen kosten."

Der schwarzhaarige Runningback, der ein T-Shirt mit der Botschaft *Calm down and put your mouthguard in* trug, fuhr sich nervös durch sein Haar und vermied jeglichen Augenkontakt, bevor er nachlässig mit der Schulter zuckte.

Seine plötzliche Schüchternheit war nicht zu erklären, bis der gigantische Strong Safety Eddie dazutrat und abfällig schnaufte. „Blake hat einfach großen Schiss vor Madison, wenn sie sieht, wen er alles eingeladen hat."

Dies weckte nicht nur Ians Neugierde, sondern ließ auch endlich Brian interessiert aufschauen. „*Wen* hast du denn eingeladen, Blake?"

Stirnrunzelnd machte der Runningback eine fahrige Bewegung mit seiner rechten Hand. „Weiß nicht ... Hinz und Kunz ..."

„Von wegen", echauffierte sich Eddie und verpasste seinem Kumpel einen tadelnden Schlag gegen den Arm. „Dem Trottel ist vor ein paar Tagen eingefallen, dass seine Freundin Anstoß daran nehmen könnte, dass er fast nur paarungswillige Weibchen mit aufgepumpten Brüsten eingeladen hat. Deshalb hofft er jetzt, dass das Team kommt, damit die Gästeschar nicht so offensichtlich ... weiblich ist."

Belustigt wollte Tom wissen: „Hattest du eine Orgie geplant?"

„Ich wusste gar nicht, dass Madison so tolerant ist", warf auch Brian augenzwinkernd ein, bevor er dreckig lachte. „Frohes neues Jahr, Kollege! Sie wird dir die Nüsse lang ziehen."

„Hey", verteidigte sich Blake mit rotem Gesicht. „Als ich die Party geplant hatte, kannte ich Madison noch gar nicht!"

„Himmel, Blake." Ian zuckte mit der Schulter und begutachtete desinteressiert seine Nägel. „Mach dir doch nicht ins Hemd, sondern lade die Weiber wieder aus."

„Das würde ich ja machen", zischte ihm sein Kumpel zu, der ihn vor dessen Beziehung zu Madison Roberts ständig zu solch intelligenten Späßen wie der Hochhauspinkel-Aktion animiert hatte. „Aber ich weiß nicht einmal mehr, wen ich alles eingeladen habe!"

„Tja“, erwiderte Ian salopp. „Dumm gelaufen.“

Räuspernd lenkte Tom Peacock die allgemeine Aufmerksamkeit auf sich und wollte skeptisch wissen: „Nur dass ich es richtig verstehe, Blake, du willst, dass ich meine Tochter bei einer Babysitterin lasse, meine schwangere Frau zu einer überfüllten Party am Times Square schleppe und dort Silvester verbringe, weil du irgendwelche Tussis eingeladen hast und jetzt befürchtest, dass deine Freundin deswegen ausflippt?“

Blake blinzelte verständnislos, starrte grüblerisch vor sich hin und seufzte großzügig: „Du kannst Zoey mitnehmen, wenn dir das besser in den Kram passt.“

Erheitert lachte der Cornerback auf, schlug Blake kopfschüttelnd auf den Rücken und strebte anschließend – noch immer glucksend – auf eines der Laufbänder zu.

„Eddie, du kommst doch, oder?“ Geradezu verzweifelt richtete Blake seine Augen auf die drei verbliebenen Teamkollegen um sich herum. „Und du bist auch dabei, Ian. Richtig?“

„Dass ich dich noch einmal irgendwann panisch wegen einer Frau erleben würde, hätte ich nicht gedacht.“ Brian schüttelte fassungslos den Kopf und glitt von seinem Rennrad hinunter. „Madison ist cool. Sie wird schon nicht durchdrehen und dich zu einem Eunuchen machen.“

„Und falls das geschehen sollte, bin ich auch noch da“, warf Ian gutmütig ein und stöpselte sich einen Kopfhörer in das Ohr. „Dann haben die anderen etwas zu lachen, wenn ich ihnen den Film von deiner Kastration zeige.“

„Das ist nicht komisch“, protestierte Blake. „Stellt euch vor, wie das wirken wird, wenn fast alle Gäste aus halb nackten Frauen bestehen?“

„Klingt super, aber ich habe doch schon gesagt, dass ich komme. Mir musst du deine Party nicht mehr schmackhaft machen." Er nickte Blake zu. „Meinetwegen musst du keine der Tussis ausladen."

„Und was soll ich Madison sagen? Was soll sie denken, wenn ...?"

Eddie, der sich meistens durch zurückhaltende Schweigsamkeit auszeichnete, verschluckte sich an einem Lachen und keuchte laut. „*Du* machst dir wirklich Sorgen, dass Madison einen falschen Eindruck von dir bekommen könnte? Ich fürchte, der Zug ist bereits abgefahren!"

„Das stimmt." Brian warf sich das Handtuch über die Schulter und strich sich das verschwitzte Haar zurück, bevor er seine Wange am Ärmel seines T-Shirts trocken rieb. „Wenn die Frau nicht getürmt ist, als du dich ihr das erste Mal nackt präsentiert oder ihr später dein Drecksloch von Wohnung gezeigt hast, wird sie auch nicht die Orgie verschrecken, die du zu Silvester geplant hattest."

Blake schien noch immer nicht beruhigt zu sein. „Brian, kannst du Teddy nicht ...?"

„Teddy würde mir den Kopf abreißen, wenn ich sie auf deine Party anspreche." Mit beißender Ironie ächzte er: „Natürlich kannst du es versuchen, wenn du so versessen auf einen frühzeitigen Tod bist, aber ..."

„Danke!" Wie vom Blitz getroffen drehte sich Blake um und rannte aus dem Raum, um Ian, Eddie und Blake ratlos zurückzulassen.

Der Quarterback zuckte mit der Schulter. „Ich hoffe, er hat eine gute Lebensversicherung."

6. Kapitel

„Marianne hatte schon wieder dieses scheußliche Angora-Jäckchen an, um das sie nicht einmal ein Zigeuner beneiden würde! Ich glaube ja, dass sie noch immer Modezeitschriften aus den sechziger Jahren besitzt und denkt, dass Jacky Kennedy einen erlesenen Modegeschmack besessen hätte, denn die schwärmte auch für Angora-Jäckchen. Einfach widerlich dieser penetrante Kleidungsstil."

Taylor schenkte ihrer Großmutter eine Tasse Tee ein und widersprach der alten Dame gutmütig: „Grandma, heutzutage darf man dieses Wort nicht mehr benutzen."

„Welches Wort? Angora-Jäckchen?" Sehr herrisch stampfte die weißhaarige Frau mit ihrem Stock auf den Boden ihrer ungefähr zweihundert Quadratmeter großen Wohnung direkt am Central Park, die mit uralten Gemälden, antiken Kunstwerken und ausgefransten Perserteppichen vollgestopft war. „Papperlapapp! Wenn du mich fragst, sollte man die Produktion von Angora-Jäckchen verbieten und die, die es noch gibt, verbrennen."

Mit einer Ruhe, die sie sich im Umgang mit ihrer Großmutter über viele Jahre antrainiert hatte, erklärte Taylor: „Nein, Grandma. Ich sprach von dem Wort *Zigeuner*. Das sagt man heute nicht mehr, da es rassistisch ist."

„Rassistisch?" Verächtlich schnaufte die alte Dame. „Nur weil ich Republikanerin bin, heißt das nicht, dass ich zum Ku-Klux-Klan gehöre."

Taylor stellte die Teekanne beiseite, die die Wirtschafterin vor wenigen Minuten aufgetragen hatte, und gab in die Tasse ihrer Großmutter genau zwei Stückchen Zucker. Bei einem Stückchen wurde sie nämlich quengelig und bei drei drehte die alte Dame erst richtig auf. „Man muss nicht dem Ku-Klux-Klan angehören, um rassistisch zu sein, Grandma."

„Soll das heißen, dass ich rassistisch bin, selbst wenn ich mir kein Bettlaken über das Gesicht ziehe und mit brennenden Fackeln durch die Lande ziehe?"

Auch wenn ihre Großmutter keine Rassistin war, besaß sie dennoch einen enormen Hang zur Übertreibung und spielte gerne mit Stereotypen. Außerdem war ihr schauspielerisches Talent nicht zu übersehen. Das belustigte Funkeln in den leicht trüben Augen der rüstigen Dame, die vor wenigen Wochen ihren neunzigsten Geburtstag gefeiert hatte, sagte Taylor ganz genau, dass ihre Großmutter sehr wohl wusste, dass man weder das Wort Zigeuner in den Mund nahm noch derart freimütig über den Ku-Klux-Klan sprach.

Eunice Rosemary Roberts war nicht nur ein New Yorker Urgestein, das als Tochter eines Politikers einen Politiker geheiratet hatte, sondern war auch dafür bekannt, dass sie Haare auf den Zähnen hatte und nichts von Diplomatie hielt. Im Gegensatz zu anderen Frauen, die der politischen Karriere ihrer Männer wegen artig den Mund hielten und stets brav nickten, hatte sie früher für Schlagzeilen gesorgt, weil sie völlig undiplomatisch amtierenden Ministern auf den Kopf zugesagt hatte, dass ihre Politik Mist sei. Einerseits bewunderte Taylor ihre Großmutter, die eigentlich aus einer Generation stammte, in der Frauen hübsch und gleichzeitig ruhig zu sein hatten, aber andererseits konnte es extrem anstrengend sein, mit ihr Zeit zu verbringen.

Als umsorgende Enkeltochter war sie es, die einmal in der Woche vorbeikam, um ihre Großmutter zu deren Frauentreffen zu fahren und sie anschließend wieder nach Hause zu bringen, um dort mit ihr Tee zu trinken und ein Schwätzchen zu halten. Wenn ihre Großmutter eine Ausstellung oder ein Theaterstück besuchen wollte, musste meistens Taylor dafür herhalten, die alte Dame zu begleiten, da sich keiner in der Familie darum riss, in die Gegenwart ihrer spitzen Zunge zu kommen.

Auch heute wäre Taylor vor Scham beinahe im Boden versunken, als ihre Großmutter auf dem Weg nach draußen den Portier angeraunzt hatte, dass er die Frisur eines *Drogen dealenden Zuhälters* trug. Während die alte Dame sich in Taylors Auto scheckig gelacht hatte, war ihre Enkelin mit einem hochroten Kopf davongefahren und hatte einen mehr als verdutzten Portier zurückgelassen, der sich verwirrt an den Kopf gefasst hatte, auf dem ein Hut prangte. Leider verstand lediglich ihre Großmutter ihren eigenen Sinn für Humor und verstand sich vorzüglich darauf, die tatterige und demente Frau zu spielen, der man es dank ihres vermeintlich geschwächten Geisteszustandes nachsah, wenn sie sich in aller Öffentlichkeit schlecht benahm.

Dabei war Taylors Großmutter alles andere als vergesslich oder gar tatterig. Sie wohnte noch immer in der Wohnung, die seit über sechzig Jahren ihr Zuhause war, und beschäftigte lediglich ihre Wirtschafterin – eine arme Frau, die seit fast dreißig Jahren dem Horror ausgesetzt war, für sie zu arbeiten.

„Ich habe nicht gesagt, dass du rassistisch bist, Grandma."

„Das würde dir auch nicht gut bekommen, mein Kind", verriet sie mit einem nasalen Schniefen, nahm

Taylor die Teetasse ab und nippte anschließend so graziös daran, als säße sie neben Königin Elisabeth im Buckingham Palace. Der Unterschied zwischen den beiden alten Damen war vermutlich lediglich der, dass die englische Monarchin weniger furchteinflößend als Taylors Großmutter war. „Ich bin nun wirklich kein Rassist, auch wenn deine Cousine gerne behauptet, dass ich Ehrenmitglied bei diesen Deppen des Ku-Klux-Klans bin. Dabei weiß doch jeder, dass ich von solchen ignoranten Hillbillys nichts halte."

Beinahe wäre ihr die eigene Teetasse aus der Hand gefallen, als ihr Kopf erschrocken in die Höhe schoss. „Grandma! Um Himmels willen!"

„Was denn?", empörte sie sich. „Es ist schließlich deine Cousine, die so etwas von sich gibt, und nicht ich."

„Trotzdem solltest du dies nicht sagen." Sie schüttelte tadelnd den Kopf. „Ich male mir gerade aus, wie du bei deiner nächsten Teegesellschaft alle Damen in ihren Agora-Jäckchen vor den Kopf stößt, weil du von deiner angeblichen Ehrenmitgliedschaft sowie weißen Bettlaken berichtest. Deine Freundinnen glauben ja jetzt schon, dass dir ein Exorzismus guttäte."

Ihre Großmutter gab ein gackerndes Lachen von sich. „Sieh einmal an! Ich wusste ja gar nicht, dass du auch austeilen kannst. Das kannte ich bisher nur von deiner Cousine."

Taylor stellte ihre Teetasse auf dem antiken Couchtisch ab, von dem sie befürchtete, dass er aus Elfenbein war, und fuhr sich anschließend durch das Haar. „Irgendwie konnte ich nicht mehr an mich halten, nachdem du nun bereits den armen Portier auf dem Kieker hast. Dabei ist der Mann immer sehr freundlich zu dir."

„Natürlich ist er freundlich zu mir, immerhin bezahle ich sein Gehalt!“

„Grandma“, gab Taylor mit einem resignierten Tadel von sich. „Kann es sein, dass du etwas übermütig wirst?“

Unter der altmodischen Bluse zuckten schmale Schultern, bevor ein geradezu deprimierender Laut zu hören war. „Wenn du erst einmal in meinem Alter bist, wirst du schnell merken, dass man ordentlich Kontra geben sollte, damit man nicht plötzlich in einem Heim landet und von einem Pfleger namens Arnold gewindelt, gebadet und gefüttert wird.“

Die hemmungslose Übertreibung rang Taylor ein knappes Augenverdrehen ab. „Arnold? Du glaubst, dass dein Pfleger Arnold hieße?“

„Jeder weiß doch, dass Pflegeheimleiter irgendwelche unterbezahlten Immigranten aus osteuropäischen Ländern anstellen, die es aus ihrer Heimat gewohnt sind, Patienten an Betten zu fesseln. Außerdem sind die von Steroiden dermaßen aufgepumpt, dass sie die Bettlägerigen problemlos durch die Gegend schleppen können.“

Sehr pragmatisch erwiderte Taylor darauf: „Das klingt doch nach einer perfekten Lösung.“

„Ha!“ Am Funkeln ihrer Augen konnte man sehen, dass das Gespräch der Neunzigjährigen Spaß machte.

„Außerdem hat es den Vorteil, dass dein Pfleger nicht versteht, wenn du den ganzen Tag meckerst, Grandma.“

„Du Frechdachs, man sollte dir die Ohren lang ziehen.“

„Och“, kicherte Taylor. „Da bin ich in bester Gesellschaft, Grandma, schließlich würde dir das auch ganz guttun.“

Mit einem gespielt beleidigten Schniefen warf ihre Großmutter ihr vor: „Da macht man sich Sorgen, in einem Heim zu landen, und du nimmst das aufs Korn. Ein bisschen mehr Sensibilität, mein Kind!“

Kritisch musterte Taylor ihre Großmutter und musste zugeben, dass man ihr auf den ersten Blick abgekauft hätte, dass es sich bei ihr um eine süße, gebrechliche und betagte Dame handelte. Allein das schlohweiße Haar sowie die zierliche Gestalt luden geradezu dazu ein, sie für eine bemitleidenswerte Frau zu halten. Dass sich unter dieser Fassade der schlimmste Albtraum eines jeden Pflegers namens Arnold versteckte, bemerkte man erst, wenn sie den Mund aufmachte.

„Erstens würde dich niemand in ein Heim abschieben, Grandma, und zweitens würden wir darauf achten, dass dein Pfleger äußerst kompetent ist.“

Grummelnd widersprach ihre Großmutter: „Das sagst du! Dein Vater würde mich lieber gestern als heute in einem Heim wissen.“

Seufzend tätschelte sie ihr das Knie. „Das ist doch Unsinn, Grandma. Wie kommst du denn darauf?“

„Kannst du dich nicht an meinen Geburtstag erinnern? Da hat er mich allen Ernstes gefragt, ob es nicht sinnvoller wäre, in eine Seniorenresidenz zu ziehen. In eine *Seniorenresidenz*!“

Die Empörung ihrer Großmutter hätte nicht größer sein können, wenn ihr Sohn ihr mitgeteilt hätte, dass er den Wahlkampf eines Demokraten organisieren wolle.

„Das war nicht böse von Dad gemeint“, schlichtete Taylor – oder versuchte es zumindest. Leider war ihre Großmutter sehr schnell beleidigt und blieb dies auch für längere Zeit. „Er macht sich doch nur Sorgen um dich, wenn du allein in deiner Wohnung lebst. Stell dir vor, du fällst hin und niemand ist bei dir."

Angesichts des stechend scharfen Blicks ihrer Großmutter musste Taylor zugeben, dass die alte Dame weit davon entfernt war, tatterig oder dement zu wirken.

„Mein liebes Kind, gerade du solltest doch wissen, wie gerne dein Vater seinen Willen unter dem Vorwand durchsetzt, nur dein Bestes zu wollen. Darauf gebe ich nicht viel."

Verwirrt rutschte sie ein Stück nach vorne und runzelte die Stirn. „Grandma ..."

„Ist doch wahr", maulte ihre Großmutter und verzog den Mund. „Bitte vergiss nicht, dass dein Vater mein Sohn ist. Ich kenne ihn daher sehr gut und weiß, was hinter diesem aufgesetzten Blick steckt, mit dem er seine Besorgnis ausdrücken will."

„Aber Dad macht sich wirklich Sorgen um dich ..."

„Taylor", unterbrach ihre Großmutter sie streng. „Du bist fünfundzwanzig Jahre alt und solltest langsam damit beginnen, deinen Vater zu hinterfragen."

Ahnungslos blinzelte sie, fuhr sich über die Lippen und schüttelte den Kopf. „Ich verstehe nicht, was du meinst, Grandma."

„Ich meine, dass du alt genug bist, um deinem Vater in den Hintern zu treten."

Keuchend öffnete sie den Mund. „Grandma!"

„Wenn er mir sagt, dass ich ins Heim gehöre, zeige ich ihm einen Vogel. Und wenn er mir erklärt, wie groß seine Sorgen um mich sind, sage ich ihm geradewegs auf den Kopf zu, dass ich darauf nicht hereinfalle. Anders als du, mein Kind."

Als Taylor nicht antwortete, schnaubte ihre Großmutter und tätschelte nun ihr Knie. „Schätzchen, du solltest nicht immer wieder das machen, was dein Vater will, nur weil er dir weismacht, dass er nur dein Bestes will. Es ist dein gutes Recht, auch einfach einmal Nein zu sagen."

Sie schluckte hart und fragte heiser: „Wir reden hier aber immer noch von deinem Sohn, oder?"

„Natürlich ist er mein Sohn, aber das heißt nicht, dass ich blind für seine Fehler bin. Dein Großvater – ruhe er in Frieden – hat sich anfangs auch ständig tyrannisch aufgeführt und meinte, mir Vorschriften machen zu können, aber da habe ich nicht mitgespielt. Sobald er begriffen hatte, dass ich meinen eigenen Kopf habe, hörte er auf, mir Befehle zu erteilen. Leider hat deine Mutter deinen Vater niemals in seine Schranken verwiesen. Und du hast es ihr nachgemacht."

Peinlich berührt schoss ihr Röte ins Gesicht, da sie wusste, dass ihre Großmutter die Wahrheit sagte. Dennoch fühlte sie sich bemüßigt, ihre Eltern zu verteidigen. „Dad ist doch kein Tyrann, Grandma."

„Dein Vater setzt sich gerne über die Wünsche anderer Menschen hinweg, Taylor. Punkt."

„Aber ..."

„Und deine Mutter lässt das zu. Oder warum denkst du, hat sie dir nicht gesagt, dass Peter Reynolds samt Frau und Sohn zu ihrem morgigen Silvesterdinner erwartet werden, zu dem auch du erscheinen sollst?"

Schlagartig setzte sich Taylor aufrecht hin und starrte ihre Großmutter ungläubig an. „Was?"

„Dein Vater hat Peter Reynolds eingeladen und darauf bestanden, dass auch dessen Sohn kommen soll. Mir hat deine Mutter gesagt, dass sie dir absichtlich verschwiegen hat, dass der junge Mann kommt.

Anscheinend meinte dein Vater, dass man dich zu deinem Glück zwingen müsste.“

Mit dem Gefühl, kurz vor einer Explosion zu stehen, ballte Taylor die Hände zu Fäusten und ignorierte das zufriedene Gesicht ihrer Großmutter.

Sobald ihre Cousine die Wohnungstür einen Spalt öffnete, gab es für Taylor kein Halten mehr. Völlig überdreht, wütend und geradezu atemlos stieß sie die Tür auf, schubste ihre arglose Cousine beiseite und polterte in deren Wohnung.

„Ich könnte sie umbringen! Weißt du ...?“

„Hey! Was ist denn hier los?“

Mit erhitzten Wangen drehte sich Taylor wutschnaubend zum Freund ihrer Cousine um, der es gewagt hatte, ihren verärgerten Ausruf zu unterbrechen, und schlug sich nur eine Sekunde später die Hände vor das Gesicht. „Oh mein Gott! Du bist ja nackt!“

Neben dem Rauschen in ihren Ohren und dem eigenen rasenden Herzschlag bekam Taylor mit, wie Blake O’Neill belustigt wissen wollte: „Madison, hat deine Cousine schon einmal einen nackten Mann gesehen?“

Beinahe gleichzeitig antworteten die beiden Frauen: „Halt die Klappe.“

Taylor kniff die Augen zusammen und zog die Hände von ihrem Gesicht, während sie flehentlich forderte: „Zieh dir bitte etwas an! Den Schock überlebe ich sonst nicht.“

„Was heißt denn hier Schock?“, wollte der Footballspieler empört wissen, der allem Anschein nach noch immer im Adamskostüm im Flur seiner Freundin stand und keine Anstalten zu machen schien, seinen überentwickelten, entblätterten Körper aus ihrem Blickfeld zu bewegen. „Schau ruhig hin. Es gibt nichts, wofür ich mich schämen müsste.“

„Oh Mann, Blake“, seufzte Madison direkt hinter Taylor. „Du Angeber.“

„Tja“, säuselte dieser übertrieben. „Ich weiß doch, was dir gefällt.“

Taylor gab ein Würgen von sich. „Rennst du deshalb nackt zur Tür, sobald es klingelt? Ist das irgendein exhibitionistischer Trieb? Oder hast du gehofft, dass es der Postbote ist?“, krächzte Taylor hervor, legte den Kopf in den Nacken und blinzelte zur Decke hinauf.

Obwohl sie ihn nicht sehen konnte, hörte sie allzu deutlich sein Schnauben. „Du bist wie ein Berserker zur Tür hineingestürmt! Ich war im Schlafzimmer und dachte, dass die Vandalen einfallen.“

„Da musst du mich mit dir verwechseln“, widersprach Taylor und verschränkte die Arme vor der Brust, starrte jedoch geradezu beschwörend an die Decke über sich. Wenn sie gewusst hätte, dass Madison nicht allein zu Hause war, hätte sie sich dagegen entschieden, zu ihrer Cousine zu fahren, um Dampf abzulassen. Und wenn sie gewusst hätte, dass Blake O’Neill die Angewohnheit besaß, nackt in Madisons Wohnung herumzuspazieren, wäre sie erst recht nicht durch die Wohnungstür gepoltert, als sei hinter ihr ein blutrünstiger Zombie her.

Es reichte nicht, dass sie sich heute das Geschwafel ihrer Großmutter über Angora-Jäckchen, den Ku-Klux-

Klan und Altenpfleger namens Arnold hatte anhören müssen. Nein! Zu allem Überfluss hatte sie erfahren, dass ihre Eltern sie mit ihrem Exfreund verkuppeln wollten, und war dann auch noch in den Genuss gekommen, Blake O'Neill in ganzer Pracht und Herrlichkeit anschauen zu dürfen.

Glücklicherweise begann übermorgen ein neues Jahr.

„Was ist überhaupt los? Hast du gerade erfahren, dass dein Lieblings-Pompon abhandengekommen ist?"

„Hey", rief Taylor an die Decke und spürte, wie ihre Wangen glühten. „Das ist nicht komisch!"

„Blake", schimpfte Madison. „Lieb sein, okay?"

„Sie hat doch angefangen", verteidigte sich der nackte Mann anklagend.

„Und du bist immer noch nackt", wies Taylor ihn auf das Offensichtliche hin.

„Himmel, Taylor", stöhnte der Freund ihrer Cousine. „Mach dich locker! Ich habe schließlich nicht verlangt, dass du dich auch ausziehen sollst."

Entrüstet schnappte sie nach Luft. „Was?!"

„Oh Mann!" Madison schlang ihr einen Arm um die Schulter. „So ungern ich euer Geplänkel auch unterbreche, aber vielleicht wäre es sinnvoller, wenn sich einer von euch anziehen und der andere erst einmal zu Atem kommen würde."

Blake gab ein zustimmendes Schnaufen von sich, bevor tapsende Schritte zu hören waren.

Taylor wollte jedoch nicht die Probe aufs Exempel machen und fragte daher misstrauisch: „Ist er weg?"

„Ja, du kannst die Augen wieder aufmachen", erwiderte ihre Cousine belustigt, die selbst nur ein Sweatshirt, Hotpants und Hausschuhe trug.

Obwohl ihre Cousine um zwei Jahre älter war, kam Taylor nicht umhin, sie so besorgt wie eine Oberlehrerin zu fragen: „Ist dir nicht kalt?“

Madison verdrehte die Augen, verstärkte den Druck ihres Armes um Taylors Schulter und führte sie in Richtung Küche. „Du hast ihn doch nackt gesehen. Wie soll mir in seiner Gegenwart kalt werden?“

Sie wiederholte den Würgelaut und klagte: „Madison, das ist so abgedroschen, dass es verboten gehört!“

„Entschuldige.“ Sie nahm ihren Arm beiseite und ging zum Kühlschrank, um diesen zu öffnen. „Ich wollte dich einfach noch einmal darauf aufmerksam machen, wie heiß mein Freund ist. Vermutlich hat es sein Ego angekratzt, dass du dir die Hände vors Gesicht geschlagen hast. Blake kann ziemlich sensibel sein.“

„Sensibel?“ Mit einem ungläubigen Lachen ließ sich Taylor auf einen der Küchenstühle sinken und schälte sich aus ihrer Jacke, nachdem sie ihre Tasche auf den Tisch geworfen hatte. „Wie ein Sensibelchen sieht er nun wirklich nicht aus.“

„Wenn du wüsstest“, kicherte ihre Cousine und deutete auf einen Becher Schokoladenpudding. „Willst du auch einen?“

„Schokopudding?“ Stirnrunzelnd schüttelte sie den Kopf. „Nein, danke.“

„Echt nicht? Du siehst nämlich so aus, als bräuchtest du ein Trostpflaster in Form von Schokolade.“

Taylor antwortete auf den liebenswerten Ausdruck im Gesicht ihrer Cousine mit einem frustrierten Stöhnen. „Ich war gerade bei Grandma!“

„Tja, dann brauchst du wohl eher einen Schnaps und keine Schokolade“, mutmaßte Madison halb ernst, halb belustigt.

„Und ob!“ Sie machte sich ihrer Wut Luft, indem sie auf ihrer Unterlippe nagte und ihre zu Fäusten geballten Hände betrachtete. „Grandma hat mir erzählt, dass Adam samt seinen Eltern zum Silvesterdinner kommen wird, an dem auch ich unbedingt teilnehmen soll.“

„Woher will Grandma das denn wissen?“, hakte Madison nach und öffnete einen Becher Schokopudding, dessen Inhalt sie gleich darauf zu verspeisen begann.

„Mom oder Dad wird es ihr gesagt haben. Deshalb waren sie auch dermaßen versessen darauf, dass ich an ihrem Dinner teilnehme!“

Schmatzend erwiderte Madison, die sich lässig gegen ihre Spüle gelehnt hatte. „Wieso wundert mich das nicht?“

Den belustigten Ton ihrer Cousine ignorierend rief Taylor aufgebracht: „Dad hat das Ganze anscheinend eingefädelt und ist der Meinung, dass man mich zu meinem Glück zwingen muss!“

Abfällig blökte Madison los: „Wenn Onkel Dan der Meinung ist, dass Adam Reynolds dein Glück ist, muss ich an seiner Vaterliebe zweifeln.“

Frustriert, verärgert und erschöpft stemmte Taylor ihre Ellenbogen auf dem Tisch auf und vergrub das Gesicht in ihren Händen. „Dad weiß ja nicht, dass Adam ein Arschloch ist.“

„Aber er weiß, dass du mit ihm Schluss gemacht hast. Trotzdem setzt er sich über deine Entscheidung hinweg, indem er diesen Hampelmann einlädt!“

Jetzt, da Madison ebenso verärgert war wie Taylor zuvor, schluckte diese und erklärte kleinlaut: „Nun ja, aber Dad kann ja nicht wissen, was Adam getan hat."

„Weil du es ihm nicht gesagt hast", betonte Madison laut und deutlich, bevor sie sich von der Spüle abstieß und auf einen anderen Küchenstuhl fallen ließ. „Du hättest deinen Eltern sagen sollen, dass dieser Musterknabe neben dir noch eine andere Freundin hatte, anstatt ihnen weiszumachen, dass du wegen deines Studiums keine Zeit für einen festen Freund hättest. Jetzt hast du den Salat, weil sich Onkel Dan als Kuppler betätigen will."

„Mein Vater hat zu meiner Mutter gesagt, dass er mich zu meinem Glück zwingen muss", rief sie verdrossen. „Sag doch etwas dazu!"

„Was soll ich dazu sagen?"

„Madison", beschwerte sich Taylor verstimmt. „Ich kann dort morgen nicht hingehen! Nicht, wenn Adam mir gegenübersitzen wird und mein Vater erwartet, dass ich ihn unterhalten soll."

„Dann geh nicht hin." Madison zuckte mit der Schulter, schob sich den Löffel in den Mund und warf aus zwei Metern Entfernung den leeren Plastikbecher in den Abfalleimer. „Ruf deinen Dad an, sag ihm, dass er dich mal kann, und geh morgen nicht hin."

„Was?"

„Geh nicht hin", wiederholte Madison mit einer Selbstverständlichkeit, die Taylor nicht empfinden konnte.

„Ich kann nicht einfach *nicht* hingehen", protestierte sie ungehalten.

„Willst du diesem schmierigen Idioten etwa zuhören, wie er dir etwas über seine Aktiengeschäfte berichtet?", protestierte Madison abfällig. „Als ich den Typen das erste Mal sah, habe ich dir gesagt, dass er nicht koscher ist, aber du fandest ihn ja perfekt, was ich nicht verstehen kann, immerhin hätte er einen ins Grab schwafeln können."

Taylor ging auf die Grimasse, die Madison schnitt, nicht ein, sondern verzog den Mund. „Dad mochte ihn und ..."

„Aber Onkel Dan musste auch nicht mit ihm schlafen!"

„Madison!"

Ihre Cousine schaute sie mit blitzenden Augen an. „Wenn du morgen dorthin gehst und deinen Eltern diese Bevormundung durchgehen lässt, halte ich dich nicht nur für absolut dämlich, sondern für ein Weichei, meine Liebe."

In dem ganzen Chaos, das gerade in ihrem Kopf herrschte, schaffte Taylor es nicht, einen einzigen klaren Gedanken zu fassen. „Aber ..."

„Lass deine Eltern schmoren und geh einfach nicht hin. Dann soll doch Onkel Dan diesen Adam Reynolds und dessen Anhang bespaßen. Niemand zwingt dich, an Tante Pams langweiligem Dinner teilzunehmen."

„Du verstehst das nicht", klagte sie.

„Doch, ich verstehe das." Ihre Cousine schaute sie nachdenklich an und lächelte dann schwach. „Aber ich verstehe nicht, warum du dich so kleinhalten lässt, Taylor. Du bist verdammt klug und könntest alles tun, was du willst. Trotzdem lässt du dir von deinem Vater diktieren, was du zu tun hast."

„Müssen wir jetzt darüber reden?", fragte sie unbehaglich und fürchtete, dass jeden Moment Blake O'Neill in der Küche stehen würde.

„Wann sollen wir denn darüber reden?“ Madison stöhnte beinahe melodramatisch. „Du musst nicht immer perfekt sein, hörst du? Und ganz sicher ist es nicht deine Aufgabe, deinen Eltern alles recht zu machen. Ich sehe schon kommen, dass du irgendwann ausrastest, mit einem Trucker durchbrennst und Nacktmodell wirst, wenn du nicht endlich lernst, dich durchzusetzen.“

Leicht gereizt hob sie den Kopf und schob störrisch das Kinn vor. „Und wie soll ich das machen? Mit einem Trucker durchbrennen und ihnen aus Las Vegas eine Karte schicken?“

„Falls der Trucker heiß ist ...“

Unter dem Tisch trat Taylor ihrer Cousine aufmerksamkeitsheischend auf den Fuß.

„Au!“

„Madison“, rief sie frustriert. „Ich bin nicht zu deinen Späßen aufgelegt.“

„Das habe ich gerade gemerkt.“ Nachlässig pustete sie eine Strähne aus ihrem Gesicht. „Du musst ja nicht gleich zu solchen Mitteln greifen. Ruf Tante Pam an, sag für morgen ab und erkläre ihr auch den Grund. Basta.“

Allein der Gedanke verursachte ihr eine Welle der Übelkeit. Dennoch wollte sie sich nicht von Madison nachsagen lassen, dass sie ein feiges Weichei sei, und schluckte daher ihre Bedenken hinunter. „Und dann?“

„Dann kommst du zu Blakes Party.“ Achtlos zuckte Madison mit der Schulter. „Das wird verdammt cool.“

Taylor fiel die Kinnlade hinunter. „Blakes Party? Bist du übergeschnappt! Ganz bestimmt kommt Ian und ...“

„Tja“, unterbrach Madison ihren panischen Einwand, stand auf und tätschelte leicht amüsiert die Schulter ihrer Cousine. „Pest oder Cholera. An deiner Stelle würde ich mich für Blakes Party entscheiden, immerhin würde das bedeuten, dass du nicht Gefahr läufst, mit Tante Pams antikem Tafelsilber einen Mord zu begehen und dir langweiliges Geschwätz über noch langweiligere Jobs anzuhören.“

„Aber ich kann nicht ...“

Genau in dem Moment, in dem sie ihrer Cousine nachdrücklich erklären wollte, warum sie ganz unmöglich auf eine Party gehen konnte, auf der auch Ian Carlisle sein würde, polterte der Quälgeist Blake O’Neill in die Küche und blökte: „Alle Körperteile, die deine Cousine schockieren könnten, sind verborgen, Madison. Zufrieden?“

Taylor beobachtete, wie ihre Cousine lachend die Arme um ihren muskelprotzigen Freund schlang und ihm einen nicht gerade jugendfreien Kuss gab, während er ungeniert den kaum bedeckten Hintern seiner Freundin tätschelte. Die beiden passten so gut zusammen, dass es fast unheimlich war. Für ihre unkonventionelle Cousine war der raubeinige Footballspieler perfekt, da einer wie der andere einen perversen Sinn für Humor hatte.

„Was gibt es Neues?“

„Taylor kommt morgen auch zur Party.“

Bestürzt riss sie ihre Augen auf und wollte verneinen, als Blake sein Gesicht auf ihres richtete, die Nase rümpfte und anschließend nickte. „Cool. Aber mach dich besser darauf gefasst, dass du das eine oder andere entblößte Körperteil zu Gesicht bekommen könntest. Ian kommt nämlich auch und lässt ständig die Hosen herunter, wenn er etwas getrunken hat.“

Das waren in der Tat glänzende Aussichten.

7. Kapitel

Dass Blake irgendetwas im Magen lag, hatte Madison schon vor ein paar Tagen bemerkt, als er beschämt den Kopf eingezogen hatte, während sie beide vor dem Fernseher gesessen hatten. Was der Auslöser für sein peinliches Schweigen gewesen war, wusste sie bis heute nicht. Madison hatte sich darauf keinen Reim machen können und war noch immer ratlos, warum er sich zwischenzeitlich so komisch benahm. Eigentlich war alles wie immer und wenn sie ihn nicht so gut gekannt hätte, wäre sie davon ausgegangen, dass die Anspannung vor den Play-offs daran schuld war, dass er sich manchmal so benahm, als müsste er bald eingeliefert und auf seinen Geisteszustand untersucht werden. Doch irgendwie wurde sie den Verdacht nicht los, dass er wegen einer anderen Sache um sie herumschlich.

Die Gelegenheit, ihn darauf anzusprechen, bekam sie am frühen Abend, nachdem eine geknickte Taylor ihre Wohnung verlassen und gar nicht glücklich ausgesehen hatte und Madison ihn zu einem Sprung in den Supermarkt überreden konnte.

„Wir können doch auch eine Pizza bestellen, wenn du Hunger hast“, nörgelte er wie ein Kleinkind, sobald sie beide den gut sortierten Supermarkt betraten, der nur einen Block entfernt von ihrer Wohnung lag.

Madison gab ihm keine sofortige Antwort, sondern drückte ihm einen Einkaufskorb in den Arm. „Wir hatten in letzter Zeit oft genug Pizza, außerdem habe ich erst auf der Hochzeit von Liv gehört, dass ihr einen Ernährungsplan bekommen habt, an den ihr euch vor den

Play-offs halten sollt. Daher gibt es heute Hühnchen mit Salat.“

Sein gequältes Stöhnen war vermutlich bis in die Bronx zu hören. Vorsichtig schielte Madison zurück zum Eingang und trat von einem Bein auf das andere.

Wie nicht anders zu erwarten gewesen war, fragte er irritiert nach: „Was soll das, wenn es fertig ist?“

„Ich befürchte, dass Amnesty International jeden Moment hereinstürmen und mich wegschleppen könnte, nachdem du so laut gestöhnt hast, als wärst du jahrelanger Folter entkommen“, entgegnete sie voller Ernst. „Besorg mir bitte einen guten Anwalt.“

„Haha“, knurrte der Mann, der mit seiner finsteren Miene, der Mütze auf dem Kopf und in seiner gefütterten Winterjacke zum Anbeißen aussah. Wie ebenfalls nicht anders zu erwarten gewesen war, ließ er den Einkaufskorb nachlässig nach unten baumeln und zog sie mit seinem freien Arm an sich, bevor er den Mund in ihren Nacken senkte und flüsterte: „Das ist gar nicht komisch, denn der Coach verlangt auch, dass wir abstinent leben sollen.“

Perplex öffnete sie den Mund, entzog ihren Nacken seinem Kuss und schaute ihm ungläubig in die Augen. „Was?“

Blake nickte mit einem Funkeln im Blick. „Klingt ziemlich scheiße, oder?“

Madison schmiegte sich an ihn und verfluchte den kalten Winter, der sie dazu zwang, draußen derart dicke Klamotten zu tragen, da sie sich nun allzu gerne an ihn gepresst hätte. Mit einer ironisch nach oben gezogenen Augenbraue fragte sie: „Kann es sein, dass du dich bisher nicht wirklich an die Regel deines Coachs gehalten hast?“

„Das tut doch keiner“, erwiderte er grinsend und schaffte es, dass ihr Herz mit einem Mal schneller schlug, nur weil er so verdammt süß lächeln konnte. „Außerdem schätze ich, dass der Coach das sehr wohl weiß.“

„Er kennt euch einfach zu gut!“ Sie streckte ihm kurz die Zunge raus und quietschte anschließend auf, weil seine abendlichen Bartstoppeln über ihren Hals kratzten. „Blake!“

Gerade als sie ihn küssen wollte, drangen zwei kindliche Stimmen an ihr Ohr, die schüchtern Blakes Namen riefen. Verlegen schubste sie ihn von sich und entdeckte zwei ungefähr zehnjährige Jungen, die mit großen Augen Blake betrachteten und geradezu ehrfürchtig zusammenzuckten, als er sich ihnen zuwandte.

Belustigt und auch ein bisschen stolz beobachtete sie, wie Blake mit ihnen plauderte, den beiden Autogramme schrieb und sich absolut lässig gab, um den Jungs ein gutes Gefühl zu vermitteln. Währenddessen packte sie fleißig verschiedene Gemüsesorten in den Einkaufskorb und schmunzelte angesichts der fachbezogenen Diskussion der drei über die Offense im letzten Spiel. Neugierig lauschte sie und konnte ein fettes Grinsen nicht unterdrücken, als sich Blake von seinen beiden Fans verabschiedete und neben sie trat.

„Hey! Da ist ja nur Grünkram im Korb“, maulte er verdrossen. „Ich brauche Fleisch.“

„Du bekommst Hühnchen“, wies sie ihn zurecht und schlug ihm auf die Finger, als er in den Korb griff. „Finger weg! Als verantwortungsbewusste Freundin werde ich dich für den Superbowl fit machen.“

„Baby“, widersprach er mit deutlich erkennbarer Belustigung in der Stimme und warf eine Packung gerösteter Erdnüsse in den Korb, die dort eigentlich nichts zu suchen hatte. „Der Superbowl findet erst im Februar statt. Zuerst müssen wir die Divisional- und die Championship-Games gewinnen, um uns überhaupt zu qualifizieren.“

„Und damit ihr dies schafft, kümmere ich mich um deine Ernährung“, betonte sie freundlich und nahm die Erdnüsse wieder aus dem Korb.

„Aber ...“

„Ich habe gehört, das Quinoa sehr gesund sein soll“, dachte sie laut nach und wäre angesichts seiner bestürzten Miene beinahe in prustendes Gelächter ausgebrochen.

„Quin ... *was*?“ Nachdenklich kratzte er sich an der Stirn. „Ist das Chinesisch für gekochter Hund? Dann bleibe ich lieber bei deinem Grünkram.“

Verständnisvoll tätschelte sie seinen Hintern, der selbst in den weiten Jeans ganz wunderbar aussah, und zog ihn weiter. „Wir werden schon etwas finden, was du essen kannst.“

„Wunderbar“, ächzte er. „Das Jahr kann so ja gut anfangen.“

„Alles für den Superbowl“, wies sie ihn zurecht.

Gespielt mitleiderregend winselte er: „Darf ich morgen wenigstens etwas anderes als Wasser trinken?“

„Unter einer Bedingung“, stellte Madison klar und drehte sich im Flur der Hygieneartikel zu ihm um, während sie ihm den schweren Einkaufskorb reichte.

„Welche Bedingung?“ Argwöhnisch runzelte er die Stirn. „Willst du schon wieder kontrollieren, welche Pornos ich mir ansehe?“

Madison verdrehte gekonnt die Augen und war froh, dass seine zehnjährigen Fans nicht mehr in der Nähe waren. „Nein, du Perversling. Ich habe doch schon einmal gesagt, dass ich dir nicht in deine Pornos reinreden werde."

„Von welcher Bedingung sprichst du dann?"

Ohne auf sein großspuriges Lächeln einzugehen, betonte sie: „Du darfst morgen die Sau rauslassen, wenn du mir endlich sagst, warum du seit Tagen um mich herumschleichst."

Anscheinend wollte er sich ahnungslos geben. „Ich weiß nicht, was du meinst."

„Oh doch", widersprach sie vehement und warf eine Packung Tampons in den Einkaufskorb, was ihn zusammenzucken ließ. Männer waren solche Babys! „Ich merke doch, dass du mir etwas verheimlichst. Nur weiß ich nicht, was so schlimm ist, dass du es mir nicht sagen kannst."

Er hob seine freie Hand und erklärte hastig: „Ich gehe nicht fremd, falls du so etwas andeuten willst."

Madison schnalzte mit der Zunge. „Das habe ich auch nicht angenommen, Blake. Raus mit der Sprache! Was ist los?"

„Du wirst sicher wütend sein."

„Dann will ich es erst recht wissen."

Mit dem Einkaufskorb im Arm und dem übertrieben ernsten Gesicht hätte er beinahe komisch ausgesehen, wenn Madison nicht derart versessen darauf gewesen wäre, endlich zu erfahren, warum ihr Freund seit Tagen so wesensverändert wirkte.

„Ach Mann", fluchte er resigniert. „Die Party hatte ich schon geplant, als wir uns noch gar nicht kannten!"

„Das ist mir klar", entgegnete sie lässig und verschränkte die Arme vor der Brust. „Also?"

„Also ... es kann sein, dass einige ... einige Frauen kommen werden."

Madison schnaubte verächtlich. „Wenn keine kämen, würde ich auch lieber zu Hause bleiben, Blake. Eine Silvesterparty voll von Footballspielern und ohne andere Frauen ist wie Armageddon und der Ausverkauf bei Bloomingdale's zusammen."

„Eigentlich meinte ich nicht die Ehefrauen meiner Kumpels", gestand er resigniert.

„Sondern?"

„Sondern irgendwelche Mädels, die ich in Bars und Clubs kennengelernt habe", ließ er die Katze aus dem Sack. „Ich habe einige von ihnen eingeladen, kann mich aber nicht mehr genau erinnern."

„Aha", erwiderte sie tonlos und deutete achselzuckend auf das Regal mit den Zahnpastatuben. „Brauchst du neue Zahnpasta?"

Einen Moment herrschte Stille, bevor er so vorsichtig wie niemals zuvor nachhakte: „Äh ... Madison, bist du sauer?"

„Nö. Wieso fragst du?"

Die absolute Verwirrung spiegelte sich auf seinem Gesicht wider. „Aber ... aber ... die anderen Frauen, die zur Party kommen werden ..."

„Sie werden schon nicht alle gleichzeitig über dich herfallen", mutmaßte sie gut gelaunt. „Außerdem gehe ich nicht davon aus, dass du über sie herfallen wirst."

„Natürlich nicht!"

„Na dann." Sie drückte ihm einen raschen Kuss auf die Wange und genoss seine Sprachlosigkeit. „Trotzdem wäre es sehr lieb von dir, wenn du dafür sorgen könntest, dass Ian nicht mit einer dieser Frauen vor Taylor herummacht."

Madison ließ ihren Freund stehen und schlenderte weiter über den Flur des Supermarktes, bis ungefähr fünf

Sekunden später quietschende Schritte hinter ihr erklangen, die ihr sagten, dass Blake ihr hinterhereilte.

„Was? Wovon zum Teufel sprichst du?“

„Von Ian und Taylor“, antwortete sie beiläufig und griff sich einen Raumduft. „Du weißt doch, dass die beiden auf dem College etwas miteinander hatten.“

„Was?“ Seine Kinnlade fiel hinunter und er stockte.

Nickend ließ sie ihre Augen über die unterschiedlichen Duftsorten schweifen. „Das erklärt auch Taylors Abneigung euch Footballspielern gegenüber. Ian muss sich anscheinend nicht unbedingt wie ein Gentleman verhalten haben.“

„Stopp, Madison“, unterbrach ihr Freund sie mit einem Krächzen. „Willst du mir weismachen, dass deine versnobte, prüde und zugeknöpfte Cousine etwas mit meinem Kumpel Ian hatte? Mit Ian – dem Mann, der aus Hochhausfenstern pinkelt und es als sein Hobby betrachtet, Prügeleien in Kneipen anzuzetteln?“

Sie erwiderte lediglich: „Taylor ist nicht versnobt, prüde oder zugeknöpft.“

Seine Miene sagte ihr, dass er mit ihr über diesen Punkt nicht einig werden würde. „Ian und Taylor? Das glaube ich erst, wenn ich es sehe.“

„Tja.“ Lächelnd zog sie die Nase kraus. „Morgen wird es schon so weit sein. Ich setze zehn Mäuse auf meine Cousine.“

„Mit zwanzig halte ich dagegen.“

„Abgemacht“, schlug sie ein und zog die Schokolade, die er in den Korb geschmuggelt hatte, wieder hinaus.

8. Kapitel

Einen halben Tag lang hatte sie darüber nachgegrübelt, ob sie Silvester nicht doch bei ihren Eltern feiern sollte, hatte daran gedacht, ob es wirklich so schlimm sein würde, den Abend mit Adam verbringen zu müssen, und hatte sich durch ihren Kleiderschrank gewühlt, um eine Ausrede zu haben, weshalb sie nicht zu der hippen Party am Times Square gehen konnte, die Blake O'Neill veranstaltete. Während sie in einem nicht zu bändigenden Kleiderhaufen gesessen hatte, war Taylor bewusst geworden, wie feige sie sich tatsächlich verhielt. Natürlich wollte sie Ian nicht unbedingt begegnen, aber Adam wollte sie ebenfalls nicht sehen. Noch viel wichtiger war jedoch der Gedanke an ihren Vater gewesen, der schon wieder auf seine verdammt selbstherrliche Weise über ihr Leben bestimmen wollte.

In wenigen Monaten würde sie als Zahnärztin arbeiten, weil er darauf bestanden hatte, dass sie einen vernünftigen, einen angesehenen Job erlernte.

In wenigen Wochen würde sie das Cheerleading aufgeben müssen, weil er ihr damit in den Ohren lag, dass es sich für jemanden wie sie nicht ziemte, neben der Arbeit auch noch diesem Hobby nachzugehen.

In wenigen Stunden jedoch würde sie nicht nach seiner Pfeife tanzen wollen, um mit dem Mann an einem Tisch zu sitzen, der sie mit einer anderen Frau betrogen hatte und mit dem sie sowieso nur ausgegangen war, weil seine Eltern und ihre miteinander befreundet waren. Madison hatte recht. Wenn ihr Vater Adam Reynolds derart toll fand, sollte er selbst mit ihm ausgehen.

Taylor hatte keine Lust, sich wie ein Bauernopfer zu fühlen, und sagte dies auch ihrer Mutter, als sie mittags mit klopfendem Herzen bei ihr anrief, um ihr mitzuteilen, dass sie zu dem sorgsam organisierten Silvesterdinner nicht zu kommen gedachte. Natürlich fiel ihre Mutter aus allen Wolken und erschien peinlich berührt, als Taylor ihr erklärte, dass sie die Gästeliste kannte. Die Ausrede ihrer Mom, dass ihr Vater doch nur das Beste für sie wolle, beantwortete sie, indem sie ihr ein frohes neues Jahr wünschte und auflegte.

Den Telefonanruf ihres Vaters ignorierte sie und suchte stattdessen aus lauter Trotz das einzige Kleid aus ihrem Schrank heraus, das sie bisher noch nie getragen hatte, weil sie es als einen Fehlkauf betrachtete. Für ihren Geschmack war es zu aufreizend, zu kurz, zu auffällig und viel zu sexy gewesen, doch für den heutigen Anlass war es geradezu perfekt.

Stundenlang stand Taylor in ihrem Badezimmer, lackierte sich die Fingernägel, föhnte ihre langen Haare, steckte diese zusammen und schminkte sich anschließend so kräftig, wie sie es eigentlich nie tat. Als sie dann in ihr Kleid schlüpfte und die verboten hohen Schuhe anzog, die sie sich in einem Anflug geistiger Umnachtung bei Bergdorf Goodman gekauft hatte, erkannte sie sich kaum wieder. Unsicher holte sie Luft und drehte sich ein Stück, um im Spiegel ihres Schlafzimmers ihren nackten Rücken zu mustern.

Ihre Handflächen schwitzten, während sie leicht panisch darüber nachdachte, das goldene Paillettenkleid, das nicht nur extrem kurz war, sondern auch ihren gesamten Rücken frei ließ, gegen eine bequemere und vor allem weniger auffällige Version zu tauschen. Noch als sie diese Möglichkeit in Erwägung zog, blitzte plötzlich eine Vorstellung von Ian Carlisle durch ihren Kopf, der ruhig sehen konnte, was er verpasst hatte.

Es mochte kindisch klingen, aber Taylor hatte große Lust, diesem arroganten Idioten unter die Nase zu halten, wie toll sie aussah.

Dass sie toll aussah, bestätigten die männlichen Blicke, die ihr nur kurze Zeit später folgten, als sie aus dem Taxi stieg und das Hotel betrat, das direkt am Times Square und damit mitten im Chaos des Silvesterabends lag. Ein wenig verlegen hielt sie ihren schwarzen Mantel geschlossen und huschte zu den Fahrstühlen, vor denen bereits wahre Menschenmassen standen, da das Gebäude nicht nur ein Hotel und ein Theater, sondern auch das luxuriöse Restaurant in der achtundvierzigsten Etage beherbergte, zu dem sich nun Taylor aufmachte. Dort oben angekommen wurde sie direkt zur Lounge geführt, die Blake O'Neill für seine Party gebucht hatte und eine Etage niedriger lag. Sobald man ihr den Mantel abgenommen hatte, griff sie nach einem angebotenen Drink und trank einen riesigen Schluck davon, da sie sich nun doch extrem nackt vorkam und bereute, ausgerechnet dieses Kleid angezogen zu haben.

Wenig begeistert über ihre Anwesenheit bei einer Party, auf der sie kaum jemanden kannte und allein war, blieb sie am Rand des Eingangs stehen und beobachtete das Partygewühl, das hauptsächlich aus riesigen Footballspielern in Anzügen und äußerst freizügigen Frauen mit Silikonbrüsten bestand. Taylor hatte sich selten so deplatziert gefühlt und merkte mit Entsetzen, dass sie gerne wieder verschwunden wäre, ohne vorher bemerkt worden zu sein.

Im Grunde schien die Party großartig zu sein, immerhin war der Ort einfach phänomenal. Die komplette Seite der Lounge war verglast und erlaubte einen spektakulären Blick auf den Times Square, zudem liefen einige Kellner mit vollen Tabletts herum und unaufdringliche Musik wurde gespielt. Ehrlich gesagt hatte Taylor dem Rüpel Blake O'Neill niemals so viel Stil zugetraut. Dennoch war sie kurz davor, das Weite zu suchen, bevor Madison sie entdeckte.

„Hier versteckst du dich also“, drang zu allem Überfluss die Stimme des rüpelhaften Freundes ihrer Cousine an ihr Ohr. „Madison hat schon gedacht, dass du kneifst und nicht kommst.“

Mit einem gequälten Lächeln drehte sie sich zu Blake O'Neill um und schlang gleichzeitig einen Arm um ihre Mitte, während sie an ihrem Glas nippte. „Hallo.“

„Was stehst du hier so rum?“, raunte er und hob anschließend den Kopf, um irgendjemandem zuzunicken. „Misch dich unters Volk! Madison sitzt dort hinten irgendwo an der Bar.“

Taylor schluckte, fuhr sich nervös über die Lippen und ließ ihre Augen unentschlossen über ihren Gastgeber wandern, der lässige Jeans mit einem weißen Hemd kombiniert hatte und vermutlich bei einer Thai-Massage nicht entspannter hätte aussehen können. „Hör mal, Blake“, stammelte sie unsicher über die Musik hinweg. „Es war nett, dass ich kommen durfte, aber vielleicht sollte ich wieder gehen.“

„Unsinn!“ Gutmütig tätschelte er ihren Rücken und zog gleich darauf sichtlich erschrocken die Hand beiseite, als er in Kontakt zu ihrer nackten Haut kam. Erst jetzt schien er ihre Aufmachung wahrzunehmen. Auch wenn er nichts sagte, bedeuteten die steil nach oben ragenden Augenbrauen, dass er ziemlich fassungslos über ihren Anblick war.

Ohne auf seine Reaktion einzugehen, protestierte sie: „Ich kenne hier kaum jemanden."

„Ich auch nicht", lachte er, schnappte sich ein Glas von einem vorbeihuschenden Tablett und stieß damit gegen ihres, das sie fest umklammert hielt. „Scheiß drauf. Es ist Silvester! Trink dir einen und amüsiere dich!"

Vielleicht lag es an dem halben Glas, das sie bereits intus hatte, oder an der ungewohnten Situation, aber Blake O'Neill wirkte mit einem Mal sogar sympathisch. Taylor schluckte ihre Bedenken gegen ihn, gegen seine Party und gegen den Alkohol in ihrer Hand hinunter, stieß mit ihm an und trank das Glas aus. Kurz darauf schob ihr Gastgeber sie gutmütig ins Getümmel und wies sie an, sich zu Madison zu gesellen, während er in der anderen Richtung verschwand.

Taylor blieb nichts anderes übrig, als sich durch das Gewühl zu kämpfen, ihr winziges Täschchen zu umklammern, nachdem es ihr bereits dreimal von der Schulter gerutscht war, und entschuldigend in fremde Gesichter zu lächeln, wenn sie jemanden anrempelte. Mittlerweile glaubte sie, weder Madison noch Ian an diesem Abend finden zu können, und wusste nicht, ob sie dies gut oder schlecht finden sollte.

Kaum hatte sie den Gedanken beendet, sah sie Madison, die auf einem Sessel thronte und ihr hektisch zuwinkte. „Taylor! Wir sind hier!"

Mit leichter Nervosität entdeckte sie gleich neben ihrer Cousine Teddy MacLachlan-Palmer, die auf dem Schoß ihres Mannes saß und einen Teller mit Häppchen in der Hand hielt. Daran hatte Taylor gar nicht gedacht und verspürte nun eine gewisse Hemmschwelle, immerhin war die Frau, die es sich auf dem Schoß ihres Mannes bequem gemacht hatte, nicht nur die

Teambesitzerin der Titans, sondern auch ihre Chefin. Daher ging sie mit einem leicht beklemmenden Gefühl zu den drei hinüber und fragte sich zum wiederholten Mal, welcher Teufel sie geritten hatte, ausgerechnet dieses Kleid angezogen zu haben.

Leider war dies auch Thema des ersten Kommentars, den Madison von sich gab.

„Wo hast du denn dieses Kleid her?“

„Aus einem Geschäft, Madison“, antwortete sie trocken und reichte dem Quarterback als auch seiner Frau höflich die Hand. „Hallo zusammen.“

„Hi“, erwiderte die junge Teambesitzerin ungezwungen und nahm sie beinahe amüsiert in Augenschein. „Sie müssen Madisons Cousine sein, die ebenfalls auf den letzten Drücker überredet wurde, heute hier aufzuschlagen.“

„Genau.“ Sie nickte unsicher und blieb direkt neben Madisons Sessel stehen. „Der letzte Drücker passt ganz gut.“

Der Quarterback zwinkerte ihr belustigt zu. „Teddy musste heute Morgen noch überzeugt werden, dass uns ein Abstecher auf Blakes Party guttun würde.“

„Das sagt der Richtige“, schnaubte seine Frau verächtlich, bevor sie mit dem Daumen auf ihn zeigte. „Fast hätte er angefangen zu heulen, als wir uns von unseren Zwillingen verabschiedet haben. Dabei wollen wir nur ein Stündchen bleiben.“

„Und du konntest nicht schnell genug die Wohnung verlassen“, warf er trocken ein. „Ja, ja ... Mutterliebe. Außerdem ist das Stündchen schon vorbei, mein Schatz.“

„Wir hätten auch nicht so lange für die Fahrt gebraucht, wenn du den Taxifahrer mit deiner

Superbowl-Geschichte nicht derart abgelenkt hättest, dass er fast bis nach Washington gefahren wäre!“

Die beiden zu beobachten war ziemlich amüsant, wie Taylor verfolgen konnte, während sie sich auf die Lehne des Sessels sinken ließ, auf die Madison sie zog. Bisher kannte sie das prominente Paar lediglich aus Zeitungen oder der Ferne, wenn sie auf dem Feld das Team anfeuerte. Von Madison hatte sie zwar schon diverse Geschichten über Blakes Freundeskreis gehört, doch sich nicht wirklich etwas darunter vorstellen können, wenn Madison davon sprach, dass sie sich gegenseitig gerne aufs Korn nahmen. Jetzt konnte sie es hautnah miterleben.

„Stimmt es, dass Sie bei uns Cheerleader sind, Taylor?“

Sie lächelte schief und fragte leichthin: „Hat Madison das verraten?“

„Natürlich“, bekräftigte ihre Cousine fröhlich. „Im Gegensatz zu deinem Zahnmedizinstudium ist das schließlich ein richtiger Job. Außerdem hat er Perspektive.“

„Das kann auch nur jemand sagen, der sich in ein Maskottchenkostüm zwängt.“ Mit milder Belustigung kräuselte Taylor ihre Nase und stupste Madison liebevoll an. „Ich werde dich in ein paar Jahren daran erinnern, wenn du mich darum bittest, dir neue Zähne anpassen zu lassen.“

„Kneifen gilt nicht!“ Madison zupfte an ihrem Minirock herum und streckte anschließend ihre Beine von sich, an deren Enden sich klobige Lederboots befanden. „Du hast mir versprochen, dass ich neue Zähne bekomme, wenn ich alt und gebrechlich bin.“

„Sie studieren Zahnmedizin, Taylor? Und sind gleichzeitig Cheerleader? Wie passt das zusammen, wenn ich fragen darf?“ Teddy MacLachlan-Palmer legte beide Hände auf ihre Knie und beugte sich interessiert vor, während sie ihren Mann gänzlich zu ignorieren schien, der eine Grimasse schnitt und an ihr vorbeischauen wollte, um sich ebenfalls an dem Gespräch zu beteiligen.

Um nicht in die Verlegenheit zu kommen, von ihrem diktatorischen Vater zu erzählen, strich sie sich gespielt munter eine lose Haarsträhne zurück und lächelte. „Früher habe ich viel getanzt und wollte neben dem Studium wieder etwas in der Richtung machen.“

„Wenn Sie studieren, kann ich ja beruhigt sein“, ließ sich Teddy MacLachlan-Palmer vernehmen.

Irritiert blinzelte Taylor und fragte scherzhaft: „Muss ich meinen Collegeeignungstest noch nachreichen?“

„Ach, Quatsch!“ Die sympathische Teambesitzerin wedelte mit ihrer Hand vor dem eigenen ungeschminkten Gesicht herum. „Wenn Sie studieren, laufen Sie nicht Gefahr, auf die schwülstigen Worte alkoholisierter Footballspieler hereinzufallen, die hier herumlaufen und auf der Suche nach leicht beeindruckbaren Frauen sind, denen sie ihren Superbowlring zeigen können. Sie sind so hübsch, dass die Idioten Sie mit einem Geschenk verwechseln und auf die Idee kommen könnten, Sie auszupacken.“

Während Madison neben ihr in schallendes Gelächter ausbrach, merkte Taylor, wie ihr Gesicht feuerrot wurde. „Oh ... nun ja, Weihnachten ist ja bereits vorbei.“

Das ließ Madison nur noch lauter lachen, und auch die junge Teambesitzerin konnte sich ein schalkhaftes Glucksen nicht verkneifen.

Hinter Teddy tönte nun ihr Mann: „Das ging nicht gegen Sie, Taylor. Meine Frau zuckt momentan bei der Erwähnung von Cheerleadern zusammen. Nehmen Sie es bitte nicht persönlich.“

„Hey“, protestierte seine Frau. „Ich finde Taylor extrem nett und habe nichts gegen Cheerleader.“

„Hast du nicht?“ Ihr Mann klang ungläubig.

„Nein“, verteidigte sich seine Frau vehement. „Mein Problem ist nur, dass es Footballspieler gibt, die der Meinung sind, dass Cheerleader zu ihrer persönlichen Bespaßung herhalten müssen und dabei nackt zu sein haben. Wenn mich nicht alles täuscht, hattest du früher eine ganz ähnliche Einstellung.“

„Ich glaube, wir reden hier nicht über mich, schließlich bin ich geläutert“, warf Brian Palmer ein und schob seine Frau ein Stück zur Seite, um die anderen beiden Frauen ansehen zu können, während er sprach. „Nichts gegen Sie oder Ihre Mitstreiterinnen, Taylor.“

Sie nickte verständnisvoll. „Kein Problem.“

Der Quarterback beugte sich ein Stück nach vorne und erklärte vertraulich: „Teddy hat wirklich nichts gegen Cheerleading, sondern ist ein wenig neidisch, weil sie zwei linke Füße hat. Wenn sie tanzt, fällt es einem sehr schwer, die Fassung zu bewahren.“

Zu Taylors Erstaunen schien ihm seine Frau seinen Kommentar nicht böse zu nehmen, da sie mit einem prustenden Lachen die Arme vor der Brust verschränkte und ihm einen schiefen Blick schenkte. „*Das*, mein Freund, wirst du noch bereuen. Versprochen! Ich tanze ganz ausgezeichnet.“

Der schwarzhaarige Footballspieler erwiderte das Lächeln nicht im Mindesten eingeschüchtert und legte seiner Frau eine Hand auf die Hüfte. „Ich bin mir sicher, dass es irgendwo auf der Welt einen noch unbekannten Stamm gibt, der ähnliche Tanzbewegungen macht wie du, mein Schatz. Dort wärst du sicherlich die Königin.“

„Und das sagt der Mann, der sich beim Strippen fast das Fußgelenk gebrochen hat.“ Die junge Teambesitzerin erhob sich und griff nach der Hand ihres Mannes. „Entschuldigt uns. Wir werden eine Runde tanzen gehen, bevor wir wieder nach Hause verschwinden, damit ich mir im neuen Jahr keine dummen Sprüche über meine Tanzkünste anhören muss.“

Widerstandslos ließ sich der Quarterback hochziehen und zwinkerte Madison und ihr verschwörerisch zu.

Sobald die beiden verschwunden waren, setzte sich Taylor auf den gerade frei gewordenen Sessel und wunderte sich über das breite Grinsen im Gesicht ihrer Cousine.

„Was?“

„Gut siehst du aus.“

„Danke“, entgegnete Taylor misstrauisch und glättete den Paillettenstoff über ihren Oberschenkeln, bevor sie verteidigend erklärte: „Ich hatte keine Ahnung, was ich anziehen sollte. Deshalb habe ich das erstbeste Kleid aus meinem Schrank genommen.“

Madison verschluckte ein Lachen und krächzte anschließend mit nicht ernst zu nehmendem Spott: „Hast du zufälligerweise das Unterteil zu diesem Outfit vergessen? Nicht einmal bei deiner Geburt warst du so nackt.“

„Sehr komisch“, witzelte Taylor angespannt und knetete die Hände in ihrem Schoß. „Das Kleid hatte ich irrtümlicherweise gekauft und ... und heute ... Wann hätte ich es denn sonst schon anziehen können? Zur Kirche?“

„Kommt drauf an, welche Kirche du meinst.“ Madison hob den Kopf und deutete nach hinten. „Bisher habe ich Ian noch gar nicht gesehen.“

Trotz aller Mühe konnte sie gegen das Glühen in ihrem Gesicht nichts tun und stammelte stattdessen beschämenderweise: „Wie kommst du plötzlich auf ihn?“

„Für wen hast du dich denn sonst so herausgeputzt?“

Leicht bissig reagierte sie auf die Mutmaßung ihrer Cousine, die leider ins Schwarze traf. „Hätte ich einen Jutesack anziehen sollen?“

„Nein.“ Madison griff nach zwei Gläsern, die auf dem Tisch vor ihr standen, und reichte Taylor eines davon. Die pinkfarbene Flüssigkeit darin ließ darauf schließen, dass es sich bei dem Getränk um einen zuckerhaltigen Cocktail handeln musste, der jeglichen Alkoholgeschmack überdeckte. „Du hättest einfach eines deiner Outfits anziehen können, die du im gleichen Geschäft kaufst, in dem auch Grandma ihre Garderobe erwirbt.“

„Haha!“ Taylor schüttelte tadelnd den Kopf. „Außerdem habe ich mich sicherlich nicht für Ian Carlisle herausgeputzt. Es ist nun einmal Silvester!“

Gutmütig und beschwichtigend zugleich legte Madison den Kopf schief. „Mir machst du nichts vor. Wenn Blake und ich getrennt wären und ich wüsste, dass ich ihn auf einer Party treffen würde, käme ich vermutlich nackt und mit Speck umwickelt, damit ihm das Wasser im Mund zusammenlaufen würde. Und damit der Vollidiot bemerken würde, was ihm entgeht. Meinen Segen hast du, Taylor.“

Sie schluckte nach der kurzen Ansprache ihrer Cousine und fragte anschließend mit leichtem Entsetzen: „Speck?“

„Oh ja, er steht auf Speck." Madison nickte nachdrücklich. „Und wie!"

„Irgendwie setzt gerade mein Kopfkino ein", jammerte Taylor und holte entsetzt Luft. „Ich frage lieber nicht, wie ausgefallen euer Sex ist."

„Das wäre besser", lachte ihre Cousine ohne Scham. „Und falls du es wissen willst: Du siehst verdammt heiß aus."

„Madison!"

„Ne, ehrlich!" Madison beugte sich vor und grinste verschlagen. „Sogar ich finde das, obwohl ich keine bisexuellen Neigungen verspüre und dann auch noch deine Cousine bin!"

Taylor wusste nicht, wie sie das finden sollte, und fixierte lieber das Cocktailglas in ihrer Hand. „Ich hatte schon ein Glas. Wenn ich nicht aufpasse, bin ich gleich betrunken."

„Es ist Silvester." Madison stieß mit ihr an, beugte sich vor und küsste sie auf die Wange, bevor sie flüsterte: „Ich wünsche dir ein tolles neues Jahr, Cousinchen. Hab dich lieb."

„Ich dich auch", murmelte Taylor mit belegter Stimme und wusste nicht, warum ihr plötzlich Tränen in die Augen stiegen.

Eine Stunde vor Mitternacht verkrümelte sich Taylor aus der Lounge, um auf die Toilette zu gehen, und hielt auf ihrem Weg zurück zu der feierwütigen Meute an einem einsamen Fenster an, um den Blick auf die funkelnden Lichter unter sich zu genießen. Obwohl die Party ein voller Erfolg war, gestand sich Taylor ein, dass der Anblick der sorglosen Gäste und der glücklichen Paare sie mehr mitnahm, als sie gedacht hatte.

Eigentlich hatte sie Silvester immer gemocht und das Gefühl gehabt, dass das nächste Jahr ein Neuanfang war. Ein frischer Start und die Möglichkeit, unbekannte Dinge auszuprobieren. Doch dieses Silvester deprimierte sie, denn das nächste Jahr würde alles andere als ein Neuanfang werden.

„Die müssen sich draußen den Hintern abfrieren."

Erschrocken wirbelte sie zu der dunklen Stimme herum, die direkt neben ihrem Ohr erklang. Während sie sich eine Hand auf das heftig schlagende Herz presste, legte sie den Kopf zurück und sah Ian Carlisle voll ins Gesicht, der so dicht neben ihr stand, dass sie seine Körperwärme spüren konnte.

„Ian! Verdammt, wieso schleichst du dich an mich heran?"

„Du warst so in diesen Anblick vertieft, dass ich dich nicht stören wollte." Unbekümmert zuckte er mit der Schulter und musterte sie neugierig, was bei ihm bedeutete, dass seine fast schon schwarzen Augen anerkennend über ihren ganzen Körper glitten, bis er an ihrem Gesicht Halt machte.

Taylor wusste nicht, warum sie seinen Blick erwiderte und massives Herzrasen bekam, doch irgendwie schaffte sie es nicht, ihre Augen von ihm zu lösen. Dummerweise fühlte sie sich ins College zurückversetzt, als sie bei seinem Anblick vergessen hatte, was sie sagen wollte, und sich mühsam an ihren eigenen Namen hatte erinnern müssen. Obwohl Ian verdammt gut aussehend war, ein Paar bemerkenswerter schwarzer Augen besaß und problemlos jedes

Modelcasting gewonnen hätte, war Taylor vor allem aufgrund seiner Ausstrahlung schwach geworden, als er sie damals um ein Date gebeten hatte. Gut aussehende Jungs hatte es einige am College gegeben, auch wenn Ian dank seiner Größe und seines eindrucksvollen Körperbaus besonders hervorgestochen hatte, doch kein anderer hatte gleichzeitig so schelmisch lächeln und einem tiefgründig in die Augen schauen können wie Ian Carlisle.

Auch jetzt versprach sein Blick nichts anderes als einen Haufen Spaß und noch sehr viel mehr Herzschmerz.

Auf einen Mann wie ihn hereinzufallen, war ziemlich leicht. Er hatte es einfach im Blut, auf besonders charmante Weise den Aufmerksamen zu spielen und die Frau glauben zu lassen, dass er nichts anderes wollte als sie. Da er dabei so verdammt gut aussah, witzig war und einer Frau weiche Knie bescheren konnte, hatte er Erfolg auf der ganzen Linie. Zudem konnte Taylor davon ausgehen, dass seine heutige Popularität ihn noch schneller ans Ziel brachte als damals am College.

Mittlerweile musste sie ihm schon seit gut einer Minute nachdenklich ins Gesicht sehen und riss sich von seinem Anblick los, um einen Schritt zurück zu machen und mit professioneller Lässigkeit zu fragen: „Kann ich dir irgendwie helfen? Bist du auf der Suche nach einem Kondomautomaten?“

Obwohl sie nicht beabsichtigt hatte, ihn zu amüsieren, brach er in ein tiefes Gelächter aus und schaffte es, dass ihr dabei merkwürdig warm wurde.

„Der ist gut! Ich glaube, den merke ich mir.“

„Gern geschehen." Sie nickte hoheitsvoll und spürte direkt hinter sich die kalte Fensterscheibe. „Wie schön, dass ich dich erheitern konnte."

„Eigentlich war ich auf der Suche nach dir", gab er ehrlich zu.

„Ach?" Unsicher trat sie auf das andere Bein und flocht ihre Hände ineinander.

„Ja."

Taylor rümpfte die Nase. „Ich glaube, dass viele Horrorfilme mit diesem Satz beginnen. Du verstehst daher sicherlich meinen Argwohn."

Mit einem charmanten Lächeln bedachte er sie und seufzte unbekümmert. „Wir haben Silvester. Da dachte ich, dass wir das Kriegsbeil begraben könnten. Es wäre doch ganz nett, wenn du dir zur Abwechslung keine Mordgedanken machen müsstest, sobald ich aufs Feld laufe und du gezwungen bist, mich anzufeuern."

Vermutlich musste sie an irgendeiner psychischen Störung leiden, weil sie gegen das Zucken ihrer Mundwinkel nicht ankam. Leider war Ian ein extrem guter Beobachter, da er entzückt seufzte und sie angrinste.

„Außerdem wäre ich sehr viel entspannter, wenn ich mir keine Sorgen darum machen müsste, dass du mir jeden Augenblick eine kleben könntest."

„Sag mir nicht, dass ausgerechnet du dich vor einem harmlosen Cheerleader fürchtest", krächzte sie trocken und ironisch zugleich.

„Harmlos?" Verteidigend hob er beide Hände. „Wenn du dich dann besser fühlst."

Lächelnd schüttelte sie den Kopf und ignorierte ihre Reaktion auf den Anblick, den er in einem schwarzen Anzug mit aufgeknöpftem Hemd bot. Einen kurzen

Moment bedauerte sie die Tatsache, dass sie nicht zu den Frauen gehörte, die den gleichen Fehler zweimal machten, und schüttelte den Gedanken gleich darauf wieder ab, um sich selbst eine Idiotin zu schimpfen.

„Wenn *du* dich besser fühlst, können wir für heute das Kriegsbeil begraben“, entgegnete sie stattdessen seufzend.

Er schien erstaunt zu sein, wie er die Hände in den Taschen seiner Anzughose vergrub und sich direkt neben sie ans Fenster stellte. „Nur für heute?“

„Übertreib es nicht“, beschied sie gutmütig und hatte nichts dagegen, dass er neben sie getreten war und mit dem Ärmel seines Sakkos ihren nackten Arm streifte. „Zu Silvester bin ich immer melancholisch, also hast du einfach Glück.“

Ian murmelte eine Zustimmung und schien absolut entspannt zu sein. Zu Taylors großer Verwunderung ging es ihr nicht anders. Zwar stand sie neben Ian Carlisle, trug ein Kleid, das diese Bezeichnung nicht einmal verdiente, und war bis auf vereinzelte Gäste, die ab und zu durch den Flur rechts von ihnen liefen, völlig allein mit ihm, dennoch war sie entspannt. Und ruhig.

Vielleicht lag es auch einfach an der Melancholie dieses Tages, dass sie nicht wütend werden konnte, sondern stattdessen Resignation fühlte. Dass sie sich der Tatsache bewusst war, im nächsten Jahr erst ihren sechsundzwanzigsten Geburtstag zu feiern und gleichzeitig das Gefühl zu haben, dass ihr Leben bereits zu Ende war. Das unterdrückte Partygeräusch aus der Lounge vor ihnen zeigte ihr einmal mehr auf, dass sie niemals ausgelassen gewesen war oder diese viel beschriebene Freiheit der Jugend empfunden hatte. Für sie war bisher alles irgendeine Pflicht gewesen.

Taylor schloss die Augen und überlegte halb belustigt, halb verzweifelt, ob man mit fünfundzwanzig Jahren bereits eine Midlife-Crisis bekommen konnte.

„Trinkst du etwas mit mir?“

Langsam öffnete sie die Augen, drehte den Kopf zur Seite und sah von unten zu ihm auf, bevor sie den Kopf schüttelte. „Heute nicht. Ich nehme mir gleich ein Taxi und fahre nach Hause.“

„Was?“ Ratlos und verwirrt runzelte er die Stirn. „Es ist erst elf Uhr ...“

„Dann komme ich noch rechtzeitig nach Hause, um mir das Feuerwerk im Fernsehen anzuschauen“, erklärte sie gespielt fröhlich.

Räuspernd deutete er mit dem Kopf hinter sich. „Das könntest du auch von hier aus beobachten.“

Obwohl Ian Carlisle die letzte Person auf Erden war, mit der sie über ihre Probleme sprechen wollte, gab sie zu: „Ich möchte um Mitternacht lieber wieder zu Hause sein.“

Leise lachte er auf. „Erinnert mich an ein Märchen. Mussten die Prinzessinnen nicht auch immer vor zwölf zu Hause sein?“

Taylor zuckte mit der Schulter. „Nichts anderes als die Indoktrination eines sozialen Habitus ...“

„*Was*?!“

Angesichts seines irritierten Tons ergänzte sie lustlos: „Durch die Märchen sollten Mädchen lernen, auf ihre Eltern zu hören und beispielsweise früh zu Hause zu sein. Kamen die Prinzessinnen zu spät, verloren sie ihre Kleider, mussten Fußböden schrubben und heirateten ihren Prinzen nicht. Du weißt schon: *Und die Moral von der Geschicht ...*“

Er stieß sich vom Fenster ab und zog einen Mundwinkel in die Höhe, als er plötzlich auf ihre Beine starrte.

„Wo schaust du hin?“, empörte sich Taylor und musste daran denken, wie kurz das Kleid war.

Mit dem unschuldigsten Blick, den sie jemals an einem Mann gesehen hatte, antwortete er unverfänglich: „Ich wollte nur nachsehen, ob du deine Schuhe noch trägst oder einen bereits verloren hast.“

Sie schnitt eine Grimasse. „Wenn ich meine Schuhe ausgezogen hätte, dann nicht wegen eines Prinzen, sondern weil die Absätze zu hoch sind. Und jetzt schau bitte woanders hin.“

Dies tat er auch – mit einem wissenden Ausdruck in den Augen und einer kräuselnden Nase, die bewies, wie amüsiert er war. „Von mir aus. Jedoch denke ich nicht, dass du wegen eines Märchens vor zwölf Uhr wieder zu Hause sein willst.“

Unsicher fuhr sie sich über die Lippen, holte Luft und gestand freudlos: „Wenn es zwölf ist, fallen sich alle in die Arme. Das muss ich mir heute nicht antun.“

Sein Stöhnen klang geradezu verständnisvoll. „Und deshalb willst du lieber allein in deiner Wohnung sitzen oder Gefahr laufen, mit einem Taxifahrer namens Roberto anzustoßen, weil ihr im Stau steckt?“

Taylor verschränkte die Arme vor der Brust und fragte ironisch: „Hast du etwa eine bessere Idee?“

„Ja.“ Er nickte und musterte sie mit glänzenden Augen.

In ihrem Kopf schlugen die Alarmglocken wild hin und her, weil sie diesen Blick nur allzu gut kannte. Abwehrend schüttelte sie den Kopf und drückte sich gegen das Fenster.

„Ian ...“, warnte sie ihn und rief kategorisch, als er ihr eine Hand entgegenstreckte: „Sex kannst du vergessen!“

„Sex?“ Verdutzt rundeten sich seine Augen, während er mitten in der Bewegung verharrte. „Wer spricht denn hier von Sex?“

Nicht weniger verdutzt als er ließ sie die Schultern sinken. „Wovon sprichst du dann?“

„Kuchen.“

Fünf Minuten später hatte sich Taylor noch immer nicht von ihrer Verwunderung erholt, als sie Ian an einem kleinen Tisch gegenübersaß und sich nicht entscheiden konnte, ob sie ihn oder den phänomenalen Ausblick über ganz Manhattan betrachten sollte.

„Ich komme immer noch nicht darüber hinweg, dass du noch nie hier oben warst“, erklärte er nun schon zum dritten Mal und schüttelte den Kopf. „Du bist doch New Yorkerin!“

Taylor ließ die Getränkekarten sinken und schaute auf seinen blonden Scheitel. „Die wollen hier für einen Cosmopolitan zwanzig Dollar haben. Das ist Touristennepp. Deshalb war ich noch nie hier.“

„Nepp hin oder her“, antwortete er fröhlich. „Diese Aussicht ist unbezahlbar. Allein dafür sollte man mit Vergnügen zwanzig Dollar für einen Cosmo bezahlen.“

Natürlich hatte er recht, was die großartige Aussicht betraf, immerhin drehte sich das Restaurant einmal in der Stunde um dreihundertsechzig Grad, sodass man als Gast die komplette Skyline von Manhattan in sich aufnehmen konnte, doch seinen Vorwurf, dass sie als waschechte New Yorkerin diesen Ort nicht kannte, wollte sie nicht so einfach stehen lassen.

„Dann sollte es aber auch ein verdammt guter Cosmo sein.“ Räuspernd lehnte sie sich über den runden Tisch, den Ian in kürzester Zeit besorgt hatte, obwohl das heiß begehrte Restaurant *The View* im achtundvierzigsten Stock des Hotels bereits ausgebucht gewesen war, und fragte ihn skeptisch: „Meinst du, dass es in Ordnung war, die Party so einfach zu verlassen?“

Er schob seine Karte beiseite und lehnte sich ebenfalls über den Tisch, sodass sie sich nun fast Nase an Nase sich gegenübersaßen. „Die Party findet gleich unter uns statt, Taylor. Außerdem haben wir nach den winzigen Häppchen jetzt wirklich einen Kuchen nötig.“

Sie wollte nicht lächeln und ihm damit zeigen, wie wohl sie sich hier oben mit ihm fühlte und wie dankbar sie war, um Mitternacht nicht in einer Schar glücklicher Paare zu stehen, die sich umarmten und küssten, dennoch brach sich das Lächeln von ganz allein auf ihrem Gesicht Bahn.

Mit Ian Carlisle den Silvesterabend zu verbringen und dies auch noch zu genießen, war ungefähr so wahrscheinlich wie ein Sechser im Lotto, ohne einen Lottoschein auszufüllen, trotzdem saß sie ihm gegenüber, trug ihr schönstes Kleid und schenkte ihm ein zurückhaltendes Lächeln, während in einer Dreiviertelstunde das neue Jahr beginnen sollte. Als Kind hatte sie kurz vor Mitternacht stets mit vor Aufregung glühenden Wangen und flimmernden Schmetterlingen im Bauch am Fenster gestanden und auf das Feuerwerk gewartet. Jetzt fühlte sie sich ganz ähnlich und befürchtete, dass Ian Carlisle daran schuld war, der ihr ebenfalls ziemlich intensiv ins Gesicht sah.

„Hallo, ihr beiden Hübschen! Ein frohes neues Jahr. Was darf ich euch bringen?“

Ganz der Charmeur alter Schule drehte sich Ian zu der molligen Endfünfzigerin um, die einen glitzernden Partyhut trug, und bedachte sie mit einem strahlenden Lächeln, nachdem er auf ihr Namensschild geschaut hatte. „Hallo, Doris, Ihnen auch ein frohes neues Jahr. Wir hätten gerne zwei Cosmos und dann eine Kuchenplatte, wenn es nicht zu viele Umstände macht."

Das geschmeichelte Lächeln erstarb, als sie ungläubig wissen wollte: „Eine Kuchen*platte*?!"

„Oh ja", bestätigte Ian mit einem fröhlichen Nicken. „Von allem etwas, nur bitte keine Sahne. Dafür hätten wir gerne etwas Erdnussbutter extra. Außerdem wäre ich Ihnen sehr verbunden, wenn wir anstatt der Erdbeeren Himbeeren bekommen könnten." Dreist, wie er war, legte er der völlig überrumpelten Doris eine Hand auf den Rücken und gab sich absolut vertraulich. „Ich fürchte, dass meine Freundin ein bisschen unterzuckert ist. Es wäre so lieb, wenn Sie ..."

„Aber natürlich!" Hastig nickte Doris, errötete schamhaft und kicherte wie ein Schulmädchen, als sie davoneilte und den distinguierten Gast am Nebentisch ignorierte, um so schnell wie möglich die Bestellung weiterzuleiten.

Taylor hob eine Augenbraue in die Höhe, lehnte sich zurück und verschränkte die Arme vor der Brust. Ansonsten blieb sie jedoch stumm und sah ihn stattdessen lediglich auffordernd an.

„Was?", lachte er. „Habe ich etwas angestellt, von dem ich nichts weiß?"

„Freundin? Ich bin deine Freundin?"

Das schelmische Grinsen wich nicht einen Millimeter von seinem Gesicht. „So entgehe ich der Möglichkeit, dass sie mir ihre Nummer zusteckt."

„Aber sicher“, schnaubte sie gespielt gutgläubig. „Vermutlich stecken dir ständig Frauen mittleren Alters ihre Nummern zu, richtig?“

„Nicht nur sie“, widersprach er bierernst. „Besonders schlimm sind Männer mittleren Alters.“

Prustend ließ sie die Arme sinken. „Was?“

„Wenn du wüsstest, wie viele männliche Fans ich habe, die mir Liebesbriefe schreiben, würdest du dich wundern.“

Da er darüber in keiner Weise beleidigt oder alarmiert war, wollte Taylor neugierig wissen: „Möchtest du mir irgendetwas sagen? Ich meine, du hast immerhin die Cosmos bestellt ...“ Achselzuckend brach sie ab und wartete seine Reaktion ab. Wie sie von Madison wusste, verstanden die meisten Footballspieler keinen Spaß, wenn es um ihre angebliche Homosexualität ging. Blake O’Neill beispielsweise hatte aus diesem Grund diverse Prügeleien angezettelt.

Ian dagegen blieb die Ruhe selbst, als er schulterzuckend erwiderte: „Ich muss nicht schwul sein, um Cosmopolitans trinken zu können. Ab und zu mag ich diese süße Brühe ganz gerne. Falls du aber die Probe aufs Exempel machen möchtest ...“

Genau in diesem Moment stellte eine leicht atemlose Doris zwei Cosmopolitans auf dem Tisch ab und fügte ein Schälchen voller gezuckerter Maraschino-Kirschen dazu, während sie Taylor sorgenvoll betrachtete. „Hier, Schätzchen. Der Kuchen kommt sofort.“

Leicht perplex dankte sie der Frau und flüsterte Ian über den Tisch zu, sobald Doris verschwunden war: „Ich rate dir, der armen Frau ein großzügiges Trinkgeld zu geben!“

Grinsend griff er nach seinem Glas und wartete darauf, dass sie ihres ebenfalls anhob, um mit ihr anzustoßen. „Wir setzen es einfach auf Blakes Rechnung. Aber lass uns noch einmal zurück zu meinem Vorschlag kommen, Taylor."

„Oh nein", stellte sie kategorisch fest. „Ich habe dir doch gesagt, dass ich hier nur wegen des Kuchens bin. Nicht wegen Sex."

„Man kann beides auch kombinieren. Sex *und* Kuchen."

Plötzlich hatte Taylor eine Vision ihrer Cousine vor Augen, die mit Speck ummantelt ihrem Freund dabei zusah, wie dieser sich entblätterte. Zwischen Erheiterung und Entsetzen hin- und hergerissen, stieß sie rasch gegen sein Glas, nahm einen großen Schluck und schüttelte sich anschließend, um das Bild aus ihrem Kopf zu verscheuchen.

„Wenn das deine Antwort darauf ist, mit mir Sex zu haben, fühle ich mich gerade ein wenig verletzt", riss Ians schmollende Stimme sie aus ihren Gedanken.

„Was?" Irritiert blickte sie ihn an und verstand nicht, worauf er hinauswollte.

Sein immerzu lächelnder Mund hatte sich zu einer regelrechten Schnute verzogen. „Ich rede von Sex und Kuchen, aber du machst ein Gesicht, als wärst du in einen Hundehaufen getreten, trinkst anschließend das halbe Glas leer und schüttelst dich dann wie ein nasser Hund. Besonders aufbauend ist das nicht."

Sie winkte ab. „Ich musste an etwas anderes denken."

„Wenn ich von Sex und Kuchen rede? Los, erzähl!"

„Kommt gar nicht infrage." Taylor schob das Cocktailglas ein Stück beiseite und fühlte sich beschwipst genug, gespielt fröhlich zu erklären: „Da wir aber beim Thema Sex wären ...“

„Ich bin ganz Ohr“, versicherte er mit einem vielversprechenden Blinzeln, rutschte auf seinem Stuhl herum und lehnte sich wieder über den Tisch.

Taylor schluckte gegen die Trockenheit in ihrem Hals an, spielte mit ihren Fingern an der Serviette herum, die Doris unter die Cocktailgläser gelegt hatte, und wollte gespielt munter wissen: „Ich bin noch immer nicht daraus schlau geworden, ob du damals mit Amanda Meyers geschlafen hast oder nicht.“

Für einen Moment herrschte Ruhe am Tisch, bis er irritiert quakte: „Amanda Meyers? Wer zum Teufel ist Amanda Meyers?“

Langsam verzog sie den Mund. „Ian, das ist fünf Jahre her. Du musst mir nichts vorspielen. Ich möchte eigentlich nur wissen, warum du damals den Kontakt abgebrochen hast. Rudy D’Angelo aus deiner Verbindung meinte, dass du etwas mit Amanda Meyers hattest.“

„Ach Mist“, nuschelte er, schaute wie ein Kleinkind, das bei dem Diebstahl eines Bonbons erwischt wurde, auf und seufzte tief. „Ich dachte, wir hätten das Kriegsbeil begraben, Taylor.“

Der Kloß in ihrem Magen erinnerte sie daran, wie sie sich damals gefühlt hatte, als sie mit anhaltender Übelkeit auf der Veranda seines Wohnheimes gestanden hatte, um mit ihm zu reden. Sie war sich schrecklich allein, zurückgewiesen und verlassen vorgekommen, weil er angeblich niemals da gewesen war, weil er ihre Anrufe ignoriert hatte und weil sein Kumpel Rudy mit einem lasziven Augenzwinkern zu berichten wusste, dass Ian zu einem Date mit Amanda Meyers gegangen sei – ausgerechnet mit der Studentin, die nichts anbrennen ließ.

„Auch wenn wir hier sitzen, ohne dass wir uns streiten, nagt das noch immer an mir", gab sie ehrlich zu, sagte ihm jedoch nicht die ganze Wahrheit, denn diese war an einem Silvesterabend nur schwer zu ertragen. „Ich würde gerne wissen, ob ich damals irgendetwas falsch gemacht habe, oder warum du mich so plötzlich abgeschossen hast."

Er rieb sich über das Gesicht, das einen bedauerlichen Ausdruck angenommen hatte. „Scheiße, Taylor. Du hast gar nichts gemacht ..."

„Aber irgendetwas muss dir nicht mehr gefallen haben, wenn du Schluss gemacht und mit Amanda Meyers geschlafen hast."

Sein Stöhnen klang jämmerlich. „Falls es dich beruhigt, kann ich dir ja sagen, dass ich nicht mit Amanda Meyers geschlafen habe. Wir waren nicht einmal miteinander aus."

Merkwürdigerweise war sie tatsächlich beruhigt und nickte stoisch. „Okay ..."

„Taylor, es lag wirklich nicht an dir", beteuerte er tonlos. „Es war nur ... der Stress wegen des Abschlusses, das Training und die Scouts der Vereine. Das ist mir über den Kopf gewachsen."

Sehr ruhig und sehr bedacht nickte sie. „Ich verstehe."

„Hör mal", bat er ernst. „Es tut mir leid, dass ich mich so mies verhalten habe. Wirklich."

„Danke." Sie lächelte schwach und schaute ihm ins Gesicht, das plötzlich voller Mitleid war und niemals zuvor derart ernst ausgesehen hatte. Weil sie sich die Stimmung nicht vermiesen lassen wollte, betonte sie so leichtfertig wie möglich: „Du hast recht. Es ist immerhin schon fünf Jahre her."

„Verdammt", murmelte er und legte seine Hände auf den Tisch. „Schöne Scheiße. Da habe ich ja was angerichtet."

Taylor schüttelte den Kopf. „Ich habe damit angefangen und ..."

Glücklicherweise trat ausgerechnet jetzt Doris mit einer riesigen Platte an den Tisch, die sie freudestrahlend abstellte, und erklärte fröhlich: „Ich hoffe, es hat nicht zu lange gedauert, ihr Süßen. Lasst es euch schmecken."

„Danke, Doris", erwiderte Taylor lächelnd und griff nach einer Kuchengabel – froh darüber, etwas essen zu können und nicht reden zu müssen.

Auch Ian schien genau zu diesem Schluss gekommen zu sein, da er nach der zweiten Kuchengabel griff und sich einen großen Happen Käsekuchen in den Mund schob.

Der sahnige Geschmack einer Himbeertorte lag ihr noch auf der Zunge, als Taylor sich räusperte. „Hast du die Erdbeeren meinetwegen abbestellt?"

Ian kaute, schluckte seinen Bissen hinunter und lächelte schwach. „Ich weiß doch, dass du auf Erdbeeren allergisch reagierst."

„Und die Erdnussbutter ...?"

Mit einem schiefen Grinsen und etwas Schokolade auf der Unterlippe sah er so liebenswert aus, dass es ihr überhaupt nicht schwerfiel, für diesen Augenblick zu vergessen, was vor fünf Jahren passiert war.

„Wie hätte ich vergessen können, wie sehr du auf Erdnussbutter stehst."

Geradezu zittrig leckte sie sich über ihre eigene Unterlippe und beugte sich anschließend vor, um mit dem

Daumen den Schokoladenfleck auf seiner Unterlippe zu entfernen.

„Du hast da etwas“, flüsterte sie atemlos und stockte, als seine Augenlider schwer wurden und er mit heiserer Stimme krächzte: „Danke.“

„Bitte.“

Taylor holte tief Luft, nahm einen weiteren Bissen Kuchen und wusste, dass dies hier ihr Untergang war. Ein Kuchenessen mit Ian Carlisle am Silvesterabend in einem edlen Restaurant schaffte es, dass sie nicht mehr daran denken konnte, wie sehr er sie verletzt hatte, sondern dass sie lediglich daran dachte, wie liebenswert er wirkte, wie angenehm seine Gesellschaft war und wie gerne sie ihn küssen wollte.

„Ach Taylor ...“

„Hm?“ Fragend blickte sie auf und begegnete seinem heißen Blick.

„Gut siehst du aus“, erklärte er schlicht. „Verdammt gut.“

„Danke.“

Lächelnd senkte sie den Kopf.

9. Kapitel

Es war ein Fehler.

Es war ein furchtbar dummer Fehler.

Aber warum fühlte er sich dann so gut an?

Diese und viele andere Gedanken schwirrten durch Taylors Kopf, als sie Ian an den Aufschlägen seines Sakkos packte, ihn wie entfesselt küsste und sich in das Hotelzimmer schieben ließ, das sich nur wenige Etagen unter der Lounge befand, in der noch immer Blakes Party stattfand. Stöhnend schmiegte sie sich an den Mann, der ihr um Mitternacht einen federleichten Kuss auf die Lippen gedrückt und dabei nach einer Mischung aus Käsekuchen, Sehnsucht und Lust geschmeckt hatte, dass Taylor den Kopf verloren und den Kuss erwidert hatte.

Anschließend hatten sie nicht mehr aufhören können, sich aneinander zu schmiegen und zu küssen. Im Rausch eines glitzernden Feuerwerks und mit der Unterstützung eines Mitternachtsdrinks auf Kosten des Hauses hatte sich Taylor von der allgemeinen Euphorie und Jubelstimmung anstecken lassen, Ian ins Ohr geflüstert, dass sie mit ihm allein sein wolle, und wie ein unreifer Teenager kichernd neben ihm gestanden, als er auf die Schnelle ein Zimmer gebucht hatte.

Eigentlich machte Taylor Elisabeth Roberts so etwas nicht. Sie knutschte nicht mitten in einem noblen Restaurant mit einem Mann, nur weil der ihr ein Stück Käsekuchen anbot. Sie flüsterte keinem ihrer Exfreunde ins Ohr, dass sie mit ihm allein sein wolle, wenn sie nicht daran dachte, mit ihm wieder eine Beziehung zu führen. Sie stand nicht kichernd in einer Hotellobby und klammerte sich an den Arm eines berühmten

Footballspielers, dessen Haare wegen ihrer Finger total durcheinandergeraten waren, während das Hotelpersonal ihnen ansehen konnte, dass sie kurz davor standen, heißen Sex miteinander zu haben. Und ganz sicher stürzte sie sich nicht hemmungslos auf besagten Footballspieler, sobald dieser die Hotelzimmertür geöffnet hatte.

Doch heute wollte sie nicht die Taylor Elisabeth Roberts sein, die ständig vernünftig war und über die Konsequenzen ihres Handelns nachdachte, sondern wollte nur ein Mal das tun, wonach ihr der Sinn stand. Sie wollte sich nicht bemitleidenswert, unglücklich und resigniert fühlen, sondern lebendig. Das Jahr hatte dermaßen deprimierend geendet, dass sie das neue unbedingt mit einem Paukenschlag beginnen wollte.

Und dieser Paukenschlag hieß Ian Carlisle, der sich gerade darum bemühte, ihre Finger von den Aufschlägen seines Sakkos zu lösen und ihr den Mund zu entziehen.

Im hektischen Bewusstsein, dass er zur Vernunft kommen könnte, war nun sie es, die ihn in das Schlafzimmer mit dem extragroßen Bett schob, während sie seinen Mund mit ihrem verschlang und die Finger zu seinem Gürtel wandern ließ.

„Taylor", keuchte er heiser ihren Namen, ließ es jedoch zu, dass sie ihm das Hemd aus der Hose zog, geradezu gnadenlos an den Ärmeln seines Sakkos zerrte und nicht eher Ruhe gab, bis das Kleidungsstück am Boden lag. Während sie sich daran machte, sein Hemd aufzuknöpfen, entzog er ihr nun dennoch den Mund und stand schwer atmend vor ihr.

„Himmel ... Taylor ..."

„Was?" Mit ebenso heiserer Stimme trat sie nah an ihn heran, biss sich auf die Unterlippe und sah mit verschleierten Augen hoch in sein Gesicht, dessen

Wangen sich gerötet hatten. Mit Befriedigung bemerkte sie, wie er abgehackt Atem schöpfte und wie seine dunklen Augen ihren Mund fixierten. Die Schluckbewegung an seinem kräftigen Hals löste ein Kribbeln in jeder Nervenzelle ihres Körpers aus und schaffte es, dass sie die Oberschenkel aneinander rieb und sich wünschte, dass er sie sofort packen und an sich ziehen würde.

Federleicht strichen ihre Finger über den anschmiegsamen Stoff seines Hemdes, unter dem sie stahlharte Muskeln fühlen konnte. Nur mühsam konnte sie sich davon abhalten, ihre Hände zur Knopfleiste gleiten zu lassen und diese mit einem Ruck auseinanderzureißen.

„Gott, Taylor“, wiederholte er keuchend und streckte eine zitternde Hand aus, um ihr mit dieser über die Wange zu fahren und sie anschließend um ihre Kehle zu legen, an der ein heftig schlagender Puls zu fühlen sein musste. „Willst du wirklich ... ich meine ... Scheiße ...“

Allem Anschein nach fehlten ihm die Worte, was sie ihm ziemlich genau nachempfinden konnte. Die Berührung seiner Hand an ihrem Hals löste bei ihr nämlich fast einen Ohnmachtsanfall aus. Mit wackeligen Knien, heftigem Atem und wirren Gedanken schüttelte sie hart den Kopf, als er wieder ansetzen wollte, etwas zu ihr zu sagen, und nahm stattdessen seine Hand von ihrem Hals. Ohne jede Scham führte sie diese zu ihren Brüsten, ließ sie los und knöpfte ihm hastig das Hemd auf. Während er durch den unnachgiebigen Paillettenstoff ihre Brust erforschte, seine andere Hand auf ihre Hüfte legte und den Kopf senkte, um ihr seinen heißen Atem ins Haar zu keuchen, versuchte Taylor die aufsteigende Erregung so gut wie möglich zu unterdrücken, obwohl sich ihre harten Brustwarzen an dem sperrigen Material ihres Kleides rieben und ein heißes Prickeln durch ihren ganzen Körper schickten.

Mit ungeschickten, zitternden Händen schob sie das offene Hemd von seiner Schulter und wäre angesichts seiner ausgeprägten Brustmuskulatur, der breiten Schulter oder dem trainierten Bauch beinahe in ihren hohen Schuhen umgeknickt. Zwar hatte sie ihn unzählige Male nackt gesehen, aber fünf Jahre später kam er ihr noch kräftiger vor als zuvor. Zudem zierte mittlerweile eine Tätowierung seinen linken Oberarm, die früher dort nicht gewesen war. Bevor sie diese näher in Augenschein hätte nehmen können, zog er sie mit einem regelrechten Knurren an sich und verschlang ihren Mund mit seinem. Überrumpelt und erregt zugleich klammerte sich Taylor an seine Schulter, öffnete den Mund und erwiderte seinen heißen Zungenkuss mit all der Lust, die sie empfand.

Wie eine Katze rieb sie sich an ihm, fühlte unter ihren Fingerspitzen glatte, heiße und steinharte Flächen, während sie von seinem Geschmack nicht genug bekommen konnte. Tranceartig spürte sie, wie er seinen Mund von ihrem löste und ihr das Kleid abstreifte, das mit einem raschelnden Geräusch zu Boden fiel. Taylor presste ihren Mund gegen seine Kehle und malte mit ihrer Zunge kleine Kreise auf seiner dampfenden Haut, die einen würzigen Geruch nach Mann und Sex verströmte. Gleichzeitig begannen seine Hände über ihren nackten Rücken bis hinunter zu dem winzigen Höschen zu streicheln und lösten eine Gänsehaut auf ihrem ganzen Körper aus, die sie damit beantwortete, seinen Hals mit winzigen Bissen zu traktieren.

Sein Stöhnen war wie Musik in ihren Ohren, als ihr Mund seinen empfindlichen Hals marterte und ihre

Finger zeitlupengleich über seine Brust und über seinen Bauch fuhren, um dort jeden Flecken Haut zu erkunden und sich zu seiner Hose vorzuarbeiten.

Zwischen ihnen fielen keine Worte, als sie seine Hose öffnete und samt der Boxerbriefs nach unten schob. Taylor leckte sich über die Lippen und schluckte gegen die plötzliche Trockenheit in ihrer Kehle an, als sie die Hand ausstreckte, um seinen Penis zu umfassen. Doch kaum hatte sie seine Erektion prüfend umschlossen und damit begonnen, diese zu massieren, als Ian sie überraschte, indem er sie herumdrehte und ihren Rücken gegen seine steinharte Brust drückte. Atemlos und keuchend stand Taylor vor ihm und spürte, wie er das Gesicht an ihrer seitlichen Kehle vergrub und einen festen Arm um ihre Mitte schlang. An ihrem Po fühlte sie zudem seine fordernde Erektion und schnappte nach Luft, als sein Mund an ihrer sensiblen Kehle saugte und er seine freie Hand um ihre erregte Brust wölbte.

Automatisch drückte sie den Rücken durch und kam seiner heißen Hand entgegen, mit der er an ihrer Brust spielte. Gleichzeitig warf sie den Kopf zurück und keuchte seinen Namen, da seine andere Hand nicht länger ihre Hüfte umfasst hielt, sondern sich unter den hauchdünnen Stoff ihres Höschens schlängelte, um dort zielsicher das weiche Fleisch zu finden und sie gleich mit zwei Fingern zu erforschen.

Beinahe wären ihr die Knie weggeknickt, als eine heiße Woge voller Lust und Erregung sie traf. Der vierfache Reiz, seinen heißen Mund an ihrer Kehle zu fühlen, eine Hand auf ihrer empfindlichen Brust zu wissen, seinen harten Penis an dem weichen Fleisch ihres Pos zu spüren und seine forschenden Finger ihre erregte Mitte stimulieren zu lassen, brachte sie dazu, laut seinen

Namen zu flüstern und mit ihren Händen seine Unterarme zu ergreifen. Da Taylor das Gefühl hatte, es nicht länger aushalten zu können, drehte sie sich in seiner Umarmung zu ihm, presste ihre Brüste gegen seine haarige Brust und küsste ihn mit wilder Erregung, die er zügellos erwiderte.

Während ihres ausufernden Kusses schob er ihr das Höschen hinunter, und Taylor zwängte eine Hand zwischen ihre verschwitzten Körper, um seine Erektion zu umfassen und ihn auf diese Weise zu erregen, bis er es nicht mehr auszuhalten schien und seine Hände in ihren Haaren vergrub.

Die anschließende Rangelei endete erst, als sie beide von allen restlichen Kleidungsstücken befreit waren und auf dem Bett landeten. Allein mit seiner Körperkraft zwang er sie, auf dem Rücken liegen zu bleiben, während seine Zunge und seine Hände jeden Flecken ihres Körpers erforschten und sie damit beinahe in den Wahnsinn trieb.

Taylor stand ihm in nichts nach, da sie ihre Beine um ihn schlang und ihn auf diese Weise eng an sich zog. Gleichzeitig kratzten ihre Fingernägel über seine Schultern. Das war auch der Grund, weshalb Ian ihre Hände packte und neben ihrem Kopf festhielt, während er ihr im hell erleuchteten Hotelzimmer einen erhitzten Blick schenkte und endlich nach einem Kondom griff.

Mittlerweile war Taylor fast von Sinnen und wand sich erregt auf dem Bett herum.

Als er tief in sie eindrang, schloss sie für einen Moment die Augen und stöhnte laut. Sein großer Körper schob sich über ihren, bewegte sich in einem lustvollen Rhythmus, den Taylor damit beantwortete, ihm bei jedem Stoß entgegenzukommen und mit ihren Schenkeln seine Mitte zu umschließen.

Aus seinem Mund kam unverständliches Gemurmel. Taylor dagegen stöhnte immer wieder seinen Namen und schlang ihm die Arme um den Hals, als er endlich ihre Hände losließ, um sich über ihr abzustützen. Sie spürte außer dem starken Mann, der sie in seinen Armen hielt, seine Lippen immer wieder gegen ihren Hals presste und unermüdlich in sie eindrang, nichts anderes, bis aus dem warmen Gefühl in ihrem Körper ein Vulkanausbruch wurde, der sie mit sich riss.

Das Letzte, was Taylor bemerkte, war Ians Zucken und der tiefe Kuss, den er ihr gab, bevor sie sich in tausend Einzelteile auflöste.

Es war eine völlig neue Erfahrung für Ian, nach einem One-Night-Stand allein in einem fremden Hotelzimmer wach zu werden. Man konnte ihm viel nachsagen, aber er war noch nie aus einem fremden Bett getürmt und hatte seine schlafende Bettgefährtin allein gelassen. Dass ausgerechnet Taylor diejenige war, die das Weite gesucht hatte, als er noch schlafend im Bett gelegen hatte, hätte er nicht für möglich gehalten.

Gähnend ließ er den Kopf zurück in die weichen Kissen sinken und blinzelte gegen die erbarmungslose Morgensonne an, die mitten ins Zimmer schien. Ein kurzer Blick durch das Zimmer hatte gereicht, um ihm zu sagen, dass Taylor mit Sack und Pack verschwunden war.

Naserümpfend kratzte sich Ian an seiner Brust, zog die Bettdecke über seinen Bauch und ließ verwundert den gestrigen Abend Revue passieren. Er hatte Stunden gebraucht, um endlich den Mut zu finden, Taylor anzuquatschen. Eigentlich hatte er damit gerechnet, dass sie ihm eine heftige Abfuhr erteilen würde, doch dann hatte sie es zugelassen, dass er sie ins Restaurant entführte und mit ihr Kuchen aß. Dabei war seine Absicht niemals gewesen, mit ihr im Bett zu landen. Diese Möglichkeit hatte er überhaupt nicht in Betracht gezogen, sondern im besten Falle gehofft, dass sie ihm nicht die Augen auskratzen würde, wenn er sie ansprach. Nach allem, was passiert war, war es schon erstaunlich genug gewesen, dass sie sich nicht schlichtweg geweigert hatte, mit ihm ins Restaurant zu verschwinden.

Dort war sie dann derart gelöst gewesen, dass er einen so angenehmen und entspannenden Silvesterabend wie schon lange nicht mehr erlebt hatte. Mit dem Kuss, den er ihr zu Mitternacht gegeben hatte, hatte er alles auf eine Karte gesetzt und regelrecht erwartet, dass sie ihn schon wieder ohrfeigen würde.

Stattdessen hatte sie den Kuss erwidert und sich geradezu hemmungslos an ihn geklammert. Bevor er wusste, wie ihm geschah, hatte sie ihm ins Ohr geflüstert, dass sie mit ihm allein sein wolle und er ein Hotelzimmer besorgen solle. Wie ein überrumpelter Idiot hatte er nur wirres Zeug stammeln und ein Zimmer buchen können.

Die ganze Zeit hatte er mit seiner Erregung kämpfen und daran denken müssen, dass sie ihn sicherlich verarschte. In seiner Vorstellung machte sie ihn so scharf, dass er beinahe den Verstand verlor, um ihn dann nackt und unbefriedigt zurückzulassen. Zuzutrauen wäre es ihr gewesen, doch es war anders gekommen. Ian hatte nicht einmal die Möglichkeit gehabt, über ihre Motive nachzudenken, als sie ihm regelrecht die Klamotten vom Leib gerissen und sich auf ihn gestürzt hatte, als wäre er ein Eimer Wasser und sie seit Wochen in der Wüste unterwegs.

Jetzt lag er hier in einem hoffnungslos zerwühlten Bett, fühlte sich wunderbar missbraucht und so befriedigt wie lange nicht mehr, aber merkte, wie er gleichzeitig Ärger darüber empfand, dass sie einfach verschwunden war. Nach einer Nacht wie dieser hätte er gerne mit Taylor geredet und ein paar Dinge geklärt.

Und er hätte gerne mit eigenen Augen gesehen, ob sie morgens noch immer so wunderbar zerzaust aussah und im Schlaf diese süßen Geräusche von sich gab wie früher. Dass sie jetzt nicht hier war, störte ihn. Es störte ihn sogar ungemein.

Ian setzte sich gähnend auf und fuhr sich über das Gesicht.

Aus ihr wurde er einfach nicht schlau. Taylor Roberts war klug, gebildet, lustig und einfach wunderschön. Beinahe wären ihm gestern die Augen aus dem Kopf gefallen, als er sie in diesem winzigen Kleid gesehen hatte, und bekam auch jetzt noch einen tierischen Schweißausbruch, als er sich daran erinnerte, wie bezaubernd sie mit dem Kleid und ohne den Fetzen gewesen war. Mit Bestimmtheit konnte er sagen, dass die Frauen, mit denen er sich sonst einließ, bei Weitem nicht an Taylor herankamen.

Abgesehen von all diesen Attributen ging er zudem davon aus, dass sie eine glänzende Karriere vor sich hatte, immerhin kam sie aus einer reichen Familie, wie er noch vom College wusste. Ihr Vater war nicht nur Anwalt und besaß Geld, sondern hatte seiner Tochter so ziemlich alles ermöglicht, was man für eine erstklassige Ausbildung benötigte.

Taylor hatte das große Los gezogen, wenn man es so sagen wollte.

Warum also wurde Ian den Verdacht nicht los, dass Taylor unglücklich war?

Als er sie gestern am Fenster stehen gesehen hatte, wäre sein erster Gedanke eigentlich der gewesen, wie heiß sie in diesem goldenen, winzigen Fummel war, der ihm einen hammermäßigen Blick auf ihren nackten Rücken ermöglichte. Stattdessen hatte er gedacht, wie einsam und niedergeschlagen sie wirkte. Anders als das quirlige Mädchen vom College, das immerzu gelacht und gescherzt hatte, fiel ihm heute auf, dass auf ihrem Gesicht stets ein Hauch von Melancholie lag. Sie wirkte einfach nicht glücklich und zufrieden, obwohl Ian keine Ahnung hatte, woran das liegen könnte.

Im Grunde hätte es ihm egal sein sollen, was mit Taylor los war, doch das war es nicht.

Ihm machte es immer noch zu schaffen, wie mies er sich damals verhalten hatte. Als Collegestudent hatte er sein schlechtes Gewissen ganz gut verdrängen können, doch heute sah es anders aus.

Heute dachte er daran, wie ihm das Herz in die Hose gesackt war, als er mit Taylor zum ersten Mal geschlafen hatte. Damals hatte er gewusst, dass es ihr erstes Mal sein würde, und war vorsichtig gewesen, um ihr nicht wehzutun. Trotzdem hatte sie leise an seiner Schulter geweint und ihm eine Heidenangst eingejagt. Ihr Weinen hatte er nicht ertragen können, weil er sich dabei so verdammt mies und hilflos gefühlt hatte. Dem zierlichen, süßen und liebenswerten Mädchen, das vertrauensvoll in seinem Wohnheimbett gelegen hatte, wollte er einfach nicht wehtun, weil in ihm immer eine Art Beschützerdrang aufgestiegen war, wenn sie ihn angelächelt hatte. Ihr Weinen hatte ihm das Gefühl gegeben, ein völliger Versager zu sein.

Vielleicht hatte er deshalb lieber das Weite gesucht und nicht persönlich Schluss gemacht.

Denn ihr Weinen hätte er nicht ertragen können. Für ihn war es so leichter gewesen.

Doch heute wusste Ian, dass es falsch gewesen war.

Und er merkte, dass er den Gedanken noch immer nicht ertragen konnte, dass Taylor womöglich unglücklich war.

10. Kapitel

Mit dem unguten Gefühl, verfolgt zu werden, umklammerte Taylor ihre Tasche, straffte die Schultern und eilte festen Schrittes auf ihren Wagen zu, der in der verlassenen Tiefgarage ihres Wohnhauses stand. Neben ihrem Herzschlag hörte sie lediglich das für ein Parkhaus typisch hohle Echo, das ihre Schritte auf dem quietschenden Boden verursachten. Irritiert blieb sie stehen und lauschte nach anderen Schritten, konnte jedoch nichts hören. Langsam setzte sie sich in Bewegung und glaubte schon wieder, etwas zu hören, dass darauf schließen ließ, nicht allein in der Tiefgarage zu sein. Unruhig spähte sie zur Seite, entdeckte jedoch nur dunkle Schatten zwischen den parkenden Autos und den massiven Säulen. Dass diese Schatten sie extrem an eine Szene aus dem Exorzisten erinnerten, trug nicht unbedingt zu ihrer Beruhigung bei.

Sie schalt sich selbst einen Angsthasen, schüttelte abwehrend den Kopf und verfluchte sich, weil sie die halbe Nacht diverse Horrorfilme gesehen hatte und nun damit rechnete, dass ein blutrünstiger Psychopath mit langen Rasierklingen anstelle von Fingern auf sie zustürmte, um sie anschließend in einen ausgetrockneten Brunnen zu werfen und aus ihrer Haut ein Kleid zu nähen.

Nun gut – da musste sie zwei Filme miteinander verwechselt haben, schließlich hatte Freddy Krueger seine Opfer aufgeschlitzt und verbluten lassen, während Buffalo Bill der Freak gewesen war, der sich ein Kleid aus Menschenhaut wünschte. Plötzlich meinte sie das angsteinflößende Lied aus den *Nightmare on Elmstreet-*

Filmen zu hören, das ihr einen Schauer über den Rücken jagte, und bemerkte dann tatsächlich irgendwo in der Tiefgarage ein knarzendes Geräusch. Um nicht in Panik auszubrechen, sagte sie sich, dass es keine ehemals verbrannten Kindermörder in hässlichen Strickpullovern gab, die ihren Opfern im Traum auflauerten, um sie zu töten.

Doch durchgeknallte Buffalo Bills gab es leider zur Genüge. Hatte nicht erst letztens im Radio jemand davon gesprochen, dass eine furchtbar entstellte Frauenleiche im Hudson gefunden worden war und dass die Polizei nach einem sadistischen Psychopathen suchte?

Da war es schon wieder! Das Geräusch, das ihr sagte, dass noch jemand in der Tiefgarage war. Womöglich jemand, der seine Opfer gerne in einem Fluss versenkte ...

Kaum hatte sich dieser Gedanke in ihr festgesetzt, stürzte sie auf ihr Auto zu, wühlte wie besessen in ihrer Tasche herum und beförderte mit zitternden Fingern ihren Schlüsselbund zutage, der mit einem klirrenden Geräusch auf dem Boden landete. Panisch bückte sich Taylor und schoss anschließend wieder nach oben, um so schnell wie möglich in ihrem Wagen das Weite zu suchen, als eine schwere Hand auf ihrer Schulter landete und ihr einen erstickten Schrei entrang.

Beherzt wirbelte sie herum, versetzte ihrem psychopathischen Angreifer einen gekonnten Aufwärtshaken gegen die Nase und stieß ihr Knie mit Schwung in seine Weichteile.

Als der Mann mit einem Stöhnen auf dem Boden landete, sagte sich eine in Schockstarre befindliche Taylor, dass Madison sicherlich erfreut wäre, wie gut sie mittlerweile deren Selbstverteidigungsmaßnahmen beherrschte.

Der stöhnende Mann auf dem Boden sah dies vermutlich ganz anders, als er mit schmerzverzerrter Miene zu ihr aufsah, eine Hand unter seine blutende Nase hielt und sich die andere gegen eine ganz bestimmte Stelle presste. „Verdammt, Taylor! Bist du verrückt geworden?“

Entsetzt weiteten sich ihre Augen. „Ian?“ Prompt ließ sie ihre Tasche fallen, um sich neben ihn zu knien. „Oh Gott! Was machst du denn hier?“

„Das wollte ich dich auch gerade fragen“, fluchte er und lag in gekrümmter Haltung auf dem Boden der Tiefgarage. „Wolltest du mich umbringen oder einfach nur kastrieren?“

„Mist ... oh nein ... tut ... tut dir etwas weh?“

Angesichts seiner blutenden Nase und den Flüchen aus seinem Mund schien dies eine extrem dämliche Frage zu sein.

Sein unterdrücktes Schnauben stimmte mit ihrer Vermutung überein. „Taylor ... du machst mich fertig.“

Stammelnd beugte sie sich über ihn und biss sich verzagt auf die Unterlippe, bis es aus ihr herausbrach: „Wie kommst du dazu, mich derart zu erschrecken? Ich dachte, du wärst ein Psychopath, der aus meiner Haut ein Kleid machen will!“

Obwohl er Schmerzen haben musste und ihm das Blut aus der Nase lief, gelang ihm ein scherzhafter Ton. „Keine Sorge, deine Haut gefällt mir da, wo sie jetzt ist, am besten.“

„Du Blödmann“, murmelte sie verlegen und schlug die Augen nieder, während sie ein Taschentuch aus ihrer

Tasche kramte und ihm dieses unter die Nase hielt. „Kannst du aufstehen?"

Wortlos nahm er ihr das Taschentuch ab und setzte sich wie in Zeitlupe auf. Anschließend ächzte er: „Gib mir eine Minute, okay?"

Unschlüssig, was sie tun sollte, rang sie die Hände. „Wenn ich gewusst hätte, dass du es bist, dann ... dann ..."

„Dann hättest du mir vermutlich noch eine Portion Pfefferspray ins Gesicht gesprüht, oder?" Er linste sie mit einem schwachen Lächeln an.

„Sei nicht albern", tadelte sie beschämt, um dann besorgt zu fragen: „Soll ich dich ins Krankenhaus fahren?"

Abfällig schüttelte er den Kopf. „Ich fahre nicht ins Krankenhaus."

Taylor seufzte laut. „Ian, jetzt komm schon. Wer weiß, ob nicht irgendetwas ... na ja ... *kaputt*gegangen ist." Bedeutungsvoll deutete sie auf seinen Schritt.

Ächzend rappelte er sich langsam auf, während Taylor sich ebenfalls erhob, nervös um ihn herum sprang und nicht wusste, wohin mit ihren Händen. Peinlich berührt ergriff sie ihre Tasche und musterte mit einem schlechten Gewissen seine blutende Nase.

„Es wird schon nichts kaputtgegangen sein", entgegnete er trocken. „Es war zwar ein gezielter Tritt in die Eier, aber mehr auch nicht."

Schuldbewusst zuckte sie zusammen. „Es tut mir so leid, Ian ..."

Er winkte ab und legte den Kopf in den Nacken, um die Blutung zu stoppen.

„Nicht", rief sie, machte einen Schritt nach vorne und legte eine Hand in seinen kräftigen Nacken, um seinen Kopf wieder nach vorne zu drücken. „Das lässt nur das Blut stocken."

Schüchtern schaute sie ihm in die Augen, ignorierte die Mischung aus weichem Haar und heißer Haut unter ihrer Handfläche und kam nicht umhin, seinen würzigen Geruch in sich aufzunehmen, während sie neben ihm stand.

„Es tut mir leid", murmelte sie ein weiteres Mal und bemerkte nicht, wie sie begonnen hatte, über seinen Nacken zu streicheln.

„Schon okay", erklärte er heiser und verzog den Mund zu einem lahmen Lächeln. „Es ist ja nicht meine erste blutige Nase."

„Du machst mir ein furchtbar schlechtes Gewissen", jammerte sie kleinlaut. „Nicht nur wegen deiner Nase, sondern auch wegen ..." Taylor schwieg und verdrehte bedeutungsvoll die Augen.

Das Prusten, das aus seinem Mund kam, klang wie das Geräusch, das Darth Vader vermutlich bei einem Lachanfall machen würde. „Dass du dir einmal Sorgen wegen meiner Eier machen würdest!"

„Ian!" Dass er in einer solchen Situation auch noch Scherze machte, während sie voller Besorgnis daran dachte, dass sie ihn womöglich wirklich verletzt hatte, ließ sie schärfer klingen als gewollt. „Das ist nicht komisch."

„Doch." Er zerknüllte das blutbefleckte Taschentuch in seiner Hand. „Im ersten Moment dachte ich, dass dein Angriff beabsichtigt war. Jetzt zu hören, dass du es gar nicht auf meine Eier abgesehen hattest, beruhigt mich kolossal."

Um nicht weiter über seine Eier reden zu müssen, merkte sie resolut an: „Ich würde mich besser fühlen, wenn du untersucht würdest."

Schnaubend schüttelte er den Kopf und befühlte anschließend seine Nase. „Mir geht es gut genug, um zu wissen, dass ich heute keinen Urologen an mir herumspielen lassen will."

Sie schnitt eine Grimasse. „Und was ist mit deiner Nase?"

Stirnrunzelnd betastete er besagten Körperteil. „Scheint okay zu sein."

„Und das weißt du woher?"

Achselzuckend erklärte er: „Langjährige Erfahrung mit Kneipenprügeleien."

Resigniert ließ sie die Schultern nach unten fallen. „Vielleicht bist du doch schwerer verletzt, als du glaubst. Ich will nicht schuld sein, wenn du entstellt bist."

Seine Verwunderung schien sich mit einem Funken Belustigung zu vereinen. „Bist du etwa besorgt um mich?"

Erst jetzt zog sie ihre Hand von seinem Nacken weg, schluckte und erläuterte peinlich berührt: „Natürlich bin ich das. Schließlich will ich nicht schuld sein, wenn zwei deiner Körperteile in Mitleidenschaft gezogen werden. Lässt du mich dich jetzt bitte ins Krankenhaus fahren?"

Nachdenklich betrachtete er sie und schüttelte anschließend den Kopf. „Nicht nötig."

„Ian", seufzte sie protestierend.

Mit einem abschließenden Stöhnen reckte er sich ein Stück. „Mir geht's gut – wirklich. Du musst dir keine Sorgen machen, dass Langzeitschäden auftreten."

Taylor war von seiner Sturheit dermaßen genervt, dass sie die Arme vor der Brust verschränkte und ihrerseits ächzte: „Es wäre ja auch ein Jammer, wenn deine Nase im Eimer wäre."

Für einen Mann, dessen Nase blutverschmiert war und der gerade durch einen gezielten Tritt in die Weichteile auf dem Boden einer Tiefgarage zusammengesackt war, benahm er sich ziemlich großspurig, da er sie wissend angrinste. „Noch schlimmer wäre es allerdings, wenn ein anderer Körperteil nicht mehr funktionieren würde, oder?"

„Bilde dir mal nichts ein", wies sie ihn zurecht, kaschierte ihr Erröten mit einem bösen Augenfunkeln und wollte geradezu herrisch von ihm wissen: „Warum zum Teufel lauerst du mir eigentlich in meiner Tiefgarage auf? Hast du sonst nichts zu tun?"

Keineswegs eingeschüchtert oder beleidigt schaute er ihr neugierig ins Gesicht und erklärte leichthin: „Dein Portier hat mir gesagt, dass du auf dem Weg zu deinem Auto warst. Ein nettes Haus, in dem du wohnst." Er pfiff anerkennend.

„Danke", erwiderte sie trocken und stellte gleich darauf klar: „Die Wohnung gehört meinen Eltern. Aber zurück zu dir: Was suchst du hier?"

Kritisch berührte er die Stelle unter seiner Nase, runzelte die Stirn und wandte sich dann wieder ihr zu. Seine Stimme klang täuschend beiläufig, doch Taylor spürte die vibrierende Anspannung in seinem Tonfall. „Wenn mich nicht alles täuscht, bin ich gestern Morgen allein in einem Hotelbett wach geworden und wollte daher nur nachfragen, ob ich irgendetwas getan habe, weshalb du sang- und klanglos abgehauen bist."

Taylor biss die Zähne zusammen, atmete nervös ein und aus und schaffte es nicht, den Blickkontakt zu ihm zu unterbrechen. So lässig wie möglich erklärte sie ihm:

„Ich war schon wach und wollte dich nicht stören. Also habe ich dich weiterschlafen lassen und bin gegangen." Sie überlegte, wie Madison nach einem One-Night-Stand reagiert hätte, und meinte daher flapsig: „Ich wusste gar nicht, dass ein Frühstück im Preis inklusive war."

Seine hochgezogenen Augenbrauen sagten ihr, dass er ihr den Spruch nicht abnahm, und auch die plötzliche Röte in ihren Wangen schien ihren gespielt coolen Eindruck zunichtezumachen.

„Also wenn es nach mir gegangen wäre, hätte ich ganz gerne mit dir gefrühstückt."

Unsicher fuhr sie sich über die Lippen. „Tatsächlich?"

Ian nickte nachdenklich und kratzte sich am Kinn. „Wir hätten sicherlich über einiges reden können."

„Über was denn?" Befangen trat sie einen Schritt zurück. „Ich dachte, wir beide hätten ... du weißt schon."

„Nein, ich weiß nicht."

Taylor holte tief Luft und musterte ihn argwöhnisch. „Wir beide wussten doch, was das war, Ian."

„Und zwar?"

„Ein One-Night-Stand", entgegnete sie mit einem schalen Geschmack im Mund. „Ein Frühstück war nicht nötig. Du und ich hatten Spaß. Am nächsten Morgen bin ich gegangen. Macht man das nicht so?"

Er drängte sie geradezu gegen ihr Auto. Mit klopfendem Herzen schaute sie zu ihm auf und konnte aufgrund des intensiven Blicks aus seinen schwarzen Augen sogar die blutverschmierte Nase vergessen, die sie ihm verpasst hatte. Wie hypnotisiert schaute sie in seine Augen und fragte sich, woher die plötzliche Atemnot kam.

„Die meisten Menschen machen das so“, erklärte er heiser. „Aber du sicherlich nicht.“

Taylor reckte protestierend das Kinn in die Höhe und fragte: „Und woher willst du das wissen?“

„Weil du Taylor bist“, murmelte er gedankenverloren und griff ihr mit einer Hand ins Haar. „Weil du zu viel Klasse hast, um dich morgens aus dem Bett zu schleichen.“

Irritiert keuchte sie auf und hatte das Gefühl, in einem mysteriösen Paralleluniversum zu sein. Wieso hätte Ian Carlisle sie sonst gegen ihr Auto drängen und ihr durch die Haare streifen wollen, um mit heiserer Stimme Komplimente zu murmeln, die ihr weiche Knie bescherten.

Sie wollte gerade den Mund aufmachen, als ein Auto an ihnen vorbeifuhr. Dies brachte sie wieder zur Besinnung. Beinahe flehentlich bat sie ihn: „Ian, ich würde nur ungern in der Tiefgarage über Silvester sprechen.“

„Heißt das, dass du mich in deine Wohnung nimmst?“

„Ernsthaft?“ Sie schob ihn nachdrücklich von sich. „Auf gar keinen Fall! Das wäre ja so, als würde ich mich nicht nur freiwillig in die Höhle des Löwen begeben, sondern ihm auch noch eine persönliche Einladung schicken.“

„Sehr schmeichelhaft“, maulte er. „Erst entmannst du mich fast und schlägst meine Nase zu Brei und dann darf ich mich nicht einmal bei dir in der Wohnung waschen?“

Taylor nahm ihm das unschuldige Getue nicht ab, sondern fixierte ihn nachdenklich, bevor sie eine Packung Feuchttücher aus ihrer Tasche holte und sie ihm gab. „Hier. Das sollte reichen.“

„Sehr rücksichtsvoll“, ächzte er und nahm ihr die Packung ab. „Wie klingen fünf Minuten?“

Genervt schob sie den Ärmel ihrer Winterjacke hoch und schaute auf ihre Uhr. „Ich komme sowieso schon zu spät zu meiner Lerngruppe, Ian.“

Er schnitt eine Grimasse. „Dann nimm mich mit dem Auto ein Stück mit ...“

„Ian“, protestierte sie aufgebracht.

Unwirsch wischte er sich über seine Oberlippe. „Ich bin mit dem Taxi gekommen. Und nachdem ich heute schon als dein Punchingball herhalten musste ...“

„Ja, ja“, unterbrach sie ihn ebenso unwirsch. „Steig schon ein.“

Ian saß auf dem Beifahrersitz eines Kleinwagens und kam sich ein wenig wie der sprichwörtliche Elefant im Porzellanladen vor. Entweder stieß er mit seinem Ellenbogen gegen die Mittelkonsole, wenn er auf seinem Sitz herumrutschte, oder er knallte mit den Knien gegen das Handschuhfach, wenn er sich anderweitig bewegte. So eingeengt hatte er sich das letzte Mal im Huddle zwischen Dupree und Eddie gefühlt, die beide die Statur eines mittelschweren Bullen besaßen. Tatsächlich hatte er das Gefühl, dass er dem süßen, kleinen Auto wehtat, wenn er sich abrupt bewegte, oder dass es auseinandersprang, sobald er sich streckte.

Da er zudem durchgeschüttelt wurde, als Taylor aus der Tiefgarage fuhr, erinnerte ihn diese Fahrt daran, wie er vor einigen Jahren ein paar Runden auf einer Kartbahn gedreht hatte. Außerdem war er damals dem Boden vermutlich genauso nah gewesen wie jetzt in Taylors winzigem Auto, mit dem sie rasant eine Kurve nahm.

Beinahe hätte er sich den Kopf am Dach gestoßen, als er ins Polster gepresst wurde, und dachte sehnsüchtig an seinen Hummer, den er in der Stadt so gut wie nie benutzte. Ian fand es einfach sehr viel bequemer und stressfreier, mit der U-Bahn zu fahren, anstatt seinen Geländewagen durch die chaotischen Straßen Manhattans zu manövrieren. Zwar benutzte er ihn, wenn es zum Training nach New Jersey ging, aber ansonsten ließ er ihn stehen. Jetzt gerade hätte er jedoch viel lieber in seinem ausladenden Auto gesessen und gemütlich die Beine von sich gestreckt, als eingeklemmt in Taylors winzigem Gefährt zu sitzen.

Sobald sie an einer Ampel Halt machte und das Auto mit einem Ruck zum Stehen kam, griff Ian an die Sonnenblende und klappte diese hinunter, um sich in dem kleinen Spiegel zu begutachten.

Frustriert seufzte er und verzog vorsichtig die Nase. „Das wird morgen grauenvoll aussehen."

„Ich habe doch schon gesagt, dass es mir leidtut", erklang neben ihm Taylors kleinlaute Stimme.

„Morgen Abend treffe ich meine Mom." Er schnalzte mit der Zunge. „Eine geschwollene Nase wird direkt Eindruck schinden."

Taylor ließ sich Zeit mit einer Antwort und verteidigte sich nach ungefähr einer halben Minute vehement. „Wenn ich gewusst hätte, dass du der Mann warst, der sich wortlos an mich herangeschlichen hat, wäre ich nicht gezwungen gewesen, mich zu verteidigen."

Aus dem Augenwinkel schenkte er ihr einen neugierigen Blick und konnte sehen, wie sie geradezu steif und unnahbar neben ihm saß, beide Hände ans Lenkrad gelegt hatte und mit den Fingern nervös gegen das geflochtene Leder klopfte. Keine Frage: Seine Anwesenheit in ihrem Auto machte sie nervös.

Irgendwie gefiel ihm das.

Der Tritt in die Eier und der Schlag gegen seine Nase, der ihn dazu gebracht hatte, Sterne zu sehen, hatten ihm dagegen überhaupt nicht gefallen. Dass ein so zierliches und mädchenhaftes Püppchen wie Taylor einen ausgewachsenen Footballspieler in solch arge Bedrängnis bringen und zu Boden strecken konnte, hätte er nie für möglich gehalten. Eigentlich hatte er auf einen Sprung bei ihr vorbeischauen wollen, war in die Tiefgarage geschickt worden und hatte sie bei ihrem Auto stehen sehen, weshalb er ahnungslos zu ihr getreten war und sich eine Sekunde später mit den unmenschlichsten Schmerzen auf dem Boden wiedergefunden hatte.

„Woher kannst du überhaupt so hart zuschlagen?“

„Madison“, erwiderte sie einsilbig und mit einem resignierten Tonfall.

Stirnrunzelnd ließ er von seinem Spiegelbild ab und klappte die Sonnenblende wieder hoch. „Deine Cousine hat dir beigebracht, Männern in die Eier zu treten?“

Die Blondine mit den eisblauen Augen und der niedlichen Stupsnase schenkte ihm einen törichten Blick. „Selbstverteidigung, Ian. Madison unterrichtet Selbstverteidigung.“

„Aha. Du meinst also, dass sie Frauen beibringt, arglosen Footballspielern erst die Nase zu zertrümmern und sie dann zu kastrieren?“

Schnaubend drehte sie den Kopf nach vorne, schaute aus der Windschutzscheibe und fuhr mit einem harten Ruck an, als die Ampel auf Grün sprang. „Erstens bist du kein argloser Footballspieler, zweitens ist deine Nase nicht zertrümmert und drittens habe ich dich nicht kastriert."

„Was noch zu beweisen wäre", entgegnete er lässig. „Wenn du natürlich nicht zu deiner Lerngruppe müsstest, könntest du nachsehen, ob noch alles funktionstüchtig ist."

Zuerst sagte sie nichts, sondern starrte geradezu stoisch auf die Fahrbahn, bis sie durch die Zähne zu knirschen schien: „Es war eine einmalige Sache, Ian. Mach nicht mehr draus."

„Aha?" Obwohl er mit seinem Ellenbogen gegen die Autotür stieß, verschränkte er die Arme vor der Brust. „Einmalig sagst du? Ich kann mich dagegen erinnern, dass diese *Sache* ganze drei Mal passiert ist. In einer Nacht."

Voller Befriedigung konnte er sehen, wie sich ihre Wangen rot verfärbten, und ließ belustigt seinen Blick über ihren Oberkörper wandern, was sich prompt als Fehler herausstellte, da er sich schlagartig daran erinnerte, wie sie vor nicht einmal zwei Tagen nackt mit ihm in einem Bett gelegen und kleine lustvolle Töne von sich gegeben hatte, als er seine Lippen um ihre Brustwarzen gelegt hatte.

Ian schluckte hart und rutschte nun trotz der Enge in ihrem Auto auf seinem Sitz hin und her. Was er sich da antat, war pure Folter, denn schließlich hatte er erst vor wenigen Minuten einen sehr schmerzhaften Tritt in die Eier bekommen, sodass er nun um seine Gesundheit fürchtete, sollte er einen Ständer bekommen.

„Was auch immer vorgestern passiert ist, war dennoch eine einmalige Sache", beharrte sie stoisch. „Du weißt schon: Silvester-Blues."

„Aha.“

Räuspernd rutschte nun sie auf ihrem Sitz herum. „Außerdem wäre es nett, wenn du keinem deiner Kumpels und vor allem Blake nichts davon erzählen würdest.“

Zwar hatte er nicht vorgehabt, irgendjemandem von seiner Nacht mit Taylor zu erzählen, dennoch fragte er gespielt irritiert nach: „Wieso das denn nicht?“

Wie nicht anders zu erwarten gewesen war, gestikulierte sie wild und geradezu panisch mit einer Hand, setzte sich aufrecht hin und bekam hektische Flecken auf ihrem Hals, über den er am liebsten hergefallen wäre. Taylor roch nämlich unbeschreiblich süß, zart und geradezu verführerisch. Selbst der scheußliche Mantel konnte nicht verbergen, dass sich unter ihm der ungefähr aufregendste Körper verbarg, den er jemals berührt hatte. Zudem konnte er sich kaum davon abhalten, ihr ins Gesicht zu sehen. Heute war sie völlig ungeschminkt und trug auch keine aufwendige Frisur, dennoch oder gerade deshalb war es ihm nicht möglich, die Augen von ihr zu lassen.

Leider konnte er seinen Fantasien nicht weiter nachgehen, da ihre aufgeregte Stimme ihn in die Wirklichkeit zurückholte.

„Was denkst du denn, was Blake tun würde, wenn er davon erfährt, dass wir Sex hatten? Auf seiner Party! Der Spinner erzählt es sofort meiner Cousine und das kann ich momentan nicht gebrauchen! Madison soll nicht wissen, dass wir beide miteinander geschlafen haben.“

Ian wusste nicht, ob er beleidigt oder amüsiert sein sollte, und grummelte daher: „Irgendwie fühle ich mich gerade benutzt. Erst fällst du über mich her, dann verschwindest du aus unserem Bett, prügelst anschließend auf mich ein und erzählst mir jetzt, dass du nicht mit mir in Verbindung gebracht werden willst. Eigentlich habe ich mir das Leben als Gigolo schöner vorgestellt.“

„Ausgerechnet du wirfst mir vor, dass ich verschwunden bin, bevor du wach wurdest?“

Ian stöhnte in Resignation. „Ich dachte, wir hätten das Kriegsbeil begraben, Taylor?“

„Haben wir auch“, beteuerte sie, obwohl Ian den Eindruck nicht abschütteln konnte, dass sie nicht ganz ehrlich war. „Ich verstehe nur nicht, warum du ein solches Drama aus der Sache machst.“

Gutmütig zuckte er mit der Schulter. „Ich mache kein Drama draus, aber wir hatten Spaß. Ich dachte, dass wir das wiederholen könnten.“

Sehr bedächtig und mit unterschwelliger Anspannung erwiderte sie: „Dafür bin ich nicht der Typ, Ian. Wenn du unverbindlichen Sex haben willst, musst du dich woanders umsehen.“

„Wer hat denn etwas von unverbindlichem Sex gesagt.“ Ohne zu fragen, verstellte er ihre Lüftung und schaltete die Heizung niedriger, weil es grauenvoll warm im Auto wurde.

Als sie wieder an einer Ampel stoppte und er mit einem Ruck in seinen Sitz geworfen wurde, stöhnte er auf. „Das Bremsen solltest du echt üben, Taylor.“

„Was?“ Sie schien seinen letzten Satz gar nicht gehört zu haben, sondern starrte ihn mit fassungsloser Irritation an.

Mit milder Neugierde erwiderte er ihren Blick. „Was *was*?“

Entsetzt hob sie eine Hand. „Willst du mich etwa gerade fragen, ob ich mit dir ausgehen will?“

„Klar.“ Er zuckte mit der Schulter und überspielte seine Enttäuschung über ihre Reaktion. Eigentlich hielt er es für eine tolle Idee, mit Taylor auszugehen, denn sie war nicht nur ein richtiger Augenschmaus, sondern schaffte es, dass seine Hände vor Aufregung zu zittern begannen, wenn er sie berührte. Die Tatsache, dass er ihr ständig auf den Mund und in die Augen sehen musste und dabei eine unnatürliche Wärme in seinem Inneren spürte, sagte ihm, dass er am Arsch war. Er verknallte sich gerade in Taylor Roberts und schien nichts dagegen tun zu können.

„Du willst mich fragen, ob wir miteinander ausgehen“, wiederholte sie unnötigerweise.

Ian runzelte die Stirn und zog seine Augenbrauen zusammen. „Wieso klingst du so entsetzt?“

„Warum wohl?“

Er beugte sich zu ihr und legte den Kopf schief. „Wenn man dich so hört, könnte man meinen, dass mein Vorschlag eine Schnapsidee wäre.“

„Es *ist* ja auch eine Schnapsidee.“ Abwehrend schüttelte sie den Kopf. „Ian, wir hatten schon einmal Dates ...“

Abfällig wischte er ihr Argument mit einer Handbewegung fort. „Das ist fünf Jahre her, Taylor. Damals waren wir Kinder. Heute sind wir erwachsen.“

Er konnte beobachten, wie sie tief durchatmete und sein Gesicht musterte, bevor sie völlig rational erklärte: „Das mag schon stimmen, trotzdem weiß ich noch, wie es geendet hat. Belassen wir es doch dabei, dass es nicht funktioniert hat. Du hast deinen Job und ich stehe kurz vor meinem Examen. An Silvester ... nun ja. Das war eine einmalige Sache. Punkt. Mehr gibt es nicht zu sagen.“

„Du machst bald dein Examen?“

„Ja.“ Ihre einsilbige Antwort klang wirklich nicht nach Gesprächsbereitschaft von ihrer Seite.

Doch Ian war dafür bekannt, ziemlich hartnäckig zu sein, da er liebenswert wissen wollte: „Als was?“

„Zahnärztin.“ Taylor ließ die Schultern hängen. „Und genau deshalb habe ich keine Zeit für Dates. Ich muss lernen, damit ich nicht durch die Prüfung falle und wiederholen muss. Kannst du dir vorstellen, unter welchem Druck ich stehe? Solche Ablenkungen kann ich mir nicht leisten.“

Sie sahen sich in die Augen, während ihr Blick geradezu flehentlich wirkte. Ian merkte, dass er auf Granit biss, und schluckte seine Enttäuschung hinunter. Irgendwie hatte er gedacht, dass Dates mit Taylor eine gute Idee gewesen wären. Ob hinter seinem Wunsch nach Verabredungen mit seiner Exfreundin mehr war als die Erkenntnis, dass er gerne mit ihr schlief und in ihrer Gegenwart ein angenehmes Gefühl verspürte, würde er vermutlich nie herausbekommen.

Ihre Weigerung, mit ihm auszugehen, enttäuschte ihn nicht nur, sondern ärgerte ihn. Dennoch war er nicht der Typ, solche Gefühlsregungen nach außen zu transportieren.

Aus diesem Grund zuckte er leichthin mit der Schulter und deutete auf die Ampel, die auf Grün sprang.

„Es ist grün. Du solltest fahren.“

„Danke“, murmelte sie und drückte aufs Gas.

„Ich wünsche dir trotzdem viel Erfolg bei deinem Examen. Und falls du jemanden zum Stressabbau brauchst ...“

„Dann werde ich dir einfach einen meiner Pompons an den Kopf werfen“, unterbrach sie ihn scherzhaft.

Ian nickte und deutete auf die nächste Kreuzung, während er mit belegter Stimme meinte: „Dort kannst du mich raus lassen."

11. Kapitel

„Hast du dich etwa schon wieder geprügelt, Ian?“, war das Erste, was seine Mom zu ihm sagte, als sie sich seit Ewigkeiten endlich einmal wieder gegenüberstanden.

Nach dieser Begrüßung war es verdammt schwer, keinen Groll oder keine Enttäuschung zu verspüren. Ian sah seine Mutter kaum und empfand es als ziemlich großes Ereignis, sie hier in der Stadt zu treffen, in der er lebte. Auch wenn sein Stiefvater dabei war und ihm damit den Abend vermieste, hatte Ian den ganzen Tag über eine gewisse Aufregung darüber verspürt, seine Mom wiederzusehen und ihr zeigen zu können, was mittlerweile aus ihm geworden war. Ein kleines bisschen Stolz war in ihm aufgestiegen, als er daran gedacht hatte, was sie wohl davon hielt, dass ihr Sohn derart berühmt war und einen Haufen Geld verdiente. Er war nicht das schwarze Scharf der Familie, für das man sich schämen musste, auch wenn er ständig so behandelt worden war.

Das hatte er ihr, aber vor allem seinem Stiefvater Rayne beweisen wollen, der während Ians Jugend immer wieder darauf herumgeritten war, dass sein Stiefsohn verkorkst war und dass aus ihm niemals etwas Vernünftiges werden würde. Ein gediegenes Abendessen schien die perfekte Möglichkeit zu sein, Rayne Lügen zu strafen und Eindruck zu schinden. Für diesen Anlass hatte Ian einen Tisch in dem wohl teuersten und luxuriösesten Restaurant ganz Manhattans reserviert, sich in einen Anzug geworfen, den er sonst nur zu hochtrabenden Sportevents trug, und sogar die *Patek Philippe*-Uhr übergestreift, die ihm zum Vertragsabschluss bei den Titans überreicht worden war und die normalerweise in der Schublade seiner Kommode lag, weil er das protzige Ding nicht gerne trug.

Ian stand weder auf Protz noch auf Bling-Bling und hatte sich mit seinem Hummer so ungefähr den einzigen Luxus der letzten Jahre gegönnt. Vielleicht war es das schottische Blut in seinen Adern, dass er sparsam war und es tatsächlich für eine Verschwendung hielt, in einem piekfeinen Restaurant zu essen, dabei den Wert eines Kleinwagens zu verspeisen und anschließend zu einem Imbiss fahren zu müssen, um doch noch satt zu werden. Heute wollte er jedoch Eindruck machen und riskierte deshalb sogar zähneknirschend eine teure Rechnung.

Statt jedoch das noble Restaurant, sein imposantes Äußeres, den unbequemen Anzug oder gar die verdammte Uhr zu bemerken, fiel seiner Mom sofort auf, dass seine Nase geschwollen war. In ihm löste dies ein niederschmetterndes Gefühl aus. Und dass sie sofort annahm, dass hinter der geschwollenen Nase eine Prügelei stecken musste, obwohl er Footballspieler war und daher berufsbedingt mit etlichen Blessuren nach Hause kam, sagte ihm, was seine Mutter von ihm hielt und welchen Eindruck sie von ihm hatte.

Es gab so viele Dinge, die seine Mom zur Begrüßung hätte sagen können. Von einem *Wie geht es dir?* oder einem *Gut siehst du aus* bis zu einem *Da hast du aber ein schönes Restaurant ausgesucht* musste es natürlich ein Tadel bezüglich seiner Nase sein. Was hatte er denn auch erwartet? Eine Umarmung oder gar ein Paar feuchter Augen, weil sie endlich ihren Sohn wiedersah?

Voller Resignation musste sich Ian eingestehen, dass er wieder einmal enttäuscht war. Enttäuscht von dem wenig mütterlichen Verhalten seiner Mom ihm gegenüber. Dabei wusste er, dass sie sehr wohl fürsorglich und liebevoll sein konnte. Bis zu seinem neunten Lebensjahr war er ihr Augenstern gewesen, um es kitschig auszudrücken. Sie hatte sich stets wie eine dieser Übermütter verhalten, die ihr Kind mit Liebe überhäuften und sich völlig auf ihren Nachwuchs fixierten. Für Ian war es in dem Jahr nach der Scheidung seiner Eltern nicht leicht gewesen, weil er seinen Pop verloren und stets die Angst darüber verspürt hatte, dass auch seine Mom verschwinden könnte. Mit seinen acht Jahren hatte er sich daher an seine Mom geklammert, die niemals Anstalten gemacht hatte, ihn von sich zu stoßen. Doch dann war Rayne in ihr Leben getreten.

Von da an war Ian den Verdacht nicht losgeworden, dass seine Mom die womöglich letzte Chance auf eine intakte Familie ergriff und alles tat, um diese zu behalten. Mit der gleichen Intensivität, mit der sie sich zuvor um ihn gekümmert hatte, war sie in die Rolle der liebenden Ehefrau geschlüpft und hatte sich völlig auf die beiden Töchter fixiert, die sie mit ihrem neuen Ehemann bekommen hatte. Ihr Sohn dagegen, der seinem Vater wie aus dem Gesicht geschnitten war und von Tag zu Tag das Gefühl verspürte, nicht zu ihrer neuen kleinen Familie zu gehören, war plötzlich abgeschrieben gewesen.

Dass er bei den ersten Problemen nach Oklahoma abgeschoben worden war, hatte seinen Eindruck nur bestätigt.

Selbst sechzehn Jahre nach diesem Ereignis fühlte er einen Kloß im Magen, wenn er daran zurückdachte. Dennoch schaffte Ian es, dieses Gefühl so gut wie möglich zu ignorieren, als er mit seiner Mom, seinem Stiefvater und seiner siebzehn Jahre alten Halbschwester Casey am sorgfältig eingedeckten Tisch des imposanten

Restaurants saß und sich die begeisterte Schilderung seiner Mutter über ihren Tag in New York anhörte.

„Anschließend waren Casey und ich bei Macy's, aber um ehrlich zu sein, hatte ich es mir dort anders vorgestellt. Wir waren sogar ein wenig enttäuscht, schließlich hört man immer, dass es dort das Einkaufsmekka schlechthin sein soll, doch dann kommt man in den Laden und fühlt sich wie bei Walmart."

„Walmart wäre übertrieben, Mom", erklärte die schwarzhaarige Casey und schielte neugierig auf das Martini-Glas ihrer Mutter, bevor sie mit einer minimalen Schnute ihr Gingerale an die Lippen führte. Erst vor zehn Minuten hatte sie ihre Eltern geradezu angebettelt, einen alkoholischen Aperitif zur Feier des Tages bestellen zu dürfen, was ihr Vater, der zu Ians absolutem Vergnügen bereits eine Halbglatze bekam und ziemlich beleibt um die Körpermitte wirkte, rigoros abgelehnt hatte. Seither warf Casey dem grünen Martini ihrer Mutter immer wieder sehnsüchtige Blicke zu.

Das und das ständige Augenverdrehen, mit dem sie ihre Mutter bedachte, wenn diese über ihren Tag in New York sprach, machte seine Halbschwester so sympathisch, dass sich Ian das eine oder andere Lachen verkneifen musste.

Wenn es hochkam, hatte er Casey ein Mal im Jahr gesehen und war verblüfft, wie sehr sie sich seit seinem letzten Besuch in Colorado verändert hatte. Bei dem Gedanken, dass seine unbedarfte und vom Land stammende Mutter mit einem hübschen Püppchen wie Casey arglos durch New York City gelaufen war, wurde ihm etwas mulmig zumute. Mädchen vom Land wie Casey konnten nicht wissen, welche absoluten Freaks und Perverslinge in Großstädten auf sie lauerten.

Stadtpflanzen dagegen wussten, wie sie sich zu wehren hatten, und konnten ihre Gegner mit gezielten Tritten oder Schlägen schachmatt setzen.

Das hatte er erst gestern erlebt, als Taylor über ihn hergefallen war. Sie mochte noch so süß und harmlos wirken, hatte es jedoch faustdick hinter den Ohren.

Neben der verkorksten Beziehung zu seiner Mom war seine nicht existente Beziehung zu Taylor die nächste Baustelle, wie er niedergeschlagen bemerkte. Woher kam es, dass die Frauen, die ihm augenscheinlich etwas bedeuteten, andere Dinge vorschoben, um keine Zeit mit ihm verbringen zu müssen?

„Auf jeden Fall war ich entsetzlich enttäuscht. Gerne hätte ich mir ein Paar Schuhe gekauft, um zu Hause bei meinen Freundinnen damit angeben zu können, dass ich sie mir in New York gekauft habe“, fuhr seine Mom fröhlich fort, über ihr Erlebnis bei Macy’s zu reden. „Doch auf Wühltischen nach Schuhen zu suchen, die über einhundert Dollar kosten, habe ich nicht eingesehen. Dafür haben sich Casey und ich in der unteren Etage schminken lassen. Das war ein Spaß!“

Seine kleine Schwester schien die einzige Person am Tisch zu sein, die bemerkte, dass Ian ebenfalls am Tisch saß, da sie ihm zurückhaltend ins Gesicht sah und mit einem unsicheren Lächeln erklärte: „Die Visagistin hat Mom für ihre Haut gelobt und sie zu ihren Augen beglückwünscht. Ich bin auf euch beide so neidisch, weil eure Augen fast schwarz sind. Meine dagegen sind grau und furchtbar langweilig.“

Er wusste ihre Bemühungen, ihn in das Gespräch zu verwickeln, sehr zu schätzen und lächelte dankbar. Tatsächlich hatte er gerade das Gefühl, wenigstens von einer Person an diesem Tisch als Mitglied der Familie akzeptiert zu werden – selbst wenn diese Person erst siebzehn Jahre alt war und ihn kaum kannte.

„Du hast die Augen deines Dads, Liebling“, schaltete sich sogleich wieder seine Mom ein. „Außerdem sind sie überhaupt nicht langweilig. Hat die Visagistin nicht gesagt, wie ähnlich wir beide uns sehen?“

Anscheinend gab es außer Ian noch jemanden am Tisch, der außerordentlich stur sein konnte, da Casey das Kinn vorschob. „Das mag schon sein, aber weder Georgia noch ich haben deine Augen geerbt. Das hat nur Ian.“

Zum ersten Mal am heutigen Abend ergriff nun Ians Stiefvater das Wort, als er dumpf nachfragte: „Können wir endlich bestellen? Ich sterbe fast vor Hunger.“

Angesichts der zehn Kilo, die der Mann seit seinem letzten Besuch in Colorado zugenommen hatte, vermutete Ian nicht, dass der Versicherungsvertreter sofort vom Fleisch fallen könnte, und überhörte geflissentlich das Gesäusel seiner Mutter.

„Oh Schatz, warum sagst du denn nicht, dass du solchen Hunger hast? War die Konferenz so anstrengend?“

Die Antwort ihres Mannes bestand aus einem geradezu unfreundlichen Gemurmel, während er seine Halbglatze den drei Anwesenden präsentierte, indem er sein Gesicht in der Speisekarte vergrub und der Frage seiner Frau keine Beachtung schenkte.

Ian merkte, wie er wütend die Augen zusammenkniff und sich selbst sagte, dass diese Farce eines Familienessens in wenigen Stunden ein Ende haben würde. Selbst nach sechzehn Jahren, in denen er nicht im gleichen Haus wie sein Stiefvater gewohnt hatte, schaffte der Mann mit dem selbstherrlichen Gesichtsausdruck es noch immer, dass Ian am liebsten aus der Haut gefahren wäre.

Wie es schon früher der Fall gewesen war, wenn seine Mom das Gebrüll ihres Mannes vor Ian hatte rechtfertigen wollen, schaute sie ihn auch jetzt verständnisheischend an und erklärte unsicher: „Raynes Firma wurde vor einem Jahr von einem großen Konzern gekauft. Jetzt muss er sich an alle möglichen Auflagen halten, die es vorher nicht gab."

„Iris", schalt ihr Mann geradezu aufbrausend. „Dein Sohn wird sich dafür sicherlich nicht interessieren."

Innerlich schnitt Ian eine Grimasse. Früher hatte er es nicht ertragen, wenn sein Stiefvater ihn immer *deinen Sohn* genannt hatte. Niemals war er etwas anderes als *dein Sohn* gewesen.

Dein Sohn hat mal wieder zu lange Fernsehen geschaut.

Dein Sohn hat mal wieder den Müll nicht rausgebracht.

Dein Sohn hat mal wieder sein Zimmer nicht aufgeräumt.

Dein Sohn hat mal wieder Ärger in der Schule bekommen.

Bis hin zu: *Dein Sohn ist nicht mehr zu ertragen. Entweder schickst du ihn zu deinem Vater oder ich ziehe aus.*

Sobald Ian heute den Ausdruck *dein Sohn* hörte, reagierte er extrem allergisch und kam nicht umhin, die Hände zu Fäusten zu ballen. Dies tat er auch jetzt und war froh über das weiße Tischtuch, das seine Reaktion verbergen konnte. Sobald sein Stiefvater nur den Mund aufmachte oder ihm einen Blick schenkte, fühlte er sich wieder wie mit zwölf, als alles, was er getan oder gesagt hatte, falsch gewesen war. Eigentlich sollte man meinen, dass ein Mann mit achtundzwanzig Jahren darüber hinweg sein sollte, einen Stiefvater zu haben, mit dem er sich nicht verstand, doch leider war dies nicht der Fall.

„Dad hat recht, Mom. Ich möchte mir heute auch nicht die Geschichten über Versicherungsfirmen anhören. Darüber redet ihr zu Hause schon oft genug.“ Casey strahlte ihn an. „Ian, erzähl mal ein bisschen über deinen neuen Verein. Stimmt es, dass John Brennan seinen Vertrag verlängern wird?“

Verwundert schaute er sie an. „Ich denke schon. Woher ...?“

„Welches Team wäre dir als Gegner für die Championship-Games lieber?“, unterbrach sie ihn geradezu aufgeregt.

„Na ja“, schmunzelte er. „Wir müssen erst einmal die Divisional-Games überstehen und schauen dann weiter.“

„Ach.“ Abfällig wedelte sie mit einer Hand vor ihrem Gesicht herum, während ihr Gesicht geradezu glühte. „Wie diese Zirkustruppe es in die Play-offs geschafft hat, ist mir ein Rätsel! Im Spiel gegen die Broncos hat der Quarterback mehr Interceptions verursacht als andere Teams in der ganzen Saison. Ihr habt die beste Bilanz und eine starke Verteidigung ...“

„Woher weißt du das alles?“, wollte er mit einem entzückten Lachen wissen, während er seine kleine Schwester neugierig musterte.

Seine Mom bedachte ihre Tochter mit einem geradezu euphorischen Blick. „Casey ist ganz verrückt, was Football betrifft.“

„Ach!“

Seine Schwester lehnte sich über den Tisch und erläuterte vertraulich: „Ihr solltet den Slot als Angriffsformation in Erwägung ziehen und den Pro-Set aussetzen, denn das andere Team scheint nie zu kapieren, was die Runningbacks plötzlich auf einer anderen Position zu suchen haben. Eigentlich sollte klar sein, welche Formation ihr spielt, wenn der Tight End auf deiner gegenüberliegenden Seite steht, wenn du mich fragst. Dass euer Quarterback sowohl dich als auch Julian Scott anspielen kann, solltet ihr unbedingt ausnutzen, solange das andere Team dermaßen ahnungslos durch die Gegend rennt."

Ian konnte nicht anders und prustete vor Vergnügen. „Das ist nicht wahr! Hast du mir gerade die womöglich beste Taktik geliefert, die wir im nächsten Spiel anwenden können?"

Vor Freude röteten sich ihre Wangen, als sie bescheiden erklärte: „Es war offensichtlich. Die Titans haben nun einmal verdammt gute Wide Receiver."

Dass sie ihm damit ein Kompliment machte, zauberte ihm ein breites Lächeln auf das Gesicht.

Noch immer absolut fassungslos schüttelte er den Kopf. „Ich hatte ja keine Ahnung, dass du dich für Football interessierst, Casey."

Seine Mutter lächelte weich und legte ihrer Tochter eine Hand auf den Arm. „Casey schaut sich jedes deiner Spiele an und hat ihr gesamtes Zimmer umdekoriert, seit du in New York spielst. Früher schwärmte sie für grün und gelb, weil das deine Vereinsfarben waren, heute muss alles in Blau und Weiß sein."

Peinlich berührt rief Casey: „Mom!"

Diese ließ sich nicht einschüchtern, sondern fuhr lachend fort: „Außerdem gibt sie schrecklich mit dir an.

Jeder ihrer Freunde weiß Bescheid, dass du ihr Bruder bist.“ Seine Mom nickte vehement, als Casey ihr ins Wort fallen wollte. „Sogar in ihrem Jahrbuch ist ein Foto abgedruckt, auf dem Casey ein Titans-Trikot mit deiner Spielernummer trägt.“

Verwundert legte Ian den Kopf schief und spürte, wie er einen Kloß im Hals bekam. Dass seine kleine Schwester sein größter Fan zu sein schien, machte ihn nicht nur absolut verlegen, sondern löste ein Gefühl in ihm aus, das ihm die Tränen in die Augen treiben würde, wenn er jetzt nicht aufpasste.

Casey jedenfalls schien es sehr peinlich zu sein, was ihre Mom da gerade von sich gegeben hatte, da sie hochrot wurde und ihm nervös in die Augen sah. „Mom übertreibt. Ehrlich. Georgia schaut sich auch deine Spiele an.“

„Aber Georgia weiß nicht einmal, was ein Quarterback ist“, fügte seine Mom belustigt hinzu.

Rasch nickte die Siebzehnjährige ihr zu und erklärte an ihren Bruder gewandt: „Mom gibt auch mit dir an! Erst heute hat sie einem Taxifahrer erzählt, dass du ihr Sohn bist. Und der Visagistin bei Macy’s hat sie es auch gesagt.“

Plötzlich schien sich das Abendessen doch zu einer sehr unterhaltsamen Veranstaltung zu entwickeln, wie er bemerkte, als er sich auf seinem Stuhl zurücklehnte und seiner Schwester zunickte.

„Warst du schon einmal bei einem Footballspiel? Einem richtigen Footballspiel?“

Wieder erschien die Schnute, die sie schon einmal an diesem Abend gezogen hatte. „Wenn du damit etwas anderes als Highschool-Football meinst, dann nein. Nicht einmal ein College-Spiel habe ich bisher sehen können.“

Seine Mom stieß ein Seufzen aus. „Wir wohnen nun einmal etwas ländlich, Casey. Irgendwann wird sich das auch ändern, wenn du ans College gehst."

„Dann ist es aber immer noch College-Football", hob der Teenager hervor.

Ian zuckte unsicher mit der Schulter und räusperte sich befangen. „Karten kann ich dir immer besorgen, Casey. Wenn wir mal wieder gegen die Broncos spielen, kannst du ja nach Denver kommen."

Ihre Augen rundeten sich begeistert. „Wirklich? Oh mein Gott, das wäre ... das wäre so genial!"

Nachdenklich fuhr er sich über die Lippen und schlug ihr vor, ehe er auch nur darüber nachgedacht hatte: „Oder ... oder du könntest mich in New York besuchen und dir hier ein Spiel ansehen. Dann könntest du das Team kennenlernen, in der Lounge mit unserer Chefin sitzen und ein Heimspiel erleben. Außerdem würde ich dich ein wenig herumführen und dir die Stadt zeigen."

Seine kleine Schwester schluckte schwer und schien völlig fassungslos zu sein, während seine Mom die mit Abstand glücklichste Miene aufsetzte, die er jemals an ihr gesehen hatte.

„Das kommt gar nicht infrage", dröhnte sein Stiefvater plötzlich in die Runde, nachdem er minutenlang geschwiegen hatte.

„Aber, Dad!" Casey schnappte nach Luft.

Und auch Ians Mom starrte ihren Mann unschlüssig an. „Rayne, das ist doch eine wunderbare Idee. Ich verstehe nicht ..."

„Natürlich verstehst du nicht", warf er abfällig ein. „Hast du vielleicht daran gedacht, wie gefährlich das ist?"

Seine Frau blinzelte heftig und fragte stotternd: „Was ist gefährlich?“

„Ich lasse meine Tochter doch nicht alleine nach New York fliegen!“ Kategorisch schüttelte Rayne den Kopf. „Meine siebzehnjährige Tochter wird nicht allein durch New York streifen und als Fall in den Nachrichten landen.“

Einen kurzen Augenblick fühlte sich Ian an sein gestriges Gespräch mit Taylor erinnert, schüttelte diesen Gedanken jedoch sofort ab, als seine Schwester heftig Luft holte.

„Aber ich wäre doch bei Ian, Dad“, protestierte Casey kleinlaut. „Mir würde nichts passieren.“

Obwohl es Ian widerstrebte, mit seinem Stiefvater zu diskutieren, und er auch nicht davon ausging, dass Rayne seine Meinung änderte, erklärte er ihm bemüht ruhig: „Natürlich würde ich mich gut um Casey kümmern und sie nicht aus den Augen lassen. In meiner Wohnung gibt es ein Gästezimmer, außerdem wäre sie die ganze Zeit bei mir und selbstverständlich würde ich sie auch vom Flughafen abholen und wieder hinbringen.“

Eigentlich ging er davon aus, wie ein verantwortungsbewusster und verständnisvoller Erwachsener rübergekommen zu sein, doch der missbilligende Blick seines Stiefvaters und das abfällige Schnauben, mit dem er ihn bedachte, sprach eine ganze andere Sprache.

„Denkst du, dass mich *das* beruhigen würde? Ganz im Gegenteil!“

Augenblicklich setzte sich Ian kerzengerade auf, ignorierte das nervöse Raunen seiner Mom und setzte seine nachdrücklichste Miene auf. „Wie darf ich das verstehen, Rayne?“

Sein Stiefvater ließ die Speisekarte sinken, rümpfte selbstherrlich die Nase und verschränkte die Arme vor seiner nicht zu übersehenden Leibesfülle. „Du und ich verstehen uns schon und müssen das nicht vor den beiden diskutieren."

„Oh doch", erwiderte Ian gespielt liebenswürdig, während sich sein Nackenfell sträubte. „Ich bestehe darauf, da ich keinen Schimmer habe, was du mir sagen willst."

„Hört doch auf, ihr beiden", flüsterte seine Mom flehentlich über den Tisch. „Die anderen Gäste schauen schon zu uns."

Ihm war es ziemlich scheißegal, wer ihnen zuschaute oder dass seine Mom einen ihrer nervösen Anfälle bekam. Er konnte nur daran denken, dass er zum ersten Mal in seinem Leben so etwas wie eine Beziehung zu einem seiner Geschwister hätte aufbauen können und nun bemerkte, wie sein Stiefvater seine Bemühungen torpedierte. Gerade noch hatte er sich einen Moment wie ein Mitglied dieser Familie gefühlt und wurde nun wieder vor den Kopf gestoßen. Sein Stiefvater hätte ihm nicht deutlicher machen können, dass er unerwünscht war.

„Nein, Mom. Ich würde gerne wissen, was dein Mann meint." Er nickte Rayne zu. „Denkst du, dass ich mich nicht um Casey kümmere, wenn sie zu Besuch zu mir käme?"

„Ich will das nicht vor meiner Frau und meiner Tochter diskutieren", beharrte sein Stiefvater arrogant.

Mit dem Gefühl, gleich vor Wut platzen zu müssen, knirschte er durch seine Zähne: „Dann hättest du damit nicht anfangen sollen. Außerdem sind das auch *meine* Mutter und *meine* Schwester. Tu nicht so, als gingen sie mich nichts an!"

Während beide Frauen stumm und entsetzt am Tisch saßen, führte Rayne mit der Arroganz eines Mannes aus, der sich daheim wie ein Diktator aufführte und niemals Widerworte erhielt: „Wenn du es nicht anders willst, Ian, kann ich dir gerne sagen, warum ich nichts von deiner Idee halte, Casey zu einem deiner Spiele einzuladen. Meine Tochter wird nicht allein zu dir nach New York fliegen, weil du kein guter Umgang für sie bist. Ich will nicht, dass sie sieht, wie du dich prügelst, in eine Ausnüchterungszelle gesperrt wirst, fremde Frauen mit zu dir nach Hause nimmst oder mit einer geschwollenen Nase auftauchst."

„Rayne", flüsterte Ians Mutter rügend und verstummte sofort, als ihr Mann ihr einen harten Blick schenkte.

Ohne Rückendeckung von der Seite seiner Mutter starrte er seinen Stiefvater an und stand mal wieder allein da, weil seine Mom es nicht übers Herz brachte, ihren Sohn zu verteidigen. Daher holte er tief Luft. „Weißt du was, Rayne? Ich mag mich in Kneipen prügeln, einige Nächte in Ausnüchterungszellen verbracht haben und fremde Frauen mit zu mir nach Hause nehmen, aber im Gegensatz zu dir habe ich meine Frau nicht dazu gezwungen, ihren zwölfjährigen Sohn abzuschieben, weil ich ein egozentrisches, autoritäres Arschloch bin!"

Während seine Mutter in Tränen ausbrach, Casey ihn betroffen ansah und Rayne laut lospolterte, dass Ian ein undankbarer Mistkerl sei, erhob sich dieser mit kühlem Blick, warf ein paar Geldscheine auf den Tisch und lächelte seine Schwester entschuldigend an, bevor er wortlos den Tisch verließ.

Als er durch das Restaurant stürmte, war er sich der vielen Blicke in seinem Rücken bewusst, doch das war ihm scheißegal, da er so wütend war, dass er am liebsten auf irgendetwas oder irgendjemanden eingeprügelt hätte.

Gerade als er in den Eingangsbereich des Restaurants polterte, einen erschrockenen Kellner zur Seite springen ließ und auf den Ausgang zustürmte, betrat ausgerechnet Taylor das Restaurant und sah ihn nach einer Schrecksekunde schockiert an.

Ian wusste nicht, ob sie aufgrund seines wütenden Erscheinens schockiert war oder sich ertappt fühlte, da ein dunkelhaariger Fatzke neben sie trat und ihr vertraulich eine Hand auf den Rücken legte. Er wusste nur, dass er kurz vorm Explodieren stand und gerade die zweite Abfuhr innerhalb von zwei Tagen erhalten hatte.

Gestern hatte Taylor seine Annäherungsversuche mit dem Verweis abgeschmettert, dass sie kurz vor dem Examen stand und keine Ablenkung gebrauchen könnte, und heute war es seine Mutter gewesen, die ihrem Mann sang- und klanglos den Vorrang gegeben hatte, ohne sich um die Gefühle ihres Sohnes zu kümmern. Da war es kein Wunder, dass er rot sah, sobald er den schmierigen Typen an Taylors Seite bemerkte, der ihr derart vertraut die Hand auf den Rücken legte und sie in das Restaurant führte.

So wütend wie ein Stier senkte er den Kopf, ballte die Hände zu Fäusten und trat auf sie zu.

Alarmiert riss sie die Augen auf und wich zurück. „Ian ...“

„So sieht das also aus, wenn du dir keine Ablenkung erlauben kannst und dich auf dein Examen vorbereiten musst?“ Verächtlich nickte er dem irritierten Mann an ihrer Seite zu. „Schöner Scheiß, Taylor!“

Er konnte ihr ansehen, wie sie hektisch schluckte, den Kopf schüttelte und geradezu heiser flehte: „Es ist nicht das, wonach es aussieht.“

Verletzt, aufgebracht und in der Stimmung, sich eine wilde Kneipenprügelei zu liefern, riss er seinen Arm zurück, nach dem sie hatte greifen wollen, und stieß damit einen Kellner an, der das voll beladene Tablett Geschirr in seinen Händen fallen ließ.

Das laute Scheppern, das mit dem Sturz des Geschirrs einherging, war vermutlich bis nach Brooklyn zu hören, doch Ian kümmerte sich weder um das zerbrochene Porzellan noch um die helle Aufregung des Personals noch um Taylors peinlich berührte Miene. Stattdessen runzelte er die Stirn und kam ihr so nahe, dass sich ihre Nasen beinahe berührten.

„Das ist doch großer Bullshit! Und das weißt du auch!“

„Aber ...“, raunte sie ihm völlig perplex zu und verstummte gleich darauf.

Ian schnaubte verächtlich, wandte sich von ihr ab und erklärte dem Typen neben Taylor, der aussah wie einer dieser Waschlappen von der Wall Street: „Wenn sie mit dir ins Bett gehen soll, musst du Käsekuchen bestellen. Ohne Erdbeeren, aber mit Erdnussbutter.“

Ohne ihre ungläubige Miene oder das Chaos zu beachten, das er hinterließ, stürmte er aus dem Restaurant und sprang in ein Taxi.

12. Kapitel

Selten war Taylor so froh gewesen, dass ein Footballspiel zu Ende war wie heute.

Durchgefroren, hungrig und extrem geschafft stand sie in der Umkleide der Cheerleader und zog sich ihr Trikot aus, das aufgrund der abartigen Kälte ausnahmsweise etwas dicker ausgefallen war als sonst. Dennoch kamen Strumpfhosen, ein Rock, ein langärmeliges Shirt und ein winziges Oberteil nicht gegen die eisigen Temperaturen an, die momentan über New York fegten. Trotz andauernder Tanzeinlagen während des ganzen Spiels schlackerten alle ihre Glieder vor Kälte. Taylor und den restlichen dreißig Mädchen war sowieso nichts anderes übrig geblieben, als sich immerfort zu bewegen, da sonst die Gefahr bestanden hätte, dass ihre Füße am Boden festfroren.

Am heutigen Sonntag das Team anzufeuern und das Publikum zum Mitmachen zu motivieren, war beinahe ein Ding der Unmöglichkeit gewesen. Wenn die Mädels und sie ihren Job nicht so sehr lieben würden, wäre es tatsächlich eine Zumutung gewesen, was sie stundenlang bei eisigen Temperaturen hatten durchmachen müssen.

Dennoch hatten sie ihr Bestes getan, den Zuschauern akkurat ausgeführte Choreografien gezeigt, schwierige Figuren präsentiert, lauthals Anfeuerungsrufe intoniert und strahlend gelächelt, um bloß nicht den Eindruck zu erwecken, dass sie lieber auf der gemütlichen Couch im warmen Zuhause gesessen hätten.

Jedes Spiel war ein riesiges Spektakel und der Grund dafür, weshalb sie alle bis zu fünfmal in der Woche trainierten, lästige Fototermine wahrnahmen und sogar an karitativen Veranstaltungen teilnahmen. Cheerleader liebten nun einmal ihren Job, waren ausgezeichnete Tänzerinnen und Athletinnen und gingen darin auf, nicht nur das Team, sondern auch das Publikum anzufeuern und mitzureißen.

An Tagen wie heute war dies zwar nicht besonders leicht, da auch die Zuschauer zitternd und frierend auf ihren Plätzen saßen, doch das war der Job – selbst wenn er einem manchmal schwerfiel.

Was Taylor zudem extrem schwergefallen war, hatte mit dem Spieler zu tun, der die Nummer neunundachtzig auf seinem Trikot trug und in ihr während des gesamten Spiels den Wunsch ausgelöst hatte, ihn mit ihren Pompons zu bewerfen und anschließend zu erdrosseln. Auch jetzt musste sie sich extrem zusammenreißen, nicht in die Umkleide der Spieler zu stürmen und ihn zu schlagen – und zwar dorthin, wo es richtig wehtat.

Ian Carlisle war ein arroganter Holzkopf, der sich einbildete, der Nabel der Welt zu sein und über andere Menschen bestimmen zu können. Seit ganz genau einer Woche lief sie mit einer Wahnsinnswut im Bauch herum und konnte sich nur mit Mühe davon abhalten, ihn anzurufen und zur Sau zu machen. Beim heutigen Spiel war sie dermaßen darauf konzentriert gewesen, ihn auf dem Spielfeld oder am Spielfeldrand zu beobachten, dass sie ganze drei Mal beinahe ihren Einsatz verpasst hätte. Taylor konnte gar nicht sagen, wie gerne sie zu ihm gestürmt wäre, um ihm den Helm vom Kopf zu ziehen und anschließend ein weiteres Mal auf seine Nase zu schlagen, damit ihm ein wenig Verstand eingebläut wurde.

Leider hatte sie sich dazu nicht durchringen können, sondern war lächelnd bei ihrem Team stehen geblieben und hatte Anfeuerungsrufe skandiert.

„Hey, Taylor! Ich gehe mit fünf anderen Mädels später einen Happen essen und etwas trinken“, erklärte ihre Kollegin Gwen und blieb neben Taylors Spind stehen. Sie schien auf dem Weg zur Dusche zu sein, da sie lediglich ein Handtuch trug, das lässig über ihren Brüsten verknotet war. „Hast du nicht Lust mitzukommen? Nach dem eisigen Vergnügen auf dem Feld brauchen wir etwas Hochprozentiges, um uns keine Erkältung einzufangen.“ Sie zwinkerte ihr zu.

Lächelnd öffnete Taylor ihren Rock und schlüpfte aus diesem heraus, bevor sie ihr winziges Trikot-Oberteil über den Kopf zog. Gwen war dafür bekannt, nach Spielschluss gerne einen zu heben und viel Alkohol zu vertragen, was kein Wunder war, da sie an vielen Abenden der Woche als Barkeeperin arbeitete. Cheerleader war sie ähnlich wie Taylor aus purem Vergnügen. Leben konnte man von diesem Hobby sowieso nicht und brauchte noch einen *richtigen* Job. So wie Taylor waren die meisten Cheerleader noch Studentinnen und würden den Job an den Nagel hängen, sobald sie ihren Abschluss in der Tasche hatten. Zwar brachte der Job mit den Pompons eine Menge Spaß, war jedoch auch extrem zeitintensiv und anstrengend, weswegen die Mehrheit der Cheerleader nach drei oder vier Jahren kündigten.

„Es ist lieb, dass du fragst, Gwen, aber ich fürchte, dass ich nach Hause muss, um noch zwei Stündchen zu büffeln.“

„Na, daran hätte ich jetzt auch Spaß“, stöhnte Gwen und verdrehte die Augen.

„Du sagst es.“ Taylor schüttelte den Kopf und wollte gerade ihren BH öffnen, als ihr Handy in den Tiefen ihrer Sporttasche klingelte.

Eigentlich hätte sie warten sollen, bis die Mailbox dranging, um in aller Ruhe heiß zu duschen und sich endlich aufzuwärmen, doch da sie später niemanden zurückrufen und lieber schnellstmöglich nach Hause fahren wollte, um sich zu entspannen, griff sie widerstrebend nach ihrem Handy.

Sobald die Stimme ihres Vaters am anderen Ende der Leitung zu hören war, wusste sie, dass sie keine Chance auf einen entspannten Abend mehr haben würde.

„Hallo, Dad.“

„Taylor“, erklang seine abgehackte Stimme. „Ich habe soeben mit Gordon telefoniert.“

Augenblicklich sackte ihr das Herz in die Hose. Vorsorglich ließ sie sich auf die Bank vor ihrem Spind sinken und fuhr sich über die trockenen Lippen.

„Dad, ich kann das erklären.“

„So? Kannst du das?“ Der Tonfall ihres Vaters deutete auf einen akuten Wutanfall hin. „Kannst du mir erklären, wie du es geschafft hast, mich vor meinem Freund dermaßen zu blamieren? Ich bin fassungslos, Taylor! Absolut fassungslos!“

Sie hatte geahnt, dass nach dem vorletzten Samstag ein solches Gespräch auf sie wartete. Eine Woche lang schien ihr so etwas wie eine Galgenfrist eingeräumt worden zu sein, da ihr Dad wegen seines Falls an die Westküste geflogen war, doch nun war er zurück und hatte anscheinend bereits mit seinem Freund Gordon telefoniert.

Mit seinem alten Freund Gordon – dem Freund, in dessen Privatpraxis Taylor ab dem kommenden Frühling arbeiten sollte.

Mit seinem alten Freund Gordon – dem Freund, der hautnah miterlebt hatte, wie Ian seinem Companion den Rat gegeben hatte, sie mit Käsekuchen und Erdnussbutter ins Bett zu bekommen, als sie zusammen nach einem Vorstellungsgespräch essen gegangen waren.

Allein die Erinnerung, wie sie von Ian angegangen worden war und wie alle Anwesenden inklusive der beiden Zahnärzte, mit denen sie bald hätte arbeiten können, dies miterlebt hatten, wäre Taylor noch heute am liebsten vor Scham im Erdboden versunken. Ian hatte sich grauenvoll benommen und wie ein Wilder einen absoluten Aufstand verursacht. Es hatte nicht viel gefehlt und er hätte das Restaurant auseinandergenommen. Sie wusste noch immer nicht, was bloß in ihn gefahren war, dermaßen durchzudrehen.

Ihm stand es zudem überhaupt nicht zu, ihr Vorwürfe zu machen und sie auf diese Weise zu beleidigen. Dass er hatte anklingen lassen, wie leicht es angeblich sei, sie ins Bett zu bekommen, nahm sie ihm schrecklich übel. Nein, das stimmte nicht ganz. Sie war stocksauer, außer sich, verletzt und betroffen. Außerdem war es ihr unglaublich peinlich, dass Ian so rücksichtslos herumposaunt hatte, dass sie miteinander im Bett gewesen waren. Durch diese Aktion hatte er ihr alle Chancen verbaut, in jener Privatpraxis zu arbeiten, und gleichzeitig hatte er es geschafft, dass sie sich deshalb vor ihrem Vater verantworten musste. Denn wie es aussah, wusste er bereits, was vorgefallen war.

„Dad, es tut mir leid, was passiert ist, aber es war nicht meine Schuld."

„Wessen Schuld soll es denn sonst sein? Weißt du eigentlich, in welche Peinlichkeiten du deine Mutter und mich gestürzt hast? Mit welchen Leuten gibst du dich überhaupt ab?“

Sie atmete tief durch und wusste, dass ihre nächste Frage ein Fehler war, trotzdem musste sie wissen, was genau er gehört hatte. „Darf ich fragen, was Gordon dir erzählt hat?“

„Das solltest du doch am besten wissen“, fuhr er sie an. „Gordon meinte, dass er mit seinem Companion und mit dir zum Abendessen in ein Restaurant gegangen sei, wo ein wild gewordener Mann wie ein Berserker tobte, als er dich sah, ein mittelschweres Chaos veranstaltete und sexuelle Anspielungen machte.“

Das klang sehr präzise nach dem, was passiert war. Verzagt schaute Taylor an die Decke über sich und stöhnte leise. „Es war ein Missverständnis.“

„Ein Missverständnis?“ Ihr Vater tobte. „Gordon hat mir durch die Blume zu verstehen gegeben, dass jene Begegnung untragbar war. Mit anderen Worten bedeutet dies, dass du eine Anstellung in seiner Praxis vergessen kannst. Ich habe keine Ahnung, mit welchen Leuten du etwas zu schaffen hast, aber was ich gerade gehört habe, lässt nur den Schluss zu, dass du einen furchtbaren Umgang pflegst!“

Sie schloss für einen kurzen Moment die Augen und überlegte panisch, wie sie ihrem Vater das Aufeinandertreffen mit Ian erklären konnte. „Hör zu, Dad. Ich bedaure sehr, was am vergangenen Samstag passiert ist, aber das ist meine Privatsache ...“

„Deine Privatsache?“ Er brüllte beinahe in den Telefonhörer hinein. „Es ist nicht deine Privatsache, wenn irgendein wild gewordener Prolet deinen Ruf schädigt, während mein Freund dabei ist! Gordon wird jetzt denken, dass dein Freundeskreis aus primitivem Gesindel besteht, und wird dies auch auf mich beziehen. Wie stehe ich denn da, wenn bekannt wird, dass du dich mit solchen Leuten herumtreibst?"

Obwohl Taylor gerade nicht besonders gut auf Ian zu sprechen war, platzte ihr bei den Anschuldigungen ihres Vaters beinahe der Kragen. „Dad", schnauzte sie daher zu ihrer eigenen Verwundung zurück. „Jetzt mach einmal halblang! Ian ist sicherlich vieles, aber kein Prolet. Außerdem geht es niemanden etwas an, was ich mit ihm zu schaffen habe ..."

„So einfach ist das nicht", unterbrach er sie hitzig. „Deine Mutter und ich haben uns so sehr darum bemüht, dass du dich mit Adam aussöhnen kannst ..."

Nun war es Taylor, die ihren Vater ebenso hitzig unterbrach. „Dad, mein Liebesleben geht euch nichts an! Und was Adam betrifft, kannst du dir die Luft sparen, weil ich ihn nicht wiedersehen will."

„Ich verstehe dich einfach nicht mehr", erklärte ihr Vater resigniert und außer sich zugleich. „Adam kommt aus einer absolut angesehenen Familie und hat einen erfolgversprechenden Job, aber du benimmst dich derart stur und weist ihn in einer Tour ab. Stattdessen lässt du dich mit irgendeinem Primitivling ein, der allem Anschein nach einen Hang zu Gewalttätigkeiten besitzt."

Mit aller Ruhe, zu der sie fähig war, erläuterte Taylor knapp: „Erstens ist Adam ein betrügerischer Mistkerl, der neben mir noch eine weitere Freundin hatte, und zweitens ist Ian kein gewaltbereiter Primitivling, sondern Profifootballspieler."

„Ein Footballspieler", raunte ihr Vater entsetzt. „Bist du nun von allen guten Geistern verlassen? Ich wusste, dass so etwas passieren würde, als du mit diesem peinlichen Cheerleading begonnen hast! Wie konntest du nur so dumm sein und dich mit einem Footballspieler einlassen?“

„Ich bin fünfundzwanzig Jahre alt“, knirschte sie mit den Zähnen, schob das Kinn vor und merkte, wie sie das Handy so fest umklammerte, dass es ein Wunder war, dass es in ihrer Hand nicht zerbrach. „Was ich mit wem tue, geht dich nichts an.“

Empört und pikiert zugleich keuchte er in den Hörer hinein. „Wie sprichst du eigentlich mit mir?“

Augenblicklich bekam sie ein schlechtes Gewissen und schimpfte sich gleich darauf selbst eine Idiotin. Sie musste ihrem Vater ganz sicher kein schlechtes Gewissen gegenüber empfinden, weil sie ihm sagte, dass er sich um seinen eigenen Kram kümmern sollte. Etwas versöhnlicher presste sie dennoch hervor: „Hör zu, Dad. Du bist aufgeregt. Ich bin aufgeregt. Mir tut wirklich leid, wie es an jenem Samstag gelaufen ist, aber ich habe ein Privatleben, das ich nicht mit dir diskutieren möchte.“

Ihr Vater wäre nicht ihr Vater gewesen, wenn er ihr keine Vorwürfe zu ihrer Mutter gemacht hätte. „Deine Mutter wird schrecklich enttäuscht und beschämt sein, wenn sie davon erfährt. Gordons Frau ist in dem gleichen Wohlfahrtsverein wie deine Mutter. Diese Geschichte wird dort bald die Runde machen und deine Mutter wird im Boden versinken, Taylor. Daran hättest du ruhig denken können!“

Taylor hatte genug davon, sich an den Haaren herbeigezogene Vorwürfe anzuhören, die absolut unberechtigt waren, schließlich hätte sie niemals im Traum daran gedacht, dass Ian ausgerechnet am gleichen Abend im gleichen Restaurant wie sie sein könnte.

Außerdem wäre sie niemals auf den Gedanken gekommen, dass er derart ausrasten könnte. Warum auch?

Da sie dem Vorstellungsgespräch sowie dem Job eh keinen wirklichen Elan entgegengebracht hatte, empfand sie die Absage als weniger großen Verlust. Doch hätte sie dies ihrem Vater gesagt, hätte er den Herzinfarkt bekommen, dem er allem Anschein nach fleißig entgegenarbeitete, wenn man bedachte, wie schrecklich er sich ständig aufregte.

Für sie stand eines fest: Ihr Privatleben ging ihren Vater nichts an.

Ihr war kalt, sie war hungrig und verspürte plötzlich enorme Lust, doch mit Gwen auf einen Drink auszugehen. Daher räusperte sie sich und erklärte in das Handy hinein: „Dad, ich rufe wieder an. Grüß Mom von mir."

13. Kapitel

„Ian, in den letzten Wochen machte ein Foto von Ihnen die Runde, auf dem Sie mit der Freundin eines anderen Footballspielers zu sehen waren. Es sorgte für einiges Aufsehen. Sogar der Commissioner meldete sich diesbezüglich zu Wort. Können Sie uns die Hintergründe dazu erklären?“

Der Pressesprecher der Titans räusperte sich und erklärte geradezu warnend in sein Mikrofon: „Mr. Carlisle wird Fragen zu seinem Privatleben nicht beantworten.“

Mit einem listigen Lächeln wollte der Reporter, der gerade erst zurückgewiesen worden war, nun wissen: „Rein professionell betrachtet könnte man vermuten, dass es jetzt zu Ärger zwischen Ihnen und Ihrem Kollegen kommt, Ian. Wie wird sich dies auf das nächste Spiel auswirken?“

Wieder beugte sich der Pressesprecher vor und seufzte verärgert: „Mr. Carlisle wird sich diesbezüglich nicht äußern.“

Ein anderer Reporter erhob sich und richtete seinen fragenden Blick auf Ian, der zusammen mit dem Pressesprecher, seiner Chefin und Julian Scott auf der Empore des Konferenzraumes saß und dafür betete, dass diese grauenvolle Veranstaltung bald ein Ende hatte. Pressekonferenzen nach Spielen waren das Allerletzte, schließlich wollten die erschöpften Spieler nichts anderes, als nach Hause zu fahren. Mit dämlichen Fragen gequält zu werden, gehörte ausgerechnet dann nicht zu ihren Vorlieben.

„Ian, Sie haben heute ein tolles Spiel abgeliefert und gezeigt, dass Sie heiß darauf sind, den Superbowl zu holen. Können wir davon ausgehen, dass Sie nun doch der Meinung sind, dass ein Superbowlsieg das ... äh ... Beste ist, das Ihnen passieren kann?"

Das Tuscheln, das aus den Reihen der Journalisten zu hören war, sowie das genervte Ächzen von Teddy neben ihm sagten ihm, dass der Reporter auf seinen damaligen Post Bezug nahm, in dem Ian geschrieben hatte, dass die Nacht mit den zwei Cheerleadern der Broncos besser sei als ein Superbowlsieg.

Wieder erklärte der Pressesprecher mit einem deutlich drohenden Ton: „Noch einmal, meine Herren. Mr. Carlisle steht lediglich für Fragen zu seinen sportlichen Leistungen zur Verfügung und wird Fragen zu seinem Privatleben nicht beantworten."

Um das Affentheater zu beenden, beugte sich Ian vor und erklärte in einem fröhlichen Ton ins Mikrofon vor ihm: „Die Frage werde ich beantworten."

„Nein, das wirst du nicht", mischte sich Teddy ein und schüttelte resolut den Kopf.

Erstaunt blinzelte er und schwenkte den Kopf nach rechts, um seine entschlossene Chefin zu mustern, die gebieterisch das Kinn hob. Die Pressemeute schien ihren Spaß zu haben, da gestandene Sportreporter wie Highschoolschüler kicherten, die gerade entdeckt hatten, dass ihnen Haare am Sack wuchsen.

Verwirrt runzelte er die Stirn und öffnete den Mund, um etwas zu erwidern, als sich Teddy zu ihm beugte und eine Hand über sein Mikrofon legte. In ihr eigenes erklärte sie kategorisch: „Mr. Carlisle ist leider indisponiert. Gibt es sonst noch Fragen? Vielleicht zu meinem Lieblings-Wide-Receiver, der heute seinen eigenen Rekord gebrochen hat?“

Damit hatte die junge Teambesitzerin die Lacher auf ihrer Seite, während sich Julian Scott, der auf ihrer anderen Seite saß, entzückt zeigte, dermaßen gelobt worden zu sein.

Ian lehnte sich zurück und beobachtete ohne jeden Groll, wie der blondhaarige Julian Scott der Frau seines besten Kumpels einen Kuss auf die Wange drückte und mit der Presse scherzte, bevor die Journalisten ihm Fragen zu dem Spiel stellten, das das drittletzte seiner Karriere sein könnte, falls sie es bis in das Endspiel schaffen sollten. Heute war es ihnen gelungen, die Divisional-Games zu gewinnen und in die Championship-Runde zu gelangen. Das hieß, dass ein Sieg beim nächsten Spiel den Einzug in den Superbowl bedeutete.

Wenn man bedachte, wie Julian Scott heute gespielt hatte, fragte sich Ian ganz ernsthaft, wie der andere Wide Receiver daran denken konnte, seine Footballschuhe an den Nagel zu hängen. Natürlich war er nicht mehr der Jüngste, doch auf dem Feld machte ihm keiner etwas vor. Für die Titans war sein Ausscheiden ein verdammter Verlust und eine absolute Schande dazu.

Anscheinend ging es nicht nur Ian so, der ratlos über das Karriereende seines Teamkollegen war, da ein anderer Reporter die Stimme erhob und neugierig wissen wollte: „Julian, angesichts Ihres heutigen Spiels und Ihrer mehr als stabilen Leistungen käme es da für Sie nicht infrage, noch einmal über Ihr Karriereende nachzudenken? Ich bin mir sicher, dass Sie bei Ihrem Verein auf offene Ohren stießen, wenn Sie Ihren Vertrag verlängern lassen wollten.“

Gutmütig, wie der ältere Wide Receiver nun einmal war, rückte er die Baseballkappe auf seinem Kopf zurecht, verschränkte die Arme auf dem Tisch und lachte in sein Mikrofon. „Wenn Sie das meiner Frau beibringen, wäre es tatsächlich eine Option, Mike. Nein, ganz ernsthaft ...“ Er wartete die belustigten Lacher der Presse ab und grinste sorgenfrei. „Meine Entscheidung, aus dem Profigeschäft auszusteigen, hatte weniger etwas mit meiner körperlichen Fitness zu tun, sondern mit meinem Wunsch, mehr Zeit mit meiner Familie zu verbringen.“

Da Teddy zwischenzeitlich Ians Mikrofon nicht länger belagerte, beugte er sich vor und erklärte seinem Teamkollegen gespielt ernst: „Dann bring die kleinen Hosenscheißer doch zum Training mit, Scott. Ballträger können wir immer gebrauchen.“

„Ian“, zischte ihm Teddy zu, während Julian schallend lachte.

Die Reporter schienen noch nicht zu wissen, ob sie lachen oder empört dreinschauen sollten. Daher blieben Fragen erst einmal aus.

Stattdessen erwiderte Julian gut gelaunt: „Schlägst du mir gerade etwa Kinderarbeit vor, Carlisle?“

Arglos zuckte Ian mit der Schulter. „Von mir aus können die beiden auch zuschauen. Ich mache mir eher Sorgen um die Jungs. Seit du angekündigt hast, am Ende der Saison aufzuhören, sind die ziemlich durch den Wind.“

Ein Reporter ergriff seine Chance und hakte lauthals nach: „Wollen Sie uns damit sagen, dass Julians Ausstieg zu Spannungen innerhalb des Teams geführt hat, Ian?“

„Zu Spannungen? Nö.“ Er winkte abfällig ab. „Von Spannungen kann keine Rede sein. Viel eher mache ich mir Sorgen, dass ein paar meiner Kollegen sich tränenreich in den Armen liegen, sobald Scott seinen Spind ausräumt, Kerzen anzünden und Kumbaya singen. Gott, das wird vielleicht rührselig werden!“

Sein Teamkollege warf ihm ein fettes Lachen zu. „Keine Sorge, Carlisle. Ich werde es niemandem verraten, wenn du heulen solltest.“

Er schnaubte übertrieben. „Steck lieber Blake ein paar Packungen Taschentücher zu. Der wird sie brauchen.“

Anscheinend hatten die Journalisten begriffen, dass sich die beiden Spieler foppten, während die Teambesitzerin zwischen ihnen saß und angesichts des Gekichers der Presse die Augen verdrehte.

Einer der aufdringlichen Schmierblattfinken meinte dennoch, aus der Fopperei eine Story basteln zu können. „Ian, Sie klingen so, als hätten Sie etwas gegen den Ausstieg Ihres konkurrierenden Wide Receivers. Ist es nicht eher so, dass sein Karriereende für Sie einen Karriereaufschwung bedeutet?“

Mit all der offenen Ehrlichkeit, für die er bekannt war, erwiderte er salopp: „Was ist das denn für eine bescheuerte Frage?“

Augenblicklich glotzten die restlichen Pressevertreter ihn wie einen nackten Mann mitten auf dem Times Square an und verstummten.

Julian räusperte sich. „Die Herren von der Presse scheinen deine unnachahmliche Offenheit noch nicht zu kennen, Ian. Hier in New York bemühen wir uns um Diplomatie.“

Schnaubend rümpfte er die Nase und entgegnete widersprechend: „Gut zu wissen, was hier unter Diplomatie verstanden wird. Dann muss ich mir ja keine

Sorgen machen, wenn sich in nächster Zeit mal wieder eine Dragqueen vor mir in der U-Bahn entblößt."

Seine Chefin verschluckte sich neben ihm an einem Lachen, während Julian interessiert nachfragte: „Welche Linie? Auf meiner Strecke passiert nie etwas Spannendes."

„Vielleicht liegt das daran, dass du immer mit deinen kleinen Hosenscheißern unterwegs bist."

„Wenn du irgendwann mit deinen eigenen kleinen Hosenscheißern in der Stadt unterwegs bist, werde ich dich daran erinnern", feixte sein Teamkollege.

Ian schnitt eine Grimasse. „Darauf kannst du lange warten, Scott."

„Ach", erwiderte Julian belustigt. „Wenn es so weit ist, beschwere dich nicht bei mir, dass ich dich nicht gewarnt hätte!"

Beinahe hätte Ian ihm einen Vogel gezeigt, konnte sich jedoch angesichts der Anwesenheit zahlloser Pressevertreter gerade noch beherrschen. Obwohl er sich alle möglichen Szenarien vorstellen konnte – von Aliens in Roswell angefangen bis zu einem Präsidenten, der mit österreichischem Akzent einen Kampfroboter gespielt hatte – sich selbst als Vater sah er nicht.

Um nicht weiter diesen merkwürdigen Gedankengängen nachzugehen, drehte er den Kopf zu seinem Kumpel und entblößte beim Grinsen seine Zähne. „Ein Vorschlag zur Güte, Scott. Du kommst beim nächsten Mal einfach auf meiner Linie mit – ohne die kleinen Hosenscheißer – und überzeugst dich selbst davon, was mir dort gezeigt wird."

Voller Ernst hakte Julian nach: „Darf ich wenigstens meine Frau mitnehmen, oder ist es dir lieber, wenn wir einen Männerabend machen?"

„Solange sie nichts Essbares mitnimmt, soll es mir recht sein.“

Neben dem schallenden Gelächter seines Teamkollegen war Teddys tiefes Stöhnen zu hören. „Meine Herren, ich hoffe, dass euch klar ist, dass es sich hier immer noch um eine Pressekonferenz handelt. Spätestens morgen früh seid ihr als das neue Witz-Duo der NFL bekannt. Wie die beiden Opas aus der Muppet Show.“

Julian lachte schallend. „Die heißen Statler und Waldorf, Teddy. Als Mutter zweier Kinder solltest du das eigentlich wissen.“

„Wenn du unbedingt willst, nehmen wir auch dich auf unseren Ausflug mit, Teddy“, ließ sich Ian großzügig vernehmen und legte seiner Chefin einen Arm um die Schulter. „Selbst wenn du mir fast stündlich damit drohst, mich zu erdrosseln und meinen Kopf als Töpfchen für deine Zwillinge zu benutzen.“

Damit war die Pressekonferenz endgültig gesprengt, was auch der Pressesprecher der Titans mitbekam, da er auf einen hilflosen Blick seiner Chefin die Veranstaltung beendete.

Kaum hatte Ian den Raum verlassen und stand im Flur, kam Julian auf ihn zu und schlug ihm freundschaftlich auf die Schulter. „Ich schätze, du hast es geschafft, dass dich Teddy nie wieder an einer Pressekonferenz teilhaben lässt.“

„Mission erfüllt.“ Er nickte zufrieden, bevor er einen ernsten Ton anschlug und seinem Teamkollegen erklärte: „Es war mein Ernst. Du solltest noch einmal darüber nachdenken, deine Karriere wirklich zu beenden, Julian. Auch wenn ich dich immer foppe, gehörst du noch lange nicht zum alten Eisen. Sobald du nicht mehr mit uns auf dem Feld stehst, werden wir es schwerer haben."

Der andere Wide Receiver verzog die Lippen zu einem schwachen Lächeln. „Wenn du schon so ankommst, muss ich an meinem letzten Tag wirklich mit einer Packung Taschentücher und einem Seelentröster auffahren."

„Ich meine es ernst", erwiderte Ian nachdrücklich. „Warum willst du aufhören, wenn kein Grund dafür besteht?"

„Ich habe sogar drei Gründe." Sein Kumpel lachte und griff in die Tasche seiner Daunenweste, die er über einem Sweatshirt trug, um Ian ein Handy unter die Nase zu halten, auf dessen Display das Foto seiner Rasselbande zu sehen war.

Dieser verdrehte die Augen. „Du siehst deine Familie doch eh jeden Tag."

„Das ist nicht das Gleiche." Julian lächelte geradezu abartig glücklich, als er das Foto betrachtete. Anschließend gab er ein Schnauben von sich. „So lieb ich euch auch habe, bin ich mittlerweile an einem Punkt, an dem ich nicht mehr acht Stunden am Tag im Verein zubringen muss, sondern mit meinen Kindern die Muppet Show schauen und etwas Vernünftiges auf den Tisch bringen will. Wenn du erst einmal in meinen Schuhen steckst, wirst du das verstehen."

Ian wollte seinem glücklich verheirateten Kumpel nicht auf den Kopf zusagen, dass er sich nicht vorstellen konnte, mit einer Frau und zwei Kindern in einem Einfamilienhaus zu enden. Natürlich hätte er nichts gegen eine feste Freundin einzuwenden und die Babys seiner Teamkollegen mochte er auch, doch Ian glaubte einfach nicht, dass er das richtige Rüstzeug dafür mitbrachte, ein so aufopferungsvoller Vater zu sein wie beispielsweise Julian. Außerdem verspürte er keinen Drang, seine DNA weiterzugeben und sich fortzupflanzen. Das konnten ruhig andere übernehmen.

Lässig zuckte er mit der Schulter. „Falls du irgendwann aus deinem selbst erschaffenen Gefängnis ausbrechen willst, ruf mich einfach an. Dann nehme ich dich in ein paar Kneipen mit und zeige dir, wie sich Erwachsene amüsieren."

Julian gab ein Ächzen von sich und versetzte Ian eine Kopfnuss. „Irgendwie wundert es mich gar nicht, dass du ständig mit einem Veilchen beim Training auftauchst – mit deiner großen Klappe."

Er nickte gespielt nachdenklich. „Ich gebe mir ja auch Mühe."

Eine halbe Stunde später saß er in seinem Hummer und war auf dem Weg nach Hause, als seine Freisprechanlage klingelte. Genervt nahm er den Anruf an und hätte beinahe einen Auffahrunfall verursacht, als er Taylors lallende Stimme hörte.

„Eines der Mädels hatte deine Nummer, du Blödmann! Da staunst du, oder?"

„Taylor?" Irritiert setzte er den Blinker und fuhr an einem sich im Schneckentempo bewegenden Chevy vorbei. „Hast du getrunken?"

„Lenk nicht vom Thema ab", lallte sie aufgebracht. „Warum hatte Annie deine Nummer? Mache ich deshalb ein Fass auf und versaue dir ein Vorstellungsgespräch?"

„Wovon sprichst du überhaupt?", wollte er ratlos wissen und atmete angespannt durch die Nase aus. „Und warum zum Teufel bist du betrunken?"

„Ich bin nicht betrunken", wehrte sie empört ab und hatte gleichzeitig Schwierigkeiten, das Wort *betrunken* ordentlich über die Lippen zu bekommen. „Ich bin nie betrunken, weil ich nicht betrunken werden kann.“

„Aha.“ Hin- und hergerissen zwischen einem Lachen, Besorgnis und der Frage, was sie von ihm wollte, fixierte er die roten Bremslichter vor sich und schaltete die Scheibenwischer an, um die Regentropfen, die auf seine Windschutzscheibe prasselten, zu entfernen.

„Ja! Du hast mir immer noch nicht gesagt, warum Annie deine Telefonnummer hat?“

Wenn Annie der Cheerleader mit dem beachtlichen Vorbau war, hatte sie seine Nummer, weil er sie in seiner ersten Woche bei den Titans zu einem Drink eingeladen hatte. Vermutlich sollte er heute seinem Schöpfer danken, dass sie damals abgelehnt hatte. Taylor wirkte nämlich trotz ihres alkoholisierten Zustandes nicht besonders friedfertig.

Seufzend lehnte er sich in seinem Sitz zurück. „Wir haben nicht miteinander geschlafen, wenn du das wissen willst.“

„Das weiß ich längst“, fuhr sie ihn an. „Anscheinend bin ich der einzige Cheerleader unseres Teams, der mit dir Sechs hatte.“

„Sex“, korrigierte er sie und schluckte gegen das Lachen an, das sich Bahn brechen wollte.

„Was?“

„Sex“, wiederholte er belustigt. „Wir hatten Sex, Schätzchen. Keinen Sechs.“

„Wir hatten nicht sechs Mal Sex“, beschwerte sie sich wie eine Furie. „Daran könnte ich mich erinnern!“

„Oh Mann.“ Ian holte tief Luft und verdrängte das Gefühl der Zurückweisung, das seit einer Woche in ihm aufstieg, wenn er an Taylor dachte. „Taylor, wo bist du?“

„Vor einer Bar.“ Sie schniefte und schien ihren Wutanfall vergessen zu haben, da sie nun kläglich in den Hörer flüsterte: „Annie hat deine Nummer, aber mir hast du sie nicht gegeben. Ich bin dir egal. Auf dem College war es genauso.“

Scheiße.

Ian hatte keine Ahnung, was mit ihr los war, aber ihm gefiel ganz und gar nicht, was er dort hörte. Besorgt schluckte er und fragte mit heiserer Stimme: „Taylor ... Schätzchen, ist etwas passiert? Wo bist du?“

„Du hast mir mein Vorstellungsgespräch versaut“, weinte sie in den Hörer. „Mein Dad tobt deshalb, aber ich freue mich darüber. Und du hast nie auf meine Anrufe geantwortet.“

Auf ihr wirres Gebrabbel konnte er sich keinen Reim machen. Zwischen den Zähnen presste er daher hervor: „Wo bist du? Ich hole dich ab.“

„Nein, du bist schon wieder böse auf mich.“

„Ich bin nicht böse. Wo bist du?“

„Vor einer Bar.“

Er schnitt eine Grimasse, denn hilfreich war sie nun wirklich nicht. „Wie ist der Name der Bar?“

„Oh.“ Sie hickste. „Ginger’s Place ... mit einem roten Schild vor der Tür.“

„Das werde ich schon finden“, erwiderte er mit einem Hauch Sarkasmus. „Taylor, du bleibst, wo du bist, und wartest auf mich. Okay?“

„Okay“, antwortete sie niedergeschlagen und legte mit einem weiteren Hicksen auf.

Eigentlich hatte Ian gar nicht mehr damit gerechnet, dass Taylor tatsächlich auf ihn warten würde, da es zudem wie aus Eimern goss, doch als er fast eine halbe Stunde später vor der gut besuchten Bar stehen blieb, stand sie vor dem Eingang und sah wie ein begossener Pudel aus.

Ian schüttelte beunruhigt den Kopf und fragte sich, wer dieser Frau so viel Alkohol gegeben hatte, während er mitten auf der Straße stehen blieb, ausstieg und durch den Regen zu ihr lief.

„Mit wem bist du hergekommen?“, wollte er ohne Einleitung wissen und zog sie unter das Vordach der Bar, um sie und sich vor dem Regen zu schützen.

„Mit den Mädels.“

Er warf der Bar einen feindseligen Blick zu. „Sind sie noch drin? Wieso haben sie dich einfach nach draußen gehen lassen?“

„Ich weiß nicht.“ Aus glasigen Augen schaute sie ihn an. „Ich bin müde.“

„Das kann ich mir denken“, erwiderte er seufzend. „Hast du die ganze Zeit hier draußen gewartet?“

„Du hast mir gesagt, dass ich hier warten soll“, entgegnete sie beinahe anklagend und schlotterte gleichzeitig vor Kälte.

Ian stieß einen Fluch aus und schnappte sich die Handtasche, die sie beinahe fallen gelassen hätte, als sie bedenklich schwankte. Ihm blieb nichts anderes übrig, als ihr einen Arm um die Taille zu schlingen und sie an sich zu ziehen, damit sie nicht hinfiel „Was ist bloß in dich gefahren?“

„Guinness“, erklärte sie ernsthaft. „Und Tequila.“

Wie er aus eigener Erfahrung wusste, war dies eine Mischung, die in der Hölle erfunden worden sein musste. Resigniert fand er sich mit dem Gedanken ab, dass die blondhaarige Frau an seiner Seite höchstwahrscheinlich in sein Auto kotzen würde, und wollte sie gerade zu seinem Auto bugsieren, als sie mit einem Seufzer das nasse Gesicht gegen seinen Hals schmiegte.

Augenblicklich bekam er einen Kloß im Hals und strich ihr wie von selbst das feuchte Haar aus dem Gesicht, um mit weicher Stimme zu erklären: „Komm, Taylor. Ich bringe dich nach Hause, Schätzchen."

„Du weißt doch gar nicht, wo ich wohne", lallte sie murmelnd und ließ sich ohne Protest zu seinem Auto führen.

„Doch", antwortete er geduldig und öffnete die Beifahrertür, während hinter seinem Hummer bereits ein Hupkonzert der allerersten Kategorie stattfand. Davon ließ er sich jedoch nicht beeindrucken, sondern schaffte es, Taylor trotz ihrer unkoordinierten Bewegungen in den Sitz zu bekommen. „Ich war doch schon einmal bei dir. In der Tiefgarage."

„Ach so." Abrupt richteten sich ihre Augen auf seine Leistengegend, während Ian damit beschäftigt war, ihr den Gurt anzulegen. Leider war dies nicht sonderlich einfach, da sie sich wie ein Kleinkind umherwand. „Ich habe dir in die Eier getreten."

„Genau", ächzte er und gab einen frustrierten Laut von sich. „Wieso kannst du als Cheerleader diese komplizierten Überschläge und Figuren, aber bist nicht in der Lage, jetzt einmal kurz stillzuhalten?"

Daraufhin blieb sie bewegungslos sitzen und flüsterte: „Besser?"

„Ja." Prustend verschloss er den Gurt, warf die Tür zu und zeigte dem Autofahrer hinter sich einen Vogel, weil der wie ein psychopathischer Freak auf die Hupe drückte.

Sobald er in seinem Auto saß und anfuhr, beteuerte Taylor neben ihm: „Ich wollte dir damals nicht in die Eier treten.“

„Schon klar.“ Er fädelte sich in den Verkehr ein und fand es zur Abwechslung sehr lustig, stocknüchtern neben einer betrunkenen Frau zu sitzen, die er heldenhaft und ohne Hintergedanken nach Hause kutschierte. Normalerweise hätte er die Situation schamlos ausgenutzt, weil er meistens selbst betrunken war, wenn er mit einer Frau auf dem Weg in ihre Wohnung war, doch bei Taylor trieb ihn der sorgenvolle Gedanke an, was passiert wäre, wenn er sie nicht abgeholt hätte.

„Geht es ihnen auch gut?“, fragte sie in dem Bemühen, nüchtern zu klingen, was leider daran scheiterte, dass währenddessen ihr Kopf von einer Seite auf die andere schwankte.

Er konzentrierte sich auf den Fahrradkurier, der kamikazemäßig zwischen den Autos herumkurvte, und fragte abgelenkt: „Wem soll es gut gehen?“

„Deinen Eiern“, warf sie in einem unverfänglichen Plauderton ein, als hätte sie ihn gerade nach dem Wetterbericht gefragt.

Ian hatte große Mühen, nicht das Lenkrad zu verreißen. Mit heiserer Stimme erklärte er: „Ihnen geht es gut.“

„Bist du sicher?“

Angesichts ihres ernsthaften Tons konnte er nicht anders, als zu lachen: „Ich habe noch nicht die Probe aufs Exempel gemacht, aber gehe davon aus, dass alles in Ordnung ist.“

Geradezu erleichtert entgegnete sie: „Das freut mich.“

„Und mich erst.“

Taylor rutschte auf ihrem Sitz herum und schüttelte den Kopf, wie er aus seinen Augenwinkeln sehen konnte. „Nein, so meinte ich es nicht, also ... doch, aber nicht nur.“

Ausgerechnet Taylor in dieser Situation zu erleben, war das Highlight seines Tages – sogar noch besser als der Sieg und der Einzug in den Vorentscheid zum Superbowl. Niemals zuvor hatte er sie so gesehen und konnte sich nun gerade noch beherrschen, nicht in prustendes Gelächter auszubrechen.

„Und wie meintest du es dann?“, wollte er fröhlich wissen und bog links ab.

Mit einem winzigen Laut erklärte sie zurückhaltend: „Mich freut es, dass du nicht die Probe aufs Exempel gemacht hast – mit einer anderen Frau. Ich will nämlich nicht, dass du mit einer anderen schläfst.“

Wenn er nicht auf der linken Spur gefahren wäre, hätte er sofort angehalten, um zu sehen, ob sie ihn verarschte, doch so blieb ihm nichts anderes übrig, als ihr einen kurzen Seitenblick zuzuwerfen und zu sehen, wie sie sich in ihren nassen Mantel gehüllt hatte und dumpf aus dem Fenster starrte. Ian sagte sich, dass sie betrunken war und nicht wusste, was sie redete, doch eine kleine Stimme in seinem Kopf hielt ihm vor, dass Kinder und Betrunkene immer die Wahrheit sagten.

Außerdem fragte er sich, warum er sich gerade wie ein Schneekönig über Taylors letzten Satz freute.

Er schluckte, umklammerte das Lenkrad und hakte vorsichtig nach: „Wenn du nicht willst, dass ich mit anderen Frauen schlafe, verstehe ich nicht, weshalb du mit mir nicht ausgehen willst, aber Dates mit anderen Männern hast.“

„Du Blödmann“, grummelte sie in ihren Schal hinein. „Das war kein Date, sondern ein Vorstellungsgespräch.“

„Ein Vorstellungsgespräch?“

„Ja doch“, erwiderte sie auf seinen skeptischen Tonfall. „Ein Freund meines Vaters hat in Manhattan eine Praxis – zusammen mit seinem Companion, dem Mann, der nun weiß, dass ich auf Käsekuchen und Erdnussbutter stehe.“

Neben einer unbeschreiblichen Erleichterung fühlte Ian nichts anderes als Belustigung, während er lauthals zu lachen anfing und dabei fast die Abzweigung zur richtigen Straße verpasst hätte.

„Das ist nicht komisch“, beschwerte sich Taylor neben ihm. „Mir war es entsetzlich peinlich, Ian!“

„Das glaube ich sofort“, prustete er vergnügt.

„Mein Vater hat davon erfahren“, jammerte sie und ernüchterte ihn augenblicklich, da ihr Tonfall alles andere als belustigt klang.

„Taylor ...“ Seufzend streckte er seine rechte Hand aus und legte sie ihr auf das Knie. „Es tut mir leid.“

„Er hat mir Vorwürfe gemacht ... und davon gesprochen, dass ich ihn beschämt habe. Nie kann ich ihm etwas recht machen.“

Schuldbewusst zuckte er zusammen. „Hast du ihm nicht gesagt, dass es nicht deine Schuld war?“

„Du kennst ihn nicht.“ Ihr Lallen klang im Gegensatz zu vorher nicht länger lustig, sondern geradezu deprimierend. „Er kann es nicht ausstehen, wenn er nicht seinen Willen durchsetzt. Dann schreit er herum und macht einem Vorwürfe.“

Aus der beschwipsten Frau, die über seine Eier geplaudert hatte, wurde von jetzt auf gleich ein beklagenswerter Anblick, bemerkte Ian voller Unbehagen. „Taylor, bestimmt hat dein Vater es nicht so gemeint ...“

„Du weißt ja nicht, wie er ist.“

Tröstend streichelte er ihr Knie, als sie zu schniefen begann. „Schätzchen ...“

„Nur seinetwegen habe ich Zahnmedizin studiert“, begehrte sie auf, während Ian in die Straße abbog, in der Taylor wohnte. „Weil er das für mich aussuchte. Ich ... ich wollte tanzen. Ballett ...“

Nervös fuhr er in die Einfahrt der Tiefgarage und ließ das Fenster hinunter. „Taylor, wie ist der Code?“

„Welcher Code?“, wollte sie verwirrt wissen und gähnte vernehmlich.

„Der Code der Tiefgarage“, fügte er geduldig hinzu und nahm seine Hand von ihrem Knie.

„Och, der!“ Sie hob leichthin eine Hand. „Viermal die Null.“

Ian gab ein Ächzen von sich und murmelte ein paar sarkastische Bemerkungen über die Einfallslosigkeit mancher Zeitgenossen, bevor er den Wagen in die Tiefgarage manövrierte und sich einen Stellplatz suchte.

Als er den Motor ausstellte, sah er, wie sie erfolglos am Verschluss des Gurtes herumfummelte, verdrehte die Augen und stieg aus dem Wagen aus, um ihr zu helfen. Kaum hatte er die Beifahrertür geöffnet und den Gurt gelöst, beugte der betrunkene Cheerleader den Oberkörper aus dem Auto heraus und erbrach sich auf den Boden der Tiefgarage. Ian blieb nichts anderes übrig, als Taylor die Haare zu halten und sie anschließend unter Mühen aus seinem Auto zu bekommen.

14. Kapitel

Der dumpfe Kopfschmerz und der pelzige Geschmack auf ihrer Zunge waren das Erste, was Taylor spürte, als sie wach wurde und mit blinzelnden Augen an ihre Zimmerdecke starrte. Auch wenn sie im ersten Moment orientierungslos war, brauchte sie nicht länger als ein paar Sekunden, um zu spüren, dass etwas nicht stimmte.

Langsam drehte sie den Kopf zur Seite und entdeckte einen Kopfabdruck auf dem Kissen neben sich. Die Erkenntnis, dass jemand neben ihr geschlafen hatte, hätte Panik in ihr auslösen sollen, wenn sie nicht gleich darauf einen würzigen Männergeruch wahrgenommen hätte, der sofort das Bild eines hochgewachsenen Footballspielers mit blonden Haaren und einem schottischen Akzent vor ihre Augen zauberte. Die Tatsache, dass ein Sweatshirt mit dem Titans-Logo über dem Bettende lag, bestätigte ihre Annahme, dass Ian hier geschlafen haben musste.

Vorsichtig setzte sie sich auf, hielt sich den Kopf und fuhr sich über ihr Gesicht.

Ein verschwommener Blick an sich hinab sagte ihr, dass sie in ihren Klamotten geschlafen hatte. Von Ian hätte sie eigentlich erwartet, dass sie splitternackt sein müsste. Unsicher fuhr sie sich über die Lippen und bemühte sich nach Kräften, sich zu erinnern, was in der letzten Nacht passiert war. Sie wusste nur noch, dass sie mit ein paar Mädels ihres Cheerleader-Teams in eine Bar gefahren war und irgendwann nach draußen gegangen war, um zu telefonieren.

Sobald der Geruch nach gebratenen Eiern und Speck ihr in die Nase fuhr, spürte sie, wie ihr Magen rumorte und nach Frühstück verlangte. Langsam und vorsichtig kroch sie aus ihrem Bett, kam schwankend zu stehen und warf einen vorsichtigen Blick zur Tür, bevor sie ihre Jeans auszog und stattdessen in eine bequeme Pyjamahose schlüpfte. Ihrem Pullover erging es nicht anders, da sie ihn gegen ein verwaschenes Shirt eintauschte, bevor sie in das ans Schlafzimmer angeschlossene Bad taumelte, um sich dort die Zähne zu putzen. Ein Blick in den Spiegel sagte ihr, dass sie grauenvoll aussah, doch nicht einmal die Aussicht, Ian zu begegnen und dabei wie das Leiden Christi auszusehen, konnte sie dazu bringen, mehr zu tun, als ihre Haare zu einem Pferdeschwanz zu binden und sich kaltes Wasser ins Gesicht zu spritzen.

Anschließend trieben der Hunger und die Neugierde sie aus dem Schlafzimmer heraus. Mit unsicheren Schritten trottete sie den Flur entlang und betrat den großen Wohnraum mit integrierter Küche, in der Ian stand.

Barfuß.

Tanzend.

Singend.

Und kochend.

Verwundert blieb Taylor in der Tür stehen und blinzelte überrascht, als sie ihren Gast betrachtete, der in Boxershorts und mit einem T-Shirt bekleidet an ihrem Herd stand, Musik aus dem kleinen Radio hörte, das bei ihr auf der Fensterbank stand, und sich dabei im Takt des Liedes bewegte. Und sang.

Dass er sang – dies ziemlich gut – war ihr noch immer unbegreiflich.

Ebenso unbegreiflich war, dass ihre Küche nicht wie ein Schlachtfeld aussah. Wenn Männer kochten, erwartete man eigentlich Eierschalen auf dem Fußboden, eine Überschwemmung neben der Spüle und haufenweise schmutziges Geschirr auf der Arbeitsfläche, doch hier hatte alles seine Ordnung.

Noch einen kleinen Moment ließ sie die ungewohnte Szene auf sich wirken und machte sich dann mit einem Räuspern bemerkbar.

Sofort drehte sich der Mann in ihrer Küchc um und lächelte sie zweifelnd an. „Guten Morgen. Lebst du noch?“

„Scheint so“, murmelte sie unsicher und betrat vorsichtig die Küche, während sie ihre Hände rang und seine Miene beobachtete, die ausdrückte, dass er über irgendetwas belustigt war. Was das war, hätte sie zu gerne gewusst. Taylor runzelte die Stirn und schlug einen scherzhaften Ton an. „Du kannst mir nicht zufällig erzählen, was gestern passiert ist?“

„Zufällig kann ich das“, erwiderte er fröhlich, schaltete den Herd aus und schob die Pfanne auf eine andere Platte, bevor er sich zu ihr umdrehte und die Arme vor der Brust verschränkte. Sein Gesichtsausdruck schien jeden Moment vor Lachen zerspringen zu wollen. „Ich könnte ja jetzt sagen, dass du gestern extrem anhänglich warst, von mir ins Bett getragen werden wolltest und dass wir die ganze Nacht zusammen waren. Nicht einmal alleine ins Badezimmer wolltest du ohne mich gehen ...“

„Ian“, stöhnte sie gequält auf, was bei ihm zu einem Heiterkeitsausbruch führte.

„Das hast du in der letzten Nacht ebenfalls ziemlich oft gestöhnt – im Bett oder auf dem Boden deines Badezimmers.“

Irritiert fasste sie sich an die Stirn und bedachte ihn mit einem ironischen Blick. „Und warum war ich dann angezogen, als ich wach wurde? Und wieso hast du deine Hosen nicht mehr an?“

Fröhlich stieß er sich vom Herd ab und kam direkt auf sie zu.

Mit klopfendem Herzen beobachtete Taylor, wie er direkt vor ihr stehen blieb und seine Hand ausstreckte, um diese auf ihren Nacken zu legen und ihre Verspannung zu massieren. Erst jetzt bemerkte Taylor auch, dass sie die Schultern angespannt nach oben gezogen hatte.

„Meine Hosen sind in deinem Trockner“, erklärte er mit ruhiger Stimme und ließ seine Finger kräftig über ihren verspannten Nacken fahren.

Beinahe hätte sie vor Wohlbehagen gestöhnt, konnte sich glücklicherweise jedoch davon abhalten und schluckte stattdessen gegen ihre trockene Kehle an. „Wieso im Trockner?“

Er gluckste leise. „Weil du kotzen musstest und meine Jeans das Meiste davon abbekommen haben.“

Nun konnte sie ein lautes Stöhnen doch nicht unterdrücken. „Was?“

Anscheinend amüsierte ihre partielle Amnesie den Footballspieler außerordentlich, da er belustigt erklärte: „Nachdem ich dich aus einer Bar abgeholt und in mein Auto gesetzt hatte, sind wir zu dir gefahren. Hier hatte ich dann das Vergnügen, dir beim Kotzen in der Tiefgarage zuzusehen, bevor ich dich mehr oder weniger in deine Wohnung tragen musste. Dort angekommen wollte ich dich in dein Bett bringen, als du darauf bestandst, mit mir einen Tanzfilm zu sehen. Nach zehn Minuten vor der Glotze warst du eingeschlafen, also wollte ich dich ins Bett schaffen. Auf dem Weg dorthin wurdest du wieder wach und meintest nur *Oh, oh.* Kaum waren wir im

Badezimmer, musstest du wieder brechen. Dieses Mal direkt auf meine Jeans.“

Taylor schüttelte beschämt den Kopf. „Nein, das kann nicht sein.“

„Leider doch“, erwiderte er schmunzelnd und senkte den Kopf so weit, dass seine Nase beinahe ihre Stirn berührt hätte. „Fast eine Stunde haben wir auf dem Boden deines Bads zugebracht. Ich hatte die Ehre, deine Haare halten zu dürfen, bevor ich dich ins Bett schaffte. Eigentlich wollte ich auf der Couch schlafen oder gehen, aber du wirktest nicht so, als könnte man dich unbesorgt allein lassen.“

„Oh Gott“, flüsterte sie verlegen. „Was habe ich denn gestern bloß getrunken?“

„Guinness und Tequila“, entgegnete er leichthin. „Eine teuflische Mischung. Nachts habe ich dir Wasser und zwei Aspirin eingeflößt. Ich hoffe, es war okay, dass ich deinen Badezimmerschrank durchwühlt habe.“

Taylor winkte ab, denn noch peinlicher hätte es sowieso nicht kommen können. Zu ihrer Verteidigung schwor sie: „Normalerweise trinke ich nicht. Jedenfalls nicht so viel.“

„Das hast du mir bereits gesagt, als du deine Toilette umarmt hast und nicht mehr aufstehen wolltest.“

Mit zusammengekniffenen Augen und gerümpfter Nase wollte sie wissen: „Erzählst du mir auch keinen Mist?“

„Großes Pfadfinderehrenwort“, schwor er und fragte besorgt: „Wie geht es dir?“

Sie lächelte schwach und ignorierte das warme Gefühl, das in ihr aufstieg, als sie seinen nachdenklichen Blick bemerkte. „Mein Kopf tut ein wenig weh, aber das war es auch schon.“

„Gut“, erwiderte er mit belegter Stimme. „Du solltest etwas essen.“

Die Spannung zwischen ihnen war kaum auszuhalten, also senkte Taylor den Blick und lächelte zittrig. „Hast du wirklich Frühstück gemacht?“

„Wieso klingst du so erstaunt?“, fragte Ian beiläufig und war noch immer damit beschäftigt, ihren Nacken zu massieren. „Glaubst du, dass ich nicht kochen kann?“

„Die wenigsten Männer können kochen.“ Taylor warf ihm einen schelmischen Blick zu. „Und wenn sie es tun, hat man anschließend eine Lebensmittelvergiftung.“

Schnaubend runzelte er die Stirn. „Ich habe schon mit zwölf Jahren dreigängige Menüs gekocht. Also bitte! Ein Frühstück ist ein Kinderspiel für mich.“

Taylor wusste nicht, ob sie ihm dies glauben konnte, doch bevor sie in die Verlegenheit hätte kommen können zu protestieren, saß sie bereits an dem kleinen Tisch in ihrer Küche, hielt eine Gabel in der Hand und aß Eier mit Speck sowie die besten French Toasts, die sie jemals probiert hatte.

Wenn ihr jemand vor einem Monat gesagt hätte, dass sie Ian Carlisle in ihre Wohnung ließe und mit ihm im Pyjama frühstücken würde, hätte sie denjenigen für verrückt gehalten. Doch mit ihm hier zu sitzen, fühlte sich komischerweise richtig an.

Langsam kaute sie auf einem Stück des süßen Brotes herum, beobachtete den blondhaarigen Mann ihr gegenüber und dachte fasziniert darüber nach, dass Männer einfach riesige Mengen Nahrung verspeisen konnten. Was sie jedoch noch mehr erstaunte, waren die guten Tischmanieren ihres Gastes. Von ihm hatte sie eigentlich erwartet, dass er breitbeinig am Tisch säße, das Besteck für Dekoration hielte und den Kaffee mit einem lauten Gurgeln schlürfte. Stattdessen hatte er das Radio ausgeschaltet, sich ordentlich an den Tisch gesetzt und erst mit dem Essen angefangen, als auch sie nach ihrer Gabel gegriffen hatte.

Taylor schluckte das Brotstück hinunter und griff nach ihrer vollen Tasse. Selbst sein Kaffee schmeckte, wie sie mit Verwunderung feststellte. Als sie die Tasse wieder zurück auf den Tisch stellte, murmelte sie verhalten: „Es schmeckt großartig."

„Du klingst überrascht."

Angesichts der Befriedigung in seinem Blick schnitt sie eine Grimasse. „Wo hast du zu kochen gelernt? Bei deiner Mom?"

Ungezwungen schüttelte er den Kopf. „Mein Grandpa hat es mir beigebracht."

Die Erinnerung an ein früheres Gespräch formte sich in ihrem Kopf. „Stimmt. Du hast früher einmal erzählt, dass du bei ihm gewohnt hast. Auf einer Farm, richtig?"

Er lächelte schwach und nickte. „In Oklahoma, aber das ist schon ewig her. Mein Grandpa lebt mittlerweile auch nicht mehr. Ein halbes Jahr, bevor wir uns kennengelernt haben, ist er gestorben."

„Das tut mir leid", entgegnete sie sanft.

„Mir auch." Er atmete tief aus und legte sein Besteck beiseite, bevor er sie unsicher ansah und geradezu unschlüssig die Schulter in die Höhe zog. „Ich sollte dir mein Verhalten an jenem Samstag in diesem Restaurant erklären, Taylor."

Überrascht rundeten sich ihre Augen. „Wie kommst du jetzt darauf?"

Seine Mundwinkel fielen hinab. „Es tut mir entsetzlich leid, dass ich dein Vorstellungsgespräch sabotiert habe."

Nun war Taylor völlig verwirrt und starrte ihn ratlos an. „Woher weißt du das denn?“

„Von dir.“ Er nickte ihr zu. „Du hast mir gestern Abend im Auto davon erzählt.“

Mit einem Mal stieg ein Funken Panik in ihr auf, als sie darüber nachgrübelte, was sie ihm alles berichtet haben könnte. Je intensiver sie in ihrem Gedächtnis nachforschte, desto schwerer lagen ihr die French Toasts im Magen. Der Gedanke, dass sie Ian ihr Herz ausgeschüttet haben könnte und ihm dabei auch gleich davon berichtet hatte, was damals auf dem College passiert war, ließ eine mittelschwere Panikattacke in ihr hochsteigen.

„Was ... was habe ich dir erzählt?“

Er hob leichthin eine Hand. „Du warst ziemlich durcheinander ...“

„Weswegen?“

Angesichts ihrer Aufregung zuckten seine Augenbrauen nach oben. „Keine Sorge, Taylor. Ich verstehe das.“

Zittrig holte sie Luft und flüsterte: „Was verstehst du?“

„Die Geschichte mit deinem Vater. Ich kenne mich mit despotischen Vätern ein wenig aus. Mein Stiefvater gehört zu der gleichen Sorte.“

Auch wenn es nicht ihr liebstes Thema war, über ihren Dad zu sprechen, war es um einiges angenehmer, mit Ian über ihn zu reden als über das Thema, das ihr im Magen lag, wenn sie sich an ihre Verliebtheit auf dem College erinnerte.

„Was habe ich dir denn über meinen Vater erzählt?“

Ian lehnte sich auf seinem Stuhl zurück und schaute ihr nachdenklich in die Augen. „Wenn du nicht

Zahnmedizin studieren wolltest, warum hast du es dann getan?"

Einen kurzen Moment überlegte sie, ob sie wütend werden und ihn anmeckern sollte, dass er keine Ahnung habe und sich nicht einmischen solle, aber seine Frage war berechtigt.

Taylor fuhr sich über die Lippen und stieß ein Seufzen aus. „Wenn ich das nur wüsste."

„Verzeih mir, aber glücklich wirkst du mit deinem Entschluss nicht."

„Was soll ich denn tun?", stieß sie frustriert hervor. „Meine Eltern erwarten von mir, dass ich mein Studium beende. Sie haben einen Haufen Geld in meine Ausbildung investiert und wünschen sich, dass ich einen guten Beruf habe ..."

„Taylor", unterbrach er sie forsch. „Mal abgesehen davon, dass ich jetzt weiß, was sich deine Eltern wünschen, habe ich keine Ahnung, was du gerne tun würdest. Gestern hast du etwas vom Ballett gefaselt, aber ..."

„Das war doch nur ein kindischer Traum", warf sie mürrisch ein und starrte auf ihr Frühstück.

„Sagt wer?"

Harsch warf sie den Kopf zurück und ignorierte das Pochen hinter ihren Schläfen. „Viele Mädchen wollen Primaballerina oder Prinzessin werden. Aber wer von ihnen schafft das auch? Da könnte ich mir gleich wünschen, Astronautin zu werden."

Zwischen Belustigung und Ernst hin- und hergerissen zuckte Ian mit der Schulter. „Mit neun wollte ich Superman werden, mit elf Rennfahrer und mit vierzehn Footballspieler. Eines davon habe ich geschafft."

„Das ist nicht dasselbe“, wehrte sie ab. „Wer sagt mir denn, dass ich es geschafft hätte?“

„Wer sagt dir, dass du es nicht geschafft hättest?“

Dumpf fragte sie: „Du willst mich gar nicht verstehen, oder?“

Seine Stimme klang belegt. „Ich verstehe dich besser, als du denkst. Du möchtest es deinen Eltern recht machen und hoffst, dass sie stolz auf dich sind. Aber dafür musst du dich nicht verbiegen.“

Da sie nicht wusste, was sie darauf hätte antworten können, schob sie ihren Teller von sich, schwieg und starrte ihn unergründlich an.

Beruhigend warf Ian ein: „Taylor, du musst dich vor mir nicht rechtfertigen. Es ist schließlich deine Entscheidung, was du machen willst. Ich wundere mich nur, warum du darauf beharrst, Zahnärztin zu werden, wenn es dich offensichtlich nicht glücklich macht.“

Kritisch runzelte sie die Stirn und versuchte angestrengt dahinterzukommen, was er mit diesem Gespräch bezweckte. Leider fühlte sie sich ein wenig in die Ecke gedrängt und reagierte gereizt auf das ernste Thema, das er angeschnitten hatte. „Woher kommt dein plötzliches Interesse daran, ob ich glücklich bin?“

„Spricht der Kater aus dir?“

Taylor reagierte auf seinen Versuch, mit einem Feixen die Stimmung aufzulockern, indem sie das Kinn nach vorne schob. „Ich meine es ernst, Ian. Woher kommt dein Sinneswandel? Es ist ja nicht so, als würden wir eine Beziehung führen.“

Auch er schob seinen Teller von sich. „Du bist noch immer wütend auf mich und auf das, was damals auf dem College passiert ist.“

Sie biss die Zähne zusammen, ignorierte den Schmerz in ihrer Brust und machte eine gespielt lässige Handbewegung. „Geschenkt."

Stur schüttelte er den Kopf. „Nein, Taylor. Ich sehe doch, dass du noch immer wütend bist. Auch wegen deines Vorstellungsgesprächs."

„Hör zu, Ian." Taylor rutschte auf ihrem Stuhl hin und her. „Das ist kompliziert ..."

„Ich finde es überhaupt nicht kompliziert. Wenn du meine Entschuldigung annehmen würdest und auch verstündest, was an dem Samstag passiert ist, könnten wir endlich ..." Er verstummte.

„Können wir *was*?" Unbeholfen lehnte sie sich zurück. „Du und ich sind nicht zusammen. Wir hatten Sex, aber das war alles."

Er überraschte sie, indem er unter dem Tisch ihre Beine mit seinen umklammerte und geradezu schelmisch erklärte: „Du hast mir gestern Abend im Auto gesagt, dass du nicht willst, dass ich mit anderen Frauen schlafe. Außerdem warst du eifersüchtig auf deine Kollegin Annie, weil sie meine Telefonnummer hatte. Irgendwie finde ich das zusammen mit deinem Anruf bei mir sehr bezeichnend."

Feuerrot öffnete sie den Mund, schaffte es jedoch nicht, auch nur einen Ton über die Lippen zu bekommen. Gleich darauf schüttelte sie abwehrend den Kopf. „Unsinn!"

Mit einem so charmanten Lachen, wie es nur Ian Carlisle zustande bringen konnte, nickte er entschlossen. „Bei allem, was mir heilig ist, Taylor, du hast mir gesagt, dass du nicht möchtest, dass ich mit anderen Frauen schlafe."

Da sie sich nicht daran erinnern konnte, ein solches Gespräch mit ihm geführt zu haben, holte sie tief Luft und krächzte fragend: „Hast du?“

„Was?“

Sie rieb die Lippen aufeinander und hoffte, halbwegs lässig zu wirken. „Hast du mit anderen Frauen geschlafen? Nach Silvester?“

Stirnrunzelnd sah er sie an. „Ich habe dich nach Dates gefragt und habe dir deshalb sogar in deiner Tiefgarage aufgelauert. Denkst du, dass ich gleichzeitig mit anderen Frauen ausgegangen wäre?“

Nach ein paar Momenten des Schweigens ließ sie ihre Arme hängen und klagte resigniert: „Ich weiß überhaupt nicht mehr, was ich denken soll, Ian. Wir gehen miteinander ins Bett, obwohl ich mir geschworen hatte, nie wieder ein Wort mit dir zu wechseln. Dann tauchst du bei mir auf und fragst nach einem Date, obwohl ich vermutet hätte, dich nicht wiederzusehen. Beim nächsten Mal stürmst du in einem Restaurant wutentbrannt auf mich zu und versaust mir mein Vorstellungsgespräch. Und jetzt bekomme ich das beste Frühstück seit Langem von dir und erfahre, dass du dich heute Nacht um mich gekümmert hast. Irgendwie verwirrt mich das.“

„Würde es mich auch“, feixte er.

„Bitte sei ernst“, bat sie ihn. „Nach unserer Collegezeit ...“

„Glaubst du nicht, dass sich Menschen verändern, wenn sie erwachsen werden?“

Seufzend stieß sie den Atem aus. „Ich weiß es nicht.“

Auch seine Miene wurde ernster. „In diesem Restaurant ... ich war unglaublich wütend.“

„Das habe ich gesehen“, bestätigte Taylor leise. „Jeder wird es gesehen haben.“

Seine Finger spielten mit dem Rand seiner Kaffeetasse, während er die Augen senkte und leichte Röte in seine Wangen stieg. Ihm hätte ein Gespräch mit einem weiblichen Urologen nicht peinlicher sein können, schätzte Taylor.

„Wenn ich dir erzählt habe, dass ich bei meinem Grandpa gelebt habe, war das nur die halbe Wahrheit. Meine Mutter heiratete zum zweiten Mal, als ich neun war. Ihr Mann schien nicht besonders viel Interesse an einem Stiefsohn zu haben.“ Er schnaubte abfällig. „Unser Verhältnis könnte nicht schlechter sein.“

„Das tut mir leid zu hören“, gab sie ehrlich zu, auch wenn sie keinen Schimmer hatte, was Ian ihr damit sagen wollte.

„Mit zwölf Jahren gab es daheim so viel Ärger, dass es nicht mehr auszuhalten war.“ Ein unlustiges Lächeln umspielte seine Lippen, während er mit blitzenden Augen in ihre schaute. „Ich war ein Quälgeist, der ständig in Schwierigkeiten geriet. Deshalb zwang mein Stiefvater meine Mutter dazu, sich zwischen ihm und mir zu entscheiden. Eine Woche später war ich auf dem Weg nach Oklahoma und lebte bis zu meiner Collegezeit bei meinem Grandpa.“

Taylor wusste, dass er kein Mitleid haben wollte, weil er dazu viel zu stolz wäre, dennoch bildete sich ein Kloß in ihrem Hals. „Ian ...“

„Schon okay.“ Er atmete tief ein. „Das ist sechzehn Jahre her und nicht mehr der Rede wert.“

„Glaubst du?“ Sie schluckte gequält. „Auch nach Jahren können schlimme Erinnerungen wehtun.“ Sie sprach aus eigener Erfahrung.

Glücklicherweise bemerkte Ian nicht, dass sie von sich selbst sprach, und schüttelte eisern den Kopf. „Bei meinem Grandpa hatte ich eine sehr viel bessere Jugend, als ich sie im Haus meines Stiefvaters hätte verleben können. Aber darum geht es mir auch gar nicht. Ich ...“ Er setzte ab und rümpfte die Nase. „Ich war irgendwie ... verletzt, als du mir einen Korb gegeben hast.“

„Ach?“ Irritiert schaute sie ihn an. „Du warst verletzt, als ich dir einen Korb gegeben habe?“

Er nickte vehement. „Dennoch wollte ich es sportlich nehmen. Dann an jenem Samstag hatte ich ein Familienessen in diesem Restaurant. Leider uferte es aus, weil ich mich mit meinem Stiefvater anlegte. Als ich rausstürmen wollte, sah ich dich mit diesem Lackaffen. Da bin ich ein wenig durchgedreht.“

Die Schmetterlinge in ihrem Bauch kamen wieder und schafften es, dass sie Ian geradezu atemlos anstarrte und sich gleichzeitig fragte, ob sie von allen guten Geistern verlassen war. Ausgerechnet mit Ian Carlisle wieder etwas anzufangen, wäre das Dümmste gewesen, was sie hätte tun können. Allein darüber nachzudenken war absurd, dennoch konnte sie nicht anders, als zu lächeln.

„Warst du etwa eifersüchtig?“

Er wand sich in Verlegenheit, bevor er grummelte: „Mir ist aufgefallen, dass ich nicht will, dass du mit anderen Männern ausgehst. Ebenso wenig, wie du willst, dass ich mit anderen Frauen schlafe.“

Taylor schluckte angesichts dieser Erkenntnis, die so gar nicht nach Ian klang. Die Ernsthaftigkeit, mit der er dies vorgebracht hatte, machte sie nervös. „Willst du wirklich mit mir ausgehen?“

„Wovon rede ich denn die ganze Zeit?“ Er fuhr sich durch sein blondes Haar. „French Toasts mache ich schließlich nicht für alle Frauen, mit denen ich im Bett war, sondern nur für die, mit denen ich auch gerne frühstücken würde.“

„Sehr charmant.“ Taylor schnitt eine Grimasse. „Können wir wie Erwachsene darüber reden?“

„Das würde ich ja, aber du tust gerade so, als wäre ein Date die dümmste Idee der Menschheitsgeschichte.“ Seine Augenbrauen, die etwas dunkler waren als seine blonden Haare, fuhren in die Höhe. „Ich kann dir versichern, es gab schon sehr viel dümmere Ideen. Denk nur an die Mischung von Guinness und Tequila.“

Darauf ging sie gar nicht ein. „Vielleicht wäre ein Date ... unangebracht. Ich meine, du bist Spieler der Titans und ich bin dort Cheerleader.“

Noch weiter hätten seine Augenbrauen eigentlich nicht nach oben wandern können, doch sie taten es dennoch. „Wir hatten Sex, haben in einem Bett geschlafen und frühstücken gerade zusammen. Meinst du wirklich, dass ein harmloses Date jetzt noch unangebracht sei?“

„Unangebracht nicht.“

„Aber?“

„Aber es ist vielleicht eine schlechte Idee. Außerdem wird es sicherlich nicht harmlos sein, so wie ich dich kenne.“ Mit einer düsteren Miene schaute sie ihn an. „Du stehst mit den Titans kurz davor, um dcn Supcrbowl zu spielen. Ich schreibe in wenigen Tagen mein Examen.“

„Taylor“, antwortete er mit einem Hauch von Ungeduld. „Wir reden nicht darüber, zu heiraten und Kinder zu bekommen. Ich würde gerne mit dir ins Kino oder auf ein Konzert. Wenn wir anschließend fummeln, hätte ich auch nichts dagegen ..."

Bei der Erwähnung von Kindern wäre sie beinahe zusammengezuckt, verbarg ihre Reaktion jedoch hinter einem neutralen Gesichtsausdruck, während ihr Herz wie wild zu pochen begann. Ein Stromschlag hätte sich vermutlich weniger intensiv angefühlt. Heiser wollte sie wissen: „Ein Date? Nur ein Date?"

Zaghaft hob er die Schulter und spielte den Charmeur, indem er über den Tisch hinweg nach ihrer Hand griff und diese küsste. „Wir brauchen einen Deal. Du gehst mit mir aus und als Ausgleich schlafe ich mit dir. Wie klingt das?"

„Klingt nach einer Mogelpackung", wagte sie sich vor und spürte das Kribbeln, das seine Lippen auf ihrer Haut auslösten, bis in die Fußsohlen. Als er seine Lippen auf die Innenseite ihres Handgelenks presste, schien sie nur noch ihren Herzschlag zu hören und war für alles andere um sie herum blind und taub zugleich.

„Für den Anfang täte es auch ein Date", schlug er vor.

„Okay", murmelte sie.

15. Kapitel

Ian war ziemlich zufrieden mit sich selbst, er saß auf einem bequemen Stuhl in einem Theater, hatte Popcorn in seiner Hand, obwohl er nicht davon ausgegangen wäre, dass man bei einer solchen Veranstaltung Snacks kaufen konnte, und warf der Frau an seiner Seite ab und zu einen neugierigen Blick zu.

Die konzentrierte sich allem Anschein nach jedoch lediglich auf das Geschehen, das sich auf der Bühne abspielte, und schien gar nicht zu bemerken, dass sie in Begleitung gekommen war.

Vielleicht hätte Ian beleidigt sein sollen, dass sich Taylor überhaupt nicht auf ihn konzentrierte, sondern lediglich auf den wilden Tanz auf der Bühne, aber ihr geradezu strahlendes Gesicht entschädigte ihn dafür, dass sie im Dunkeln des Theaters nicht mit ihm knutschte oder ihm wenigstens ab und zu ein Lächeln schenkte.

Es war schon schwer genug gewesen, Taylor zu diesem Date zu überreden, da sie von nichts anderem als von ihrem Examen sprach, das in wenigen Tagen bevorstand. Ian ging davon aus, dass sie extrem gut vorbereitet war und nicht eine weitere Stunde mit Büffeln verbringen musste, aber sie war geradezu wahnhaft und tat so, als würde die Welt untergehen, wenn sie nicht mit der vollen Punktzahl bestand. Ehrgeiz in allen Ehren, aber dafür, dass sie überhaupt nicht versessen darauf war, als Zahnärztin zu praktizieren, sondern das Studium nur begonnen hatte, um ihre Eltern zufriedenzustellen, machte sie seiner Meinung nach ein viel zu großes Fass auf.

Außerdem machte sie einen Fehler. Dessen war sich Ian zu einhundert Prozent sicher.

Wenn sie mit ihrer Berufswahl nicht glücklich war, sollte sie etwas daran ändern und sich nicht auch noch wegen ihrer Prüfung verrückt machen. Es war möglich, dass er in dieser Sache nicht vorurteilsfrei war, weil sein Stiefvater ein blödes, despotisches Arschloch war, das allen Menschen in seiner direkten Nähe vorschreiben wollte, was sie wie und wann zu tun hatten. Daher stellten sich ihm sofort die Nackenhaare auf, wenn er hörte, dass andere Männer ihren Frauen oder Kindern ebenfalls Vorschriften machten. Rayne spielte daheim gerne den Diktator und ließ die Familie nach seinen Wünschen springen. Wie sehr hatte er es als Kind gehasst, wenn seine Mom immer nur darauf bedacht gewesen war, ihrem Mann zu gefallen. Alles, was Rayne gesagt hatte, war richtig gewesen. Alles, was er entschieden hatte, war großartig gewesen. Und alles, was er verlangt hatte, war sofort gemacht worden. Dass sich seine Mom in ein dressiertes Hündchen verwandelt hatte, das sich auf die Hinterpfoten stellte und Männchen machte, sobald es ihr Mann verlangte, stieß bei Ian noch immer sauer auf.

Außerdem hatte er die Reaktion seiner kleinen Schwester gesehen, als Rayne ihr verboten hatte, ihn alleine in New York zu besuchen. Obwohl Casey im ersten Moment halbherzig protestiert hatte, war sie anschließend verstummt und damit dem Beispiel ihrer Mutter gefolgt. Noch immer schien Ians Vater daheim in Colorado die Alleinherrschaft auszuüben.

Ian konnte solche Typen nicht ausstehen. Nach allem, was er von Taylors Dad wusste, ging er stark davon aus, dass der Mann ähnlich gestrickt war.

Eigentlich sollte es ihm egal sein, wie Taylors Dad drauf war, aber angesichts ihrer deutlich verzweifelten Situation konnte er nicht anders, als ständig darüber nachzudenken. Er wollte einfach nicht, dass sie unglücklich oder verzweifelt war. Es passte auch nicht zu der Taylor, die er kannte.

Die introvertierte junge Frau, die dermaßen darauf bedacht war, es ihren Eltern recht zu machen und sich darüber selbst zu vergessen, ähnelte dem lebenslustigen Mädchen vom College, das sich ständig in seiner Nähe aufgehalten und ihn geküsst hatte, wann immer sie die Gelegenheit dazu bekommen hatte, überhaupt nicht mehr. Ab und zu blitzte diese Lebensfreude wieder auf und verursachte bei ihm massives Herzrasen.

Auch jetzt konnte er beobachten, wie sie mit entzückter Miene, glasigen Augen und einem glücklichen Lächeln auf den Lippen das moderne Tanzstück auf der Bühne verfolgte, für das er von seinem Sponsor vor Ewigkeiten Karten geschenkt bekommen hatte. Beinahe hätte er vergessen, dass er Tickets für die exklusive Vorpremiere des neuen Stücks am Broadway hatte. Jetzt taten sie ihm gute Dienste, da er ein besseres Date für Taylor sicherlich nicht hätte finden können.

Obwohl er selbst fürs Tanzen nicht viel übrighatte und noch nie in seinem Leben in einem Ballett gewesen war, gefiel ihm das moderne Stück ganz gut. Die Show war mitreißend, lebendig und mit guter Musik untermalt. Als der Vorhang ficl, brach cr zwar nicht in den gleichen ekstatischen Jubel aus wie Taylor, aber auch er hatte schon langweiligere Abende verbracht.

Völlig aufgekratzt verließ Taylor an seinem Arm das Theater und schien sich kaum einzukriegen, da sie in einer Tour über die Show sprach und wie eine Quasselstrippe auf ihn einredete.

„Fandst du das Ende nicht auch so herzzerreißend wie ich? Oh mein Gott! Und dann erst diese Pirouette. Ich dachte, dass mein Herz stehen bliebe.“

Amüsiert lachte er und legte ihr einen Arm um den Rücken. „Vermutlich muss ich nicht nachfragen, wie es dir gefallen hat, oder?“

„Machst du Scherze?“ Träumerisch seufzte sie auf und schmiegte sich an ihn – ob bewusst oder unbewusst, war Ian egal. Er genoss es, Taylor direkt neben sich zu spüren.

„Ich dachte mir doch, dass dieser Tanzkram dir gefallen würde.“

„Dieser *Tanzkram* war mit Abstand die beste Inszenierung, die ich seit Langem gesehen habe.“

Ian wich einem Hydranten aus und zog sie mit sich, als er die Straße überqueren wollte. „Eigentlich wäre ich davon ausgegangen, dass du dir ziemlich viel von diesem Tanzkram reinziehst. Immerhin musste ich mir mit dir einen Tanzfilm ansehen, als du halb ohnmächtig auf deiner Couch lagst.“

„Haha“, ächzte sie verlegen. „Natürlich schaue ich mir viele Aufführungen an. Das ist schließlich ein Vorteil von New York. Außerdem begleite ich meine Großmutter beinahe wöchentlich ins Ballett oder in die Oper.“

„Wöchentlich?“ Er gab ein Geräusch von sich, das frappierende Ähnlichkeit mit einem sich übergebenden Gorilla hatte.

„Hey“, beschwerte sie sich empört und stieß ihn in die Seite. „Andere Leute schauen sich mehrmals wöchentlich Football an!“

„Zum Glück, sonst wäre ich arbeitslos“, erwiderte er pragmatisch und fröhlich zugleich, bevor er sich schüttelte. „Aber wöchentlich ins Theater? Nein, danke!“

„Es ist ja nicht nur trockenes Theater, obwohl ich zugeben muss, dass der Geschmack meiner Großmutter etwas altmodisch ist.“

Ian schaute auf sie hinab, während sie die Straße hinunterliefen, und betrachtete eingehend ihren blonden Scheitel. „Wieso gehst du mit deiner Großmutter einmal in der Woche ins Theater? Hängst du sehr an ihr?“

„Natürlich hänge ich an ihr“, bestätigte sie sofort, um dann zuzugeben: „Abgesehen davon würden die wenigsten Familienmitglieder mit ihr etwas unternehmen wollen. Sie ist nämlich eine Mischung aus dem Terminator, Barbara Bush und Hannibal Lecter.“

Beinahe wäre er gestolpert und hätte sie mitgerissen. Gerade noch konnte er sich fangen und fragte irritiert: „Was? *Wie* beschreibst du deine Großmutter?“

„Du hast mich schon verstanden.“ Taylor kicherte fröhlich auf. „Meine Grandma ist neunzig Jahre alt, wiegt höchstens fünfzig Kilo, ist winzig und jagt allen Kellnern in ganz New York eine Heidenangst ein, sobald sie nur ihren Namen hören. Außerdem ist sie fanatische Republikanerin und schläft vermutlich mit einem Revolver unter ihrem Kissen.“

Unsicher erwiderte er: „Aha.“

Ausgesprochen ausgelassen erklärte sie ihm: „Du kannst Blake fragen, wenn du mir nicht glaubst. Wenn man Madison glauben darf, macht er sich vor lauter Angst fast in die Hosen, wenn er sie treffen soll.“

„Deine Grandma?“

Sie nickte übertrieben fröhlich. „Meine Grandma wirkt auf den ersten Blick wie eine süße kleine Großmutter, doch sie hat es faustdick hinter den Ohren.“

„Armer Blake“, schnaubte er und war noch nicht restlos überzeugt, blieb jedoch stehen, um den Reißverschluss seiner Jacke ganz nach oben zu ziehen und sich so vor dem eiskalten Wind zu schützen. Ein Blick auf Taylor sagte ihm, dass ihr Hals frei lag. Also wandte er sich ihr zu und begann damit, die obersten Knöpfe ihres Mantels zu schließen.

„Was wird das, wenn es fertig ist?“, wollte sie belustigt wissen und blieb stoisch stehen, während er am Kragen ihres schwarzen Mantels herumfummelte.

Er schenkte ihr ein wölfisches Lächeln. „Ich will dich nur warm genug einpacken.“

„Vielen Dank“, erwiderte sie ironisch. „Du kannst ja ein wahrer Gentleman sein.“

„Warte ab.“ Er legte seinen Arm um ihre Schulter und zog sie an sich. „Ich wohne nur ein paar Blocks von hier entfernt. Kommst du noch zu mir?“

Augenblicklich richteten sich ihre Augen auf sein Gesicht, um ihn misstrauisch zu mustern. „In deine Wohnung? Am Abend? Sehe ich so dumm aus?“

Ian verdrehte die Augen. „Warum bist du so misstrauisch?“

„Vielleicht weil ich dich kenne“, kam darauf sehr schlicht ihre Antwort. Gleichzeitig machte sie jedoch keine Anstalten, seinen Arm von ihrer Schulter zu schubsen, was Ian als gutes Zeichen wertete.

„Was würdest du sagen, wenn ich dir sage, dass ich dir einen Kaffee anbieten und höchstens mit dir fummeln werde?“

„Ich würde dir kein Wort glauben und dich gleichzeitig fragen, weshalb du so sicher bist, dass ich dir das Fummeln mit mir erlauben werde?“

„Vielleicht weil ich dich kenne“, wiederholte er ihren Satz und wich gleich darauf ihrer Hand aus, mit der sie ihm einen Schlag gegen den Oberarm verpassen wollte.

Trotz ihrer Proteste, dass sie nach Hause musste und nicht mit ihm fummeln würde, schaffte Ian es, sie in seine Wohnung zu locken, und kam sich dabei ein wenig wie die böse Hexe vor, die Hänsel und Gretel mit Versprechen auf Süßigkeiten in ihr Haus geholt hatte. Bei Taylor war es vermutlich die Aussicht auf einen warmen Ort sowie eine Tasse Kaffee, die sie dazu brachte, ihn in seine Wohnung zu begleiten. Ihm war es einerlei.

Erst einmal dort angekommen nahm er ihr den Mantel ab, setzte Kaffee auf und konnte aus den Augenwinkeln sehen, wie sich Taylor interessiert in seiner Wohnung umsah. Die reizende Blondine in seiner Wohnung zu haben, machte ihn nun doch ein wenig nervös – nicht, weil er unordentlich wäre und nicht aufgeräumt hätte, sondern weil er sich fragte, was Taylor von ihm und auch davon hielt, wie er lebte. Ihre eigene Wohnung war ein Spiegelbild ihrer selbst – mädchenhaft, mit hübschen Möbeln, vielen Bildern an den Wänden und geradezu akribisch aufgeräumt. Bei ihm lag zwar keine schmutzige Wäsche herum und sauber war es auch immer, aber seine Einrichtung war eher schnörkellos. Ein paar Fotos von ihm mit ehemaligen Teamkollegen standen herum, aber ansonsten verzichtete er auf das ganze Tamtam.

Obwohl er einen Haufen Geld verdiente, wusste er nicht, warum er für eine Designercouch Tausende von Dollar ausgeben sollte, wenn es auch ein normales

Modell machte. Während sein Kumpel Blake eines dieser ultramodernen Lofts bewohnte, hatte er eine unspektakuläre Wohnung im West Village bezogen, weil ihm das alte Nussbaumparkett so gut gefallen hatte. Da er als Kind und Jugendlicher immer nur in winzigen Mietwohnungen oder auf einer alten Farm gelebt hatte, fühlte er sich in einer bodenständigen Umgebung viel wohler als im Luxus.

Seiner Wohnung sah man das an.

„Ist das die Farm deines Grandpas?"

Als er sich umdrehte, sah er, dass Taylor das gerahmte Foto entdeckt hatte, das er an die gegenüberliegende Wand gehängt hatte. Er nickte, schaltete die Kaffeemaschine ein und trat zu ihr.

„Ja, das ist die Farm."

„Wer lebt jetzt dort?"

Ian zuckte mit der Schulter und schaute in ihr fragendes Gesicht. „Keine Ahnung. Mein Stiefvater und meine Mom haben die Farm nach dem Tod meines Grandpas verkauft. Das letzte Mal war ich dort, als er beerdigt wurde."

Mit einem sanften Lächeln legte sie den Kopf schief und forschte in seinen Augen. „Du klingst, als würdest du die Farm vermissen."

Er schüttelte den Kopf und erklärte ehrlich: „Ich vermisse weniger die Farm als meinen Grandpa. Wenn er irgendwo in der Stadt gewohnt hätte, hätte ich mich auch da wohlfühlen können. Zwar hat er nicht pausenlos geredet, sondern meistens geschwiegen, aber er hatte etwas an sich, das einem das Gefühl gab, verstanden zu werden."

„Anders als bei deinem Stiefvater?"

Mühsam unterdrückte er seinen Groll, sobald er an Rayne dachte, und nickte knapp. „Mein Stiefvater hatte kein Interesse am Sohn seiner Frau. Ich glaube, dass er mich gar nicht verstehen wollte."

Tröstend legte sie eine Hand auf seinen Arm. „Das tut mir leid."

„Mir auch." Er holte tief Luft und verspürte plötzlich das Bedürfnis, sich den ganzen Frust von der Seele zu reden, der sich in ihm aufgestaut hatte, seit Rayne Ians Klassenlehrer im dritten Schuljahr gesagt hatte, dass er lediglich der Stiefvater sei und sich daher für seine Hausaufgaben nicht zuständig fühle. Bisher hatte er mit niemandem darüber geredet, nicht einmal mit seinem Grandpa. Doch Taylors ruhiges Verständnis und der offene Blick, mit dem sie ihn musterte, löste in ihm den Wunsch aus, ihr davon zu erzählen.

Daher wandte er sich ihr zu und erklärte leise: „Meine Mom und mein Stiefvater haben zwei Töchter: Georgia und Casey. Sie sind meine Schwestern, aber ich kenne sie kaum, weil ich zu meinem Großvater geschickt wurde, als die beiden noch Babys waren. Die vier sind eine Familie, aber ich gehöre irgendwie nicht dazu. Einmal im Jahr fliege ich für zwei Tage nach Colorado, aber das war es dann auch schon."

„Das ist nicht schön", flüsterte sie mit traurig verzogenen Mundwinkeln. „Was ist mit deinem Vater?"

Lässig verdrehte er die Augen. „Er lebt seit zwanzig Jahren wieder in Schottland und hat dort seine eigene Familie."

„Zu der du auch gehören solltest", stellte sie leise fest und griff nach seiner Hand. „Du kannst schließlich nichts dafür, dass sich deine Eltern haben scheiden lassen."

Um nicht allzu rührselig zu werden, setzte er ein knappes Lächeln auf. „Schon okay ..."

„Es ist nicht okay", widersprach sie ihm fest. „Hast du mit deiner Mom nach dem Streit mit deinem Stiefvater geredet?"

Er wusste nicht, was er davon halten sollte, dass Taylor sich so gut an seine Aussage erinnern konnte, dass er sich am besagten Abend im Restaurant mit seinem Stiefvater gestritten hatte. „Sie hat mich am nächsten Tag angerufen."

„Und?"

Abfällig rümpfte er die Nase. „Sie flüsterte in den Hörer und klang ganz aufgeregt, also gehe ich davon aus, dass sie mich ohne die Erlaubnis ihres Mannes anrief. Erst beteuerte sie, wie leid es ihr tat, aber dann machte sie mir Vorwürfe, dass ich mich meinem Stiefvater gegenüber so aufbrausend benommen hätte. Wie immer war ich schuld an unserem Streit."

„Worum ging es denn, wenn ich fragen darf?"

Ian fuhr sich über die Lippe und wich ihrem fragenden Blick aus, bevor er murmelte: „Ich hatte Casey angeboten, mich in New York zu besuchen und sich hier ein Spiel der Titans anzusehen, weil sie mir sagte, was für ein großer Football-Fan sie sei. Eigentlich ..." Verlegen zuckte er mit der Schulter und wurde durch das warme Kribbeln abgelenkt, das ihre Hand verursachte, indem sie seine hielt.

„Eigentlich?"

Räuspernd schaute er sie an. „Nun ja. Ich hielt es für eine gute Idee, meine Schwester zu mir einzuladen und mit ihr ein paar Tage zu verbringen. Wir beide hätten uns besser kennenlernen können."

„Das klingt wirklich nach einer schönen Idee“, bestätigte sie verständnisvoll.

„Rayne sah das anders.“ Ohne dass er es bemerkte, schob Ian angriffslustig das Kinn nach vorne. „Er verbot es und begründete dies, indem er über mich herzog. Ich sei kein Umgang für seine Tochter, weil ich mich ständig prügeln, Alkohol trinken und ... und ...“ Zögerlich schaute er ihr in die Augen.

„Und?“

Er grinste kläglich. „Und weil ich Sex mit fremden Frauen habe.“

Nun verdrehte Taylor die Augen. „Keine Sorge, Ian. Du verrätst mir nichts Neues.“

„Puh.“ Gespielt erleichtert wischte er sich mit seiner freien Hand imaginären Schweiß von der Stirn.

„Du Quatschkopf“, warf sie ihm gutmütig vor, um gleich darauf ernster nachzufragen: „Also hat dein Stiefvater verboten, dass du Besuch von deiner Schwester bekommst?“

„Ganz genau.“

Spöttisch warf sie ihr Haar zurück und funkelte ihn so wütend an, als sei er sein Stiefvater und nicht der Mann, der ihr gerade sein Herz ausschüttete. „Vielleicht sollte ich deinem Stiefvater mal erzählen, dass er froh sein könnte, wenn du dich um deine Schwester kümmern würdest, und dass er sie unbesorgt nach New York zu ihrem Bruder schicken kann. Ohne Hintergedanken bist du bei mir geblieben, als ich im Alkoholrausch war und nicht klar denken konnte. Sogar aus einer Bar hast du mich abgeholt und mir die Haare gehalten, als ich mich übergeben musste. Wir haben in einem Bett geschlafen, aber du hast keine Anstalten gemacht, über mich herzufallen!“

Ihre Empörung war geradezu zauberhaft. Und dass sie tröstend seine Hand drückte, war ebenso zauberhaft. Während er in ihr glühendes Gesicht sah und bemerkte, dass sie seinetwegen so empört war und sich seinetwegen aufregte, wurde ihm klar, dass ihr etwas an ihm liegen musste. Weshalb sonst hätte sie sich über das Verhalten seines Stiefvaters aufregen sollen?

Zum ersten Mal seit langer Zeit stand er jemandem gegenüber, der sich für seine Gefühle interessierte und dafür, wie es ihm ging. Ihre Sorge rührte ihn und schaffte es, dass ihm ganz warm ums Herz wurde.

Noch während Taylor mit blitzenden Augen vor ihm stand und darüber lamentierte, dass sein Stiefvater ein Idiot war, ließ Ian ihre Hand los und umfasste stattdessen mit beiden Händen ihr Gesicht, um sie auf den Mund zu küssen.

Nach einem Moment der Überraschung gab sie ihre angespannte Haltung auf und lehnte sich an ihn. Auch ihr Mund wurde weicher, als er diesen mit seinen Lippen für einen fast schon keuschen Kuss bedeckte. Ian glaubte, dass sein Herz jeden Moment zerspringen musste, da sie sich vertrauensvoll an ihn lehnte, seinen zärtlichen Kuss erwiderte, leise seinen Namen flüsterte und dabei so süß schmeckte, dass er einen Zuckerschock befürchtete.

Während er über die samtweiche Haut ihrer Wangen streichelte, presste er seine Lippen gegen ihre, stöhnte auf, weil diese so köstlich schmeckten, und konnte sein Glück gar nicht fassen, als Taylor die Arme um ihn schlang und ihre Zunge über seine Lippen gleiten ließ. Beinahe hätte er die Beherrschung verloren, sobald ihr Kuss leidenschaftlicher wurde und ihre Münder einander zu verschlingen versuchten.

Schwer atmend ließ er ihr Gesicht los, fuhr mit seinen Händen über ihre Arme und umfasste mit diesen anschließend ihren Brustkorb. Sie war so zierlich, dass er sich wie Tarzan vorkam, der mit seinen Pranken Jane umklammerte. Geradezu verzweifelt küsste er sie, saugte an ihrer Zunge und kämpfte gegen das Bedürfnis an, sie über seine Schulter zu werfen und in seine Höhle zu tragen. Irgendetwas hatte diese Frau an sich, dass er den Kopf verlor.

Um sich nicht in diverse Peinlichkeiten zu stürzen, hielt er sich zurück, küsste sie ein weiteres Mal und genoss das Gefühl, sie an seinen Körper zu drücken. Federleicht streichelten seine Daumen über die Unterseite ihrer Brüste und entlockten ihr ein heiseres Stöhnen, das in ihm eine Gänsehaut auslöste. Langsam glitten seine Hände höher, bis seine Daumen unter dem Pullover, den sie trug, ihre harten Brustwarzen spürten. Träge rieb er über sie und konnte an Taylors stockendem Atem erkennen, dass sie ebenso erregt war wie er. Mal kräftig, mal zart ließ er seine Daumen über ihre Brustwarzen kreisen und lachte heiser auf, als sie ihn leidenschaftlich in die Unterlippe biss.

Er brauchte nur Sekunden, um ihr den Pullover über den Kopf zu ziehen und den BH auszuziehen.

Augenblicklich lehnte sie sich zurück und erklärte mit rasselnder Stimme und einem heftigen Keuchen: „Ich habe nicht gesagt, dass wir Sex haben werden."

„Das ist nur ein bisschen Fummeln", versprach er nicht weniger heiser und bedeckte ihre Brüste mit beiden Händen, während er seinen Mund auf die empfindliche Stelle unter ihr Ohr drückte.

Sofort stöhnte sie auf und lehnte sich mit wackeligen Knien gegen ihn. „Ich meine es ernst, Ian", wisperte sie und schob paradoxerweise ihre Hände unter seinen Pullover, um zitternd seine Bauchmuskeln zu berühren.

„Ich auch“, beteuerte er und schuf eine Spur von Küssen über ihren Hals, von dem er wusste, dass sie dort extrem empfindlich war.

„Das fühlt sich aber nicht wie Fummeln an“, warf sie ihm vor, lachte heiser und kam seinen Händen entgegen, die sich eingehend mit ihren Brüsten beschäftigten.

„Dann sollten wir es einfach weiter versuchen“, schlug er vor und stieß gleich darauf selbst ein gequältes Stöhnen aus, weil ihre Hand den Weg in seine Hose gefunden hatte. „Also *das* fühlt sich auch nicht nach Fummeln an, Taylor.“

„Ich weiß“, erwiderte sie geradezu listig und schlängelte sich durch seine Boxershorts, bevor sie ohne zu zögern seine Erektion umfasste.

Beinahe wäre Ian der Länge nach auf den Boden gefallen und hielt nur mühsam die Balance, indem er sich breitbeinig hinstellte. „Taylor ...“

Sie beantwortete seine wortlose Frage, indem sie sich aufrichtete, ihm einen tiefen Blick schenkte und ihm gleich darauf den leidenschaftlichsten Kuss seines Lebens gab, während ihre Hand in der Enge seiner Jeans über seinen Penis fuhr und ihn umklammerte, als wolle sie ihn nie wieder loslassen.

Nur wenige Sekunden ließ Ian sie gewähren, bevor er seinen angehaltenen Atem ausstieß, sich aus ihrem Griff befreite und den Urzeitmenschen herauskehrte, indem er sie über seine Schulter warf.

„Was ist mit dem Kaffee?“

Er versetzte ihr einen gutmütigen Klaps auf den Hintern und trug sie in sein Schlafzimmer. „Ich will keinen Kaffee, sondern dich.“

Obwohl er jetzt gerne geschlafen hätte und furchtbar müde war, konnte Ian nicht anders, als mit seinen Fingern über Taylors Oberarm zu streicheln und mit Verwunderung festzustellen, wie samtweich ihre Haut war.

Eigentlich war alles an ihr weich. Von ihren Augen angefangen, die mit diesem sehnsüchtigen Blick zu ihm aufgeschaut hatten, als er atemlos in sie eingedrungen war und gedacht hatte, dass er sterben müsste, wenn sie ihn nicht augenblicklich küssen würde. Über ihren Mund, dessen zärtliches Saugen an den härtesten Stellen seines Körpers ihn beinahe um den Verstand gebracht hätte. Bis zu ihrer Stimme, mit der sie seinen Namen geflüstert hatte, als sie fast zeitgleich mit ihm zum Höhepunkt gekommen war.

Genau diese Stimme war es, die schläfrig an seine Kehle murmelte: „Wenn das nur Fummeln war, dann ...“

Er grinste von einem Ohr zum anderen, drückte einen Kuss auf ihre Schläfe und schlang unter der Decke einen Arm um sie. „Dann was?“

„Dann halte ich Blake für einen wohlerzogenen Tennisspieler.“

Diese Vorstellung war so absurd, dass er beinahe in prustendes Gelächter ausgebrochen wäre. Stattdessen fragte er mit milder Neugierde: „Wir liegen nach mehreren phänomenalen Orgasmen nackt im Bett und du kommst auf meinen Teamkollegen zu sprechen? Muss ich mir Gedanken machen?“

„Unsinn“, erwiderte sie gähnend. „Erstens ist er nicht mein Typ und zweitens – und das ist noch viel entscheidender – ist Madison bis über beide Ohren in ihn verliebt.“

„Blake ist ein Guter. Ein richtig Guter.“

Nach einem kurzen Moment gab sie einen zustimmenden Laut von sich. „Das glaube ich mittlerweile auch. Vielleicht etwas großspurig und rüpelhaft, aber wenn meine Cousine so verliebt in jemanden ist, dann kann er kein Arsch sein.“

Dass ausgerechnet Taylor das Wort *Arsch* in den Mund nahm, ließ ihn fast vom Glauben abfallen. Da er sie damit nicht aufziehen und die schöne postkoitale Harmonie zerstören wollte, fragte er neugierig: „Was ist denn dein Typ?“

„Da ich mit dir in einem Bett liege, erübrigt sich diese Frage doch, oder?“ Sie schmiegte ihre Nase an seine Kehle und murmelte: „Schon auf dem College musste ich dich immer ansehen. Ich war so verliebt.“

Erstaunt hob er seine Augenbrauen an und lehnte den Kopf ein Stück zurück, um ihr ins Gesicht sehen zu können. Mit geschlossenen Augen und schläfriger Miene lag sie neben ihm und schien jeden Moment wegnicken zu können. Anscheinend wusste sie gar nicht mehr, was sie sagte, denn Taylor käme vermutlich im wachen Zustand niemals auf die Idee, ihm so etwas zu verraten. Dummerweise freute er sich tierisch über das, was sie ihm soeben offenbart hatte.

Seine Kehle wurde eng, als er sich an jene Nacht erinnerte, in der sie zum ersten Mal miteinander geschlafen hatten. Gott, er war wahrscheinlich aufgeregter gewesen als Taylor, obwohl es nicht sein erstes Mal gewesen war – aber ihres. Damals hatte sie leise geweint, was ihn vor Sorge halb verrückt gemacht hatte. Anschließend hatten sie ähnlich wie jetzt zusammen im Bett gelegen und waren nebeneinander eingeschlafen. Beziehungsweise war Taylor neben ihm eingeschlafen, während Ian sie erleichtert im Arm gehalten hatte, nachdem sie ihm versichert hatte, dass es ihr gut ging.

„Ian?“

„Hm?“ Er schenkte ihr seine volle Aufmerksamkeit und schaute in ihre halb geschlossenen Augen.

„Wollte dein Grandpa nicht, dass du seine Farm übernehmen solltest?“

Wie sie ausgerechnet jetzt auf dieses Thema kam, wusste er nicht, aber er konnte sich denken, was sie beschäftigte. Beruhigend fuhr seine Hand über ihren nackten Rücken, als er erklärte: „Mein Grandpa wusste wohl, dass es nicht mein Traum war, Rinderbauer zu werden. Für ihn war das okay.“

„Bist du sicher?“

„So ziemlich.“ Ian schmiegte sein Kinn auf ihren Kopf und fuhr sich über die Lippen. „Da er niemals darüber gesprochen hat, gehe ich davon aus, dass es nicht sein dringendster Wunsch war, mich auf seiner Farm zu behalten. Er fand es wichtiger, dass ich aufs College ging.“

„Mhm.“

Er wartete einen kurzen Moment ab, bevor er seufzte. „Taylor?“

„Ja?“

„Wenn du nicht Zahnärztin werden willst, dann tue es auch nicht“, riet er ihr leise. „Niemand zwingt dich dazu.“

Auch ihre Stimme war so leise, dass er sie kaum verstanden hätte. „Es ist ja nicht so, als wäre es ein schlechter Beruf.“

„Das hat auch niemand gesagt“, bestätigte er verständnisvoll. „Die Frage ist nur, ob es der Beruf ist, den du haben möchtest.“

Eigentlich hätte Ian mit Ausreden gerechnet, doch Taylor erklärte mit einem Mal äußerst ehrlich und äußerst verzweifelt: „Nein, das ist er nicht.“

„Dann lass es sein.“

„Und was soll ich dann tun?“

„Tu das, was dich glücklich macht.“

„Ian ...“

Scherzhaft fügte er hinzu: „Das stand jedenfalls erst letztens auf meinem chinesischen Glückskeks.“

Taylor verdrehte die Augen und erwiderte trocken: „Auf meinem stand: Halt dich von Footballspielern fern.“

„Ha!“ Er lachte.

Ohne auf sein Lachen einzugehen, zog sie sich auf einen Ellenbogen und schaute ihm unergründlich in die Augen. Sie war zerzaust, bildhübsch und anscheinend tiefunglücklich – eine Kombination, die ihm Magenschmerzen bereitete.

„Was soll ich tun, wenn ich nicht weiß, was mich glücklich macht?“

Ian lächelte weich und strich ihr eine zerzauste Haarsträhne aus dem Gesicht. „Finde es heraus.“

16. Kapitel

Taylor saß in einem Raum mit ungefähr vierzig anderen Studentinnen und Studenten, die die Köpfe gesenkt hatten und eifrig die Blätter vor ihnen beschrieben. Vereinzeltes Husten, das Kratzen von Füllfederhaltern auf Papier sowie das Geraschel von Blättern waren die einzigen Geräusche, die im Examensraum zu hören waren.

Nach vier Jahren College und vier Jahren Zahnmedizinstudium war heute der Tag, an dem die zukünftigen Ärztinnen und Ärzte ihr geballtes Wissen ablieferten, um in nicht allzu weiter Ferne als zugelassene Mediziner praktizieren zu dürfen. Auf diesen Tag hatten sie alle hingearbeitet, Freizeit für obsessive Lerneinheiten geopfert, mehrere hunderttausend Dollar in ein exklusives Studium investiert und so viel Wissen angehäuft, dass manche kurz vor einem Burn-out gestanden hatten. In den wenigen Stunden, die sie für ihr Examen hatten, mussten sie alles geben, hoch konzentriert bleiben und die Fragen so präzise wie möglich beantworten. Durchzufallen war keine Option, denn es hätte bedeutet, wiederholen zu müssen.

Niemand wollte das.

Auch Taylor wollte nicht durchfallen.

Doch noch viel weniger wollte sie diese Klausur schreiben.

Wie betäubt saß sie nun schon seit Minuten an ihrem Tisch, starrte auf das leere Blatt vor sich und brachte es nicht über sich, auch nur ihren Namen niederzuschreiben. Irgendetwas hielt sie davon ab, den Stift in die Hand zu nehmen. Rein logisch betrachtet sagte sie sich seit Minuten, dass sie endlich den Kugelschreiber aufheben und anfangen musste, sich die Fragen durchzulesen. Doch ihre Hand gehorchte ihr einfach nicht.

Taylor zitterte, schwitzte und atmete schwer, während sie ihre Augen über die erste Frage gleiten ließ. Sobald sie beim dritten Wort angekommen war, ergaben die Buchstaben einfach keinen Sinn mehr. Von jetzt auf gleich schien sie nicht mehr in der Lage zu sein, ihren eigenen Namen zu entziffern.

Sie wusste, dass ihr die Zeit davonrannte, dass sie endlich beginnen musste und dass sie kurz davor stand, durch ihr Examen zu fallen. Gleichzeitig spürte sie eine enorme Ruhe und fühlte sich, als wäre sie in Watte gepackt und hätte nichts mit alledem zu tun. Tatsächlich konnte sie sich selbst beobachten, wie sie planlos an ihrem Tisch saß, den Stift neben ihrem jungfräulichen Blatt Papier, und geradezu teilnahmslos vor sich hinstarrte.

Alle Welt erwartete von ihr, dass sie heute diesen Raum verlassen und in wenigen Monaten Zahnärztin sein würde. Wenn das erst einmal geschafft wäre, sollte Taylor höchstwahrscheinlich einen erfolgreichen Mann aus guter Familie heiraten, Kinder in die Welt setzen und sich wie ihre Mutter in diversen Wohltätigkeitsvereinen engagieren. Wären ihre Kinder erst einmal aus dem Haus, könnte sie sich um die Renovierung ihres Wohnzimmers und um die Abendveranstaltungen ihres Mannes kümmern, indem sie die Tischdekorationen aussuchte.

Diese Gedanken ließen sie beinahe schreien.

Sie liebte ihre Mutter, aber sie wollte nicht werden wie sie. Sie wollte einen eigenen Willen haben, eine eigene Meinung und einen eigenen Job – einen Job, den sie sich ausgesucht hatte, und nicht einen, den ihr Vater für sie gewählt hatte.

Wenn sie dieses Examen nun schrieb, bedeutete es, dass ihr Dad seinen Willen durchgesetzt hatte. Wenn sie dieses Examen nun schrieb, hieß es, dass sie sich niemals gegen ihren Vater auflehnen würde. Dann könnte er auch gleich bestimmen, wo sie von nun an arbeiten sollte und welchen Mann sie heiraten würde. Mit fünfundzwanzig Jahren hatten die meisten Menschen das Gefühl, dass ihnen die Welt offen stand. Doch Taylor konnte sich nicht gegen den Eindruck wehren, dass ab jetzt nichts mehr kommen würde. Nach ihrem Examen bekäme sie einen Job und würde ihr Leben lang nichts anderes tun.

Nach ihrer Ausbildung käme nichts Neues, nichts Aufregendes, überlegte sie deprimiert.

Sie dachte an Ian und bekam einen Kloß im Hals.

Erst vor ein paar Tagen hatte er ihr gesagt, dass sie herausfinden müsse, was sie glücklich machte. Bei ihm hatte es alles so einfach geklungen. Vielleicht wäre sie tatsächlich glücklicher, wenn sie ihr Studium hinwarf, ihrem Vater sagte, was sie von seinen ständigen Vorschriften hielt, und wenn sie einfach das tat, was ihr Spaß machte. Und wenn sie nicht glücklicher dadurch wurde, dann wenigstens befreiter.

Glücklich war sie momentan nur dann, wenn sie bei Ian war, was sich schrecklich paradox anhörte. Er hatte ihr einmal das Herz gebrochen und vermutlich hatte sie sich niemals ganz davon erholt. Trotzdem entspannte sie sich, wenn er bei ihr war, und spürte, dass sie sich geborgen fühlte. Eigentlich hätte sie Gift und Galle spucken müssen, aber das Gegenteil war der Fall. Sie wollte bei ihm sein und sich an seiner Seite geborgen fühlen. Taylor befürchtete, dass sie auf dem besten Weg war, sich wieder in ihn zu verlieben, obwohl sie sich bereits einmal an ihm die Finger verbrannt hatte. Leider konnte sie nichts gegen ihre Gefühle tun und spürte ständig diese Sehnsucht nach ihm. Dabei waren sie nicht einmal ein Paar.

Was sie beide waren, konnte Taylor nicht sagen. Dafür hatten sie zu wenig Zeit miteinander verbracht. Ein paar Tage in romantischer Stimmung reichten nicht aus, um sie beide eine ernsthafte Beziehung führen zu lassen. Und wer sagte ihr, dass Ian dies überhaupt wollte? Zu seinem Leben passte es viel eher, dass er etwas Spaß haben wollte, um anschließend weiterzuziehen.

Ian Carlisle besaß nun einmal die Aufmerksamkeitsspanne einer Fliege, wie sie aus leidvoller Erfahrung wusste. Außerdem hatte sie erleben müssen, dass sie sich auf ihn nicht verlassen konnte, wenn es hart auf hart kam. Hoffnungsvoll flüsterte eine Stimme stets in ihrem Kopf, dass Menschen erwachsen wurden und aus Fehlern lernten, doch wer sagte ihr, dass dies bei Ian der Fall war? Sie wollte sich nicht schon wieder Hoffnungen machen und bitter enttäuscht werden. Das eine Mal hatte gereicht. Beinahe wäre sie an seiner Zurückweisung zerbrochen – und daran, dass er sie alleine gelassen hatte, als sie ihn am dringendsten gebraucht hatte.

Seit er wieder in ihr Leben getreten war, schaffte sie es kaum, nicht an die Zeit zu denken, in der sie zusammen gewesen waren. Fünf Jahre lang hatte sie äußerst erfolgreich verdrängen können, was damals mit ihr geschehen war. Sie hatte weder an Ian gedacht noch an das, was sie alleine hatte durchmachen müssen. Taylor mochte sich zwar von ihrem Vater Vorschriften machen lassen, aber das hieß nicht, dass sie nicht die Zähne zusammenbeißen und weitermachen konnte. Doch kaum lebte Ian in der gleichen Stadt und spielte bei dem

Verein, bei dem sie als Cheerleader arbeitete, hatte sie an nichts anderes denken können und war von Tag zu Tag unglücklicher geworden. Schon seit Monaten wurde sie nachts mit rasendem Herzen wach und brauchte eine Ewigkeit, bis sie wieder eingeschlafen war – meistens über einem Haufen Schuldgefühlen, einem Knoten im Magen und einem Kloß im Hals, während ihr die Tränen in die Augen stiegen.

Sie musste Ian davon erzählen, doch sie wusste nicht wie. Und sie wusste nicht, ob es ihn überhaupt interessierte, schließlich war es bereits ein paar Jahre her und mochte für ihn keine große Sache gewesen sein.

Für Taylor war es das aber gewesen. Sie konnte noch heute nicht an jene Nacht denken, ohne in Schweißausbrüche zu geraten und um sich schlagen zu wollen. Damals hatte sie nur daran denken können, dass Ian nicht bei ihr gewesen war und dass ihre Eltern niemals etwas davon erfahren durften.

Ein Blick auf die Uhr ließ sie stocken und sich unsicher umsehen. Alle anderen schrieben wie besessen, während sie vor sich hinstarrte und an einen Footballspieler dachte.

Tief durchatmend nahm sie die Schultern zurück, zwang sich dazu, auf ihr Blatt Papier zu starren, und sagte sich, dass sie ein rational denkender Mensch war. Madison war impulsiv und hatte ihr Studium hingeworfen, um in einer Rockband zu singen, aber sie war nicht so. Sie war nicht impulsiv.

Sie würde dieses Examen mit Auszeichnung bestehen, würde ihre Eltern stolz machen und würde beweisen, dass ...

Was?

Was zum Teufel wollte sie beweisen? Und vor allem stellte sie sich die Frage, wem sie etwas beweisen musste. Es konnte ihr doch egal sein, was ihre Eltern, deren Freunde oder die Geschäftspartner ihres Vaters von ihr hielten. Dies würde ihr nichts bringen – außer der Erkenntnis, dass sie ein Leben führte, in dem es nicht darum ging, was sie wollte, sondern was andere von ihr erwarteten.

Wie bescheuert war das denn?

Ohne zu wissen, was sie tat, sprang sie von ihrem Stuhl auf und erschreckte den Studenten neben sich so sehr, dass dieser seinen Stift fallen ließ, während alle anderen Teilnehmer aufschauten und zusahen, wie Taylor ihre Jacke und ihre Tasche griff, bevor sie wortlos aus dem Raum stürzte.

Den Ruf der Examensaufsicht überhörte sie und rannte den Gang entlang, ohne sich umzudrehen. Mit dem Gefühl, eine Panikattacke oder einen Herzstillstand zu bekommen, ignorierte sie die bestürzten Blicke der Universitätsangestellten und anderer Studenten, an denen sie vorbeirannte, und bekam erst wieder Luft, als sie auf dem Campus stand, den Kopf in den Nacken legte und die Augen schloss. Das üble Magengefühl, das ihr sagte, dass sie einen schrecklichen Fehler gemacht hatte, unterdrückte sie eher erfolglos und schlüpfte in ihre Jacke, um anschließend zu ihrem Auto zu eilen. Sie wollte sich nämlich irgendwo einigeln und nicht Gefahr laufen, dass ihr jemand hinterherlief, um herauszufinden, was mit ihr los war.

Das wusste sie selbst nicht.

Kaum hatte sie den Parkplatz erreicht, wurden ihr die Konsequenzen ihres Handelns bewusst. Panisch schnappte sie nach Luft und überlegte verzweifelt, was sie getan hatte. Wegen irgendeiner schwachsinnigen Kurzschlussreaktion hatte sie ihre gesamte Zukunft ruiniert. Tausend Gedanken schossen ihr in den Kopf, die alle mit der Frage endeten, was ihr Vater dazu sagen würde.

Gerade, als sie überlegte, zurückzulaufen und mit dem Fakultätsleiter sowie dem Prüfungsbeauftragten zu sprechen, rief jemand ihren Namen und kam über den Parkplatz auf sie zu.

Ian winkte freudestrahlend und joggte leichtfüßig über leere Parkboxen, bevor er direkt vor ihr stehen blieb, ihr einen Kuss auf die kalten Lippen drückte und sie unter einer blauen Baseballkappe frech angrinste.

„Bist du schon fertig? Da warst du aber schnell. Ich dachte, du würdest noch mindestens eine halbe Stunde brauchen. Wie war es?"

Sprachlos starrte sie ihn an und hoffte, sich nicht jeden Moment vor Schreck und Panik übergeben zu müssen.

Der gut gelaunte Footballspieler grinste breit. „Hat es dir die Sprache verschlagen? Ich wollte dich nach deinem großen Tag überraschen. Also? Was wird es? Magna cum laude oder summa cum laude?"

Mit erfrorenen Gesichtszügen antwortete sie abwesend: „Sine laude, denke ich."

„Ach, komm schon." Ermutigend legte er ihr einen Arm um die Schulter. „So schlimm wird es schon nicht gewesen sein."

„Schlimmer." Sie schluckte und starrte ihn erschrocken an. „Ich habe nicht mitgeschrieben."

Augenblicklich rundeten sich seine Augen. „Was meinst du damit? Ist die Prüfung abgesagt worden?"

„Nein." Sie atmete zitternd ein. „Nein ... ich ... ich habe nicht mitgeschrieben."

„Taylor?"

„Oh Gott." Sie stieß seinen Arm von ihrer Schulter und beugte sich vor. „Ich habe nicht mitgeschrieben! Ich bin durchgefallen."

Sie konnte spüren, wie er besorgt neben sie trat, und hörte gleich darauf seine zögernde Stimme. „Ich verstehe nicht, Taylor. Wieso hast du nicht mitgeschrieben?"

„Weil ich nicht konnte", fuhr sie ihn an und runzelte böse die Stirn. „Ich hatte einen Blackout und bin abgehauen, bevor ich wusste, was ich tat!"

„Das ist doch kein Weltuntergang", erwiderte er tröstlich und wollte ihr eine Hand auf den Arm legen, als Taylor wie von der Tarantel gestochen zurückwich.

„Natürlich ist es das!"

Ian zog sich seine Kappe vom Kopf und fuhr sich durchs Haar. Gleichzeitig bedachte er sie mit einem nachdenklichen Blick. „Taylor, Prüfungen kann man wiederholen."

„Aber erst in einem Jahr! Wie soll ich das meinen Eltern erklären?"

Nach einem tiefen Seufzer gab er vorsichtig zu bedenken: „Vielleicht war es gar kein Blackout. Vielleicht wolltest du die Prüfung einfach nicht bestehen."

Taylor stand kurz vor einem Nervenzusammenbruch, als sie ihn regelrecht anschrie: „Wieso redest du mir das immer ein? Wenn du nicht ständig darüber geredet hättest, wäre das nicht passiert!"

„Hey." Abwehrend hob er die Hände und trat einen Schritt zurück. „Schau mich nicht an, als sei das meine Schuld."

„Es ist aber deine Schuld!“ Panik, Angst und Verzweiflung stiegen in ihr hoch, als sie ihn anbrüllte: „Alles war in bester Ordnung, bis du dich in mein Leben gedrängt und mir eingeredet hast, nicht glücklich zu sein!“

„Jetzt mach mal halblang“, schnauzte er finster zurück. „Ich habe nie gesagt, dass du ...“

Sie ließ ihn nicht zu Wort kommen. „Ich war sehr wohl glücklich! Nur dass du es weißt, Ian!“

„Verdammt, Taylor. Jetzt beruhige dich endlich“, stieß er aufgebracht hervor. „Du bekommst noch einen Herzinfarkt, wenn du dich weiter so aufregst.“

Hilflos ballte sie die Hände zu Fäusten. „Mein Leben ist ruiniert! Wenn du mich nicht so durcheinandergebracht hättest, wäre das nie passiert!“

„Dein Leben ist nicht ruiniert, weil du eine Prüfung hast sausen lassen“, widersprach er erregt. „Und ich bin daran sicherlich nicht schuld!“

„Du rücksichtsloser Arsch“, brach es aus ihr heraus. „Ich dachte, dass du dich geändert hättest, aber ... aber du bist noch genauso wie früher!“

Anscheinend reichte es ihm jetzt, weil er vor sie trat und mit glühenden Augen auf sie hinabsah. „Du bist ausgerastet und hast dein Examen in den Sand gesetzt, Taylor. Schon klar, aber das gibt dir nicht das Recht, mich dafür verantwortlich zu machen!“

„Aber du bist dafür verantwortlich“, zischte sie ihm zu und riss ihm ihre Hand weg, die er ergriffen hatte, um sie an sich zu ziehen.

„Mach dich nicht lächerlich.“ Grimmig schob er das Kinn vor. „Ich habe überhaupt nichts getan. Es war deine Entscheidung.“

Taylor spürte, wie ihr Kopf gleich zu platzen schien, und konnte an nichts anderes denken als daran, was Ians rücksichtsloses Verhalten schon einmal heraufbeschworen hatte. „Macht es dir Spaß, schon wieder mein Leben kaputtzumachen?“

„Schon wieder?“ Er seufzte in einem Ton, der ihr zu verstehen geben sollte, dass sie sich wegen nichts und wieder nichts aufregte. „Taylor, du übertreibst maßlos! Wie soll ich auf dem College dein Leben denn kaputtgemacht haben? Wir waren zusammen, du hast zu sehr geklammert und ich habe Schluss gemacht. Ende. Das war’s.“

„Das war es nicht“, flüsterte sie gebrochen und musste hilflos hinnehmen, wie Tränen in ihre Augen stiegen und sie ein Schluchzen nicht verhindern konnte. „Wenn du einen meiner Anrufe beantwortet hättest oder nicht immer verschwunden wärst, dann ... dann ... hätte ich dir sagen können, dass ich ... ich schwanger war.“

Augenblicklich wurde er kreidebleich und ließ vor lauter Schreck die Baseballkappe fallen, die gleich darauf über den Parkplatz geweht wurde. Weder Taylor noch Ian beachteten sie, sondern starrten sich wie versteinert an.

Ihm war das Entsetzen anzusehen, als sich seine schwarzen Augen schockiert weiteten und er mit einem Krächzen ihren Namen flüsterte. Gleichzeitig fuhr sein Blick zu ihrer Taille, als würde er selbst fünf Jahre später irgendeinen Beweis für ihre Behauptung suchen.

„Taylor ...“ Fassungslos schüttelte er den Kopf. „Was ... was ... ich meine ... was ist mit dem Baby? Wieso ...?“

„Wieso ich dir nichts gesagt habe?“ Ihr Gesicht verzog sich schmerzlich. „Wie hätte ich das denn tun sollen, wenn du nie da warst und nie ans Telefon gegangen bist?“

„Aber ...“ Wieder schüttelte er den Kopf und fragte mit unnatürlich verzerrter Stimme. „Das Baby? Wo ... ich meine ... was hast du mit ihm gemacht?“

„Nichts.“ Sie stieß ein Schluchzen aus und schlang die Arme um ihre Mitte. „Es gab kein Baby.“

Zwischen Verwirrung und Fassungslosigkeit hin- und hergerissen wechselte seine Miene von einer Sekunde auf die andere. Taylor wusste zwar nicht, was er dachte, aber seine nächsten Worte taten ihr in der Seele weh.

„Hast du ... es wegmachen lassen?“

„Nein!“ Außer sich vor Wut und Trauer verpasste sie ihm eine schallende Ohrfeige und brach in Tränen aus. „Du Mistkerl ...!“

„Taylor ...“

„Ich habe es nicht wegmachen lassen“, brüllte sie ihn an und bekam kaum Luft. „Ich blutete und fuhr zu einem Arzt, der mir sagte, dass es vorbei sei. Vorbei! Kinofilme sind vorbei, aber doch keine Schwangerschaft!“ Sie atmete schwer und konnte sich nicht der Hilflosigkeit erwehren, die sie ergriff, als sie an jenen Abend zurückdachte und die gleiche Angst spürte, die sie im Wartezimmer des Krankenhauses gefühlt hatte, während sie darauf warten musste, endlich an die Reihe zu kommen.

Sie wollte nicht unfair sein und Ian nicht die Schuld daran geben, dass ihre Schwangerschaft nach acht Wochen geendet hatte, dennoch warf sie ihm bitter vor: „Wenn du an dein verfluchtes Telefon gegangen wärst, hätte ich nicht allein sein müssen, als ich den Schwangerschaftstest machte. Und ich wäre nicht allein gewesen, als ich in diesem Wartezimmer saß und wusste, dass irgendetwas nicht stimmte."

Er sagte noch immer nichts, sondern war verstummt und wirkte völlig abwesend.

Taylor war es egal. Sie schüttelte den Kopf und schluchzte hilflos: „Lass mich in Ruhe, Ian. Ein für alle Mal."

17. Kapitel

Vanderbilt-College – 5 Jahre zuvor

Taylor schloss das Buch und lehnte sich auf ihrem Schreibtischstuhl zurück. Obwohl sie morgen einen Geschichtstest schrieb, konnte sie sich weder auf Rousseau noch auf Voltaire oder auf den Absolutismus konzentrieren, sondern war mit ihren Gedanken ganz woanders.

Seit zwei Wochen lief sie geistesabwesend und geradezu zombiemäßig über den Campus, vergaß nicht nur die Abgabetermine ihrer Hausarbeiten oder die Anmeldung für ihre Semesterprüfungen, sondern auch so profane Dinge wie das Wäschewaschen. Es war ein Wunder, dass sie sich morgens noch daran erinnerte, die Zähne zu putzen, bevor sie ihr Wohnheim verließ.

Außerdem stand sie seit zwei Wochen kurz davor, verrückt zu werden und einen Nervenzusammenbruch zu erleiden. Verzweifelt grübelte sie Tag und Nacht darüber nach, was sie tun sollte, doch ihr fiel einfach keine Lösung ein.

Sie wollte mit zwanzig Jahren nicht schwanger sein.

Sie durfte mit zwanzig Jahren nicht schwanger sein, weil sie sich ausmalen konnte, wie ihr Vater darauf reagieren würde. Allein der Gedanke, was er tun würde, wenn er herausbekam, dass seine Tochter ein Baby bekam, jagte ihr eine Heidenangst ein. Die Französische Revolution wäre nichts dagegen. Dessen war sie sich ziemlich sicher.

Mädchen aus gutem Haus wurden nicht ungewollt schwanger – das hatte sie immer gedacht, bis sich der Test auf dem Waschbecken ihres Zimmers blau verfärbt hatte. Selbst da hatte es Taylor nicht glauben können und einen weiteren Test gemacht. Auch der hatte sich blau verfärbt. Sie hatte der Wahrheit ins Auge blicken müssen.

Sie bekam ein Baby.

Seither litt sie von morgens bis abends unter latenter Übelkeit, die vor allem damit zusammenhing, dass sie panisch wurde, wenn sie an ihren Dad dachte, und dass sie den Vater ihres Babys einfach nicht erreichen konnte. Für Ian war es absolut untypisch, dass er nicht an sein Handy ging. Normalerweise hatte er das blöde Ding immer und überall dabei. Sogar sein Coach hatte ihm einmal eine extra Trainingseinheit aufgebrummt, weil er sein Telefon mit zum Training genommen hatte. Doch Taylor konnte ihn seit fast drei Wochen nicht erreichen. Natürlich wusste sie, dass er Stress hatte, für seinen Abschluss lernen musste und ständig Termine mit den Nachwuchsbeauftragten aller möglichen NFL-Teams hatte, aber was sie betraf, schien er wie vom Erdboden verschluckt zu sein.

Verstört grübelte sie darüber nach, warum er ihre Anrufe ignorieren sollte, und bekam augenblicklich ein ganz merkwürdiges Bauchgefühl. Was dachte sich Ian bloß dabei, sie dermaßen links liegen zu lassen? Sie waren schließlich verliebt. Sie waren bis über beide Ohren verliebt, sonst hätte Taylor weder mit ihm geschlafen noch ihm vorgeschlagen, ihre Eltern kennenzulernen. Seit fast vier Monaten waren sie zusammen, was bei anderen Paaren nichts zu bedeuten hatte, doch bei ihnen war es anders. Sie spürte, dass er sie liebte, auch wenn er dies noch nie gesagt hatte.

Nachdenklich erinnerte sie sich daran, wie fürsorglich und lieb er gewesen war, als sie sich vor einigen Wochen beim Cheerleading-Training den Knöchel verstaucht hatte. Damals war er sofort zu ihr gelaufen und hatte sie zu einer Bank getragen, um sich dort um sie zu kümmern. Er war ein großartiger Freund, der sich normalerweise sehr aufmerksam zeigte.

Normalerweise.

Was momentan los war, verstand sie einfach nicht. Sie hatten sich nicht gestritten oder anderen Ärger gehabt. Von jetzt auf gleich war er unauffindbar gewesen. Dabei brauchte sie ihn gerade jetzt entsetzlich und flippte fast aus, wenn sie daran dachte, schwanger zu sein, sich im zweiten College-Jahr zu befinden und es bisher niemandem gesagt zu haben. Ian musste davon erfahren, und er musste ihr helfen, eine Entscheidung zu treffen.

Auch wenn sie nicht schwanger sein wollte und noch immer nicht begreifen konnte, wie es dazu gekommen war, weil Ian und sie niemals ohne Kondom miteinander schliefen, war sie schwanger. Sie bekam ein Baby und war in der achten Woche, wenn sie dem Schwangerschaftstest glauben durfte, den sie in der Apotheke im Norden Nashvilles gekauft hatte, damit niemand sie erkannte.

Da sie nicht wusste, was sie tun sollte, war sie noch bei keinem Arzt gewesen, um sich untersuchen zu lassen, denn von diesem Arztbesuch hätte ihre Krankenversicherung erfahren – und demnach auch ihre Eltern. Natürlich könnte sie die Sozialstation des städtischen Krankenhauses aufsuchen, aber dort hätte man ihr ohne einen Krankenversicherungsnachweis unangenehme Fragen gestellt und sie vermutlich schief angesehen, wenn sie alleine gewesen wäre. Sie wollte ihren Freund bei sich haben, wenn sie zum Arzt ging und einen Ultraschall machen ließ.

Und sie wollte, dass er verstand, warum sie keine Abtreibung vornehmen lassen wollte.

In ihrer ersten Panik hatte sie das Internet durchforstet und voller Erleichterung gesehen, dass in Tennessee Schwangerschaftsabbrüche erlaubt waren. Sie musste lediglich volljährig sein, was sie in diesem Staat bereits war, nach einer Beratung zweiundsiebzig Stunden warten und den Abbruch selbst bezahlen. Eine Einverständniserklärung ihrer Eltern hätte sie nur gebraucht, wenn sie unter achtzehn gewesen wäre. Gerade als sie nach einer Klinik in der Nähe von Nashville hatte suchen wollen, war sie in Tränen ausgebrochen und hatte den Computer ausgeschaltet.

Dass sie ihr Baby nicht abtreiben lassen wollte, hatte nichts damit zu tun, dass sie gläubig gewesen wäre, sondern damit, dass es ihr Baby war. Und dass es Ians Baby war. Wie sollte sie mit dem Gedanken spielen, ein Baby, das vielleicht einmal seine schwarzen Augen und sein breites Lächeln haben könnte, wegmachen zu lassen, selbst wenn es jetzt erst acht Millimeter groß war?

Sie verlor noch den Verstand, wenn sie nicht bald mit ihm sprechen konnte! Sie brauchte seine Unterstützung und musste seine Meinung zu dem Thema hören, denn ohne ihn wäre es ihr völlig unmöglich, ihren Eltern von ihrer Schwangerschaft zu berichten. Taylor konnte ihnen nicht gegenübertreten und ihnen mitteilen, dass sie Großeltern wurden, ohne ihnen ihren Freund zu präsentieren, der ihnen versicherte, dass er hinter ihr stand und sich um sie und das Baby kümmern würde.

Für ihre Mutter wäre es sowieso ein Schock und für ihren Vater vermutlich der Untergang der modernen

Welt, aber mit Ian hätte sie sich wenigstens nicht allein fühlen müssen.

Taylor ließ ihre Augen über ihren Schreibtisch gleiten und legte unbewusst eine Hand auf ihren Bauch. Gleichzeitig fiel ihr Blick auf das Handy, das griffbereit neben ihren Unterlagen lag und darauf zu warten schien, dass es klingelte. Was es nicht tat.

Durcheinander, mutlos, erschöpft und mit einem flauen Gefühl im Magen spürte Taylor, dass sie zu allem Überfluss auch noch Kopfschmerzen bekam. Zögernd fuhr sie sich über die Lippen, beugte den Kopf nach vorne und flüsterte in Richtung ihres noch flachen Bauches: „Bist du da?“

Selbstverständlich bekam sie keine Antwort.

Töricht schüttelte sie den Kopf über sich selbst, erhob sich und atmete scharf ein, als ihr plötzlich übel wurde. So übel, dass sie ins Badezimmer stürzte und dort das Blut an ihrer Jogginghose bemerkte.

18. Kapitel

Guinness und Tequila waren eine grauenvolle Mischung.

Das hatte Ian bereits vor Jahren in leidvoller Erfahrung lernen müssen.

Aus diesem Grund hatte er heute nach zwei Gläsern Guinness das Bier weggelassen und sich nur noch an den Tequila gehalten. Mittlerweile stand eine beinahe leere Flasche des mexikanischen Nationalgetränks direkt neben ihm auf dem Tresen des Pubs, sodass er sich bei Bedarf daran bedienen konnte. Das war unkomplizierter gewesen, als alle zwei Minuten nach einer neuen Runde zu fragen und den Barkeeper zu belästigen, der ganz froh über die Regelung zu sein schien, seinen trübsinnigen Gast nicht bedienen zu müssen, sondern sich ganz der Aufgabe widmen zu können, Gläser zu polieren und zwei aufbrausende Gäste des Lokals zu verweisen, weil die sich geweigert hatten, ihm ihre Ausweise zu zeigen.

Ian war dies alles scheißegal.

Er saß brütend über seinem Glas, sah nur noch verschwommen und bekam von den anderen Gästen des Hinterhof-Pubs nichts mit. Seit Taylor ihn heute Mittag auf dem Parkplatz ihrer Universität regelrecht attackiert hatte und diese Bombe hatte platzen lassen, wusste er nicht mehr, wo ihm der Kopf stand. Schon mehrmals hatte er sich ihre Worte in Erinnerung rufen müssen, um sicherzugehen, dass er sie nicht falsch verstanden hatte.

Doch es gab keinen Zweifel an dem, was sie ihm ins Gesicht gebrüllt hatte.

Bisher war er davon ausgegangen, dass er sie lediglich damit verletzt hatte, dass er auf unzivilisierte und feige Art und Weise Schluss gemacht hatte.

Natürlich war es mies gewesen, wie er sich verhalten hatte, doch wie mies er tatsächlich gewesen war, hatte er erst heute herausgefunden.

Wie oft hatte damals sein Handy gebimmelt, weil sie ihn angerufen hatte? Er wusste es nicht mehr.

Er konnte sich nur daran erinnern, dass er jeden Anruf genervt weggedrückt hatte. Einen Rückruf hatte es nie gegeben. Dafür war er viel zu sehr damit beschäftigt gewesen, mit seinen Kumpels abzuhängen, sich mit seinem Agenten zu treffen und mit Talentscouts zum Essen zu gehen. Sie war seine Freundin gewesen, aber er hatte sie wie Sperrmüll einfach vor die Tür gestellt und sich nicht mehr darum gekümmert.

Ungefähr bei seinem vierten Tequila war ihm plötzlich die Erinnerung an eine Begegnung in seinem Wohnheim vor Augen getreten. Damals hatte er mit ein paar seiner Verbindungsbrüder im Wohnzimmer gesessen und sich mit ihnen eine wilde Verfolgungsjagd an der Playstation geliefert, als Taylor auf der Matte gestanden hatte. Sein Kumpel Aaron war an die Tür gegangen und hatte bedeutungsvoll in den Raum gerufen: *„Hey, Leute! Taylor ist hier und fragt nach Ian. Habt ihr ihn gesehen?"* Wortlos hatte er Aaron über den ganzen Raum hinweg einen bedeutungsvollen Blick zugeworfen, den Kopf geschüttelt und mit seinem rechten Zeigefinger so getan, als würde er sich die Kehle durchschneiden. Seine Kumpels waren in ein lautloses Lachen ausgebrochen, während Aaron gespielt bedauernd beteuert hatte, dass Ian nicht zu Hause sei, und Taylor wieder weggeschickt hatte.

Wenn er daran dachte, dass sie ihm an jenem Tag erzählen wollte, dass sie schwanger war, schämte er sich in Grund und Boden. Tatsächlich hätte er sich jetzt gerne wirklich die Kehle durchgeschnitten, weil er nicht wusste, wie er sich jemals wieder in einem Spiegel betrachten konnte. Noch weniger wusste er, wie er Taylor jemals wieder entgegentreten sollte.

Ihm wurde schlecht, als er sich vor Augen hielt, was sie durchgemacht haben musste – ohne ihn. Damals war sie erst zwanzig Jahre alt gewesen. Er dagegen hatte seinen dreiundzwanzigsten Geburtstag hinter sich gehabt und hätte sich erwachsener verhalten sollen. Wenn er nicht dieses Versteckspiel eingefädelt hätte, wäre es nie so weit gekommen, dass Taylor allein in einem Wartezimmer gesessen hätte. Der Gedanke fraß ein Loch in seinen Magen, der nichts mit dem brennenden Tequila zu tun hatte.

Natürlich hatte er nicht gewusst, dass sie damals schwanger gewesen war, aber das tat nichts zur Sache. Ian hatte Taylor gemocht. Er hatte sie wirklich gemocht und war verknallt gewesen, aber aus Bequemlichkeit war es einfacher gewesen, sie nicht mehr zu treffen. In seiner Vorstellung wäre es nämlich hart gewesen, mit ihr Schluss zu machen und sie weinen zu sehen. Um sich dies zu ersparen, war er lieber diesen Weg gegangen.

Ohne an etwaige Konsequenzen zu denken.

Ihm wurde die Kehle eng, als er sich daran erinnerte, wie sie heute Mittag geschluchzt und geweint hatte.

Und ihm wurde die Kehle eng, wenn er sich vorstellte, dass sie ein Baby von ihm erwartet und es verloren hatte.

Bei dieser Vorstellung wurde ihm ganz schlecht. Atmen konnte er auch kaum, sondern beugte den Kopf nach unten und hätte beinahe wie ein verwundetes Tier aufgestöhnt, während er die Augen zusammenkniff.

Ian wusste nicht, ob er Kinder haben wollte, ob er ein guter Vater sein würde oder ob er mit eigenen kleinen Hosenscheißern überhaupt etwas anfangen konnte, aber das Wissen, dass Taylor von ihm ein Baby erwartet und es verloren hatte, machte ihm zu schaffen. Er konnte an nichts anderes denken als daran, dass er ein Dad geworden wäre, wenn ...

Wenn Taylor nicht allein in einem Wartezimmer gesessen und auf einen Arzt gewartet hätte.

Wäre er bei ihr gewesen, hätte er zwar nichts tun können, aber er wäre wenigstens bei ihr gewesen und hätte sie trösten können. Den Verlust, den er jetzt empfand – 5 Jahre später –, hatte sie allein durchmachen müssen. Sie hatte ihn in dem Wissen durchmachen müssen, dass sie ihm gleichgültig gewesen war.

„Bist du nicht Ian Carlisle?"

Nur mäßig interessiert hob Ian seinen verschwommenen Blick und ließ ihn über den schnaufenden Mann gleiten, der neben ihn an die Theke getreten war, seinen massigen Körper mit Mühe zu bewegen schien und ihn aus blutunterlaufenen Augen anstarrte. Der Geruch nach Schweiß, Zwiebeln und billigem Bier trat Ian in die Nase, als der aggressiv wirkende Mann vertraulich nah an ihn heranrückte. Das aufgedunsene Gesicht sagte Ian, dass der Typ in seinem Leben schon viel gebechert haben musste – vermutlich täglich. Außerdem schien man anhand der unterschiedlichen Flecken auf seinem Shirt, das sich über dessen Bierbauch spannte, erkennen zu können, was der widerliche Aufdringling in den vergangenen Tagen gegessen haben musste. Und genauso roch er auch.

Ian war nicht in der Stimmung für ein Gespräch oder eine Prügelei, daher gab er ein zustimmendes Grunzen von sich, goss sich mit unsicherer Hand einen neuen Tequila ein und hob das Glas an den Mund, um den Shot mit einem Schluck zu trinken.

Mittlerweile war er so voll, dass er kaum noch die Orientierung behalten konnte und auf seinem Barhocker bedächtig schwankte. Bisher hatte er weder den anderen Gästen noch den vier Bildschirmen an den Wänden Beachtung geschenkt, doch ein Blick nach oben sagte ihm, dass auf dem Fernseher über den Schnapsflaschen gerade eine Berichterstattung über das kommende Spiel lief.

„Ich habe zwanzig Mäuse auf euch gesetzt", begann der dickliche Typ zu schnaufen und rückte noch näher an Ian heran, was nicht nur dessen Wunsch nach Alleinsein beleidigte, sondern auch dessen Nase.

Er schnitt eine Grimasse, goss sich den nächsten Tequila ein und erwiderte ironisch: „Danke, das wissen wir sehr zu schätzen."

Während er sein Glas leerte, hörte er das wütende Schnauben des anderen Mannes, kümmerte sich jedoch nicht darum.

„Ey, du Arschloch", wütete sein ungebetener Gast. „Übermorgen steht ihr im Championship-Game! Du kannst dich nicht besaufen!"

Außer sein Coach hatte niemand das Recht, ihm zu sagen, was er tun durfte und was er nicht tun durfte. Schon gar nicht irgendein Typ, der schlimmer als eine halb verweste Ratte aus dem Hudson stank und dabei aussah wie das missglückte Versuchsobjekt einer Bulldoggenzüchtung.

Sehr freundlich und sehr bedächtig erwiderte Ian lediglich: „Leck mich."

Wütend grollte der Typ: „Wenn mein Wetteinsatz flöten geht, weil du Hirni dich besäufst, dann nehme ich hier den ganzen Laden auseinander!“

Ian wusste, dass er sich Ärger einfing, aber das Risiko ging er ein, als er lässig nach hinten griff und sein Portemonnaie aus der Tasche seiner Jeans zog, um einen Zwanziger auf die Theke zu werfen. „Hier, deine zwanzig Mäuse, und jetzt verpiss dich.“

Bevor er sein Portemonnaie hätte wegstecken können, rempelte der Widerling ihn an und stieß Ian von seinem Barhocker. Dank trainierter Reflexe schaffte er es, trotz seines Rauschs auf den Beinen zu bleiben und nicht der Länge nach auf den mit Bier verklebten Boden der Kneipe zu knallen. Stattdessen senkte er den Kopf und benutzte diesen als Rammbock, um seinen Angreifer umzuwerfen. Dieser taumelte nach hinten und riss im Fallen zwei Barhocker mit sich, auf dem unglücklicherweise zwei andere Gäste gesessen hatten. Einer von ihnen brüllte vor Schmerzen auf, während der andere Ians Angreifer ins Gesicht boxte.

Dieser ließ sich davon jedoch nicht beirren, kämpfte sich nach oben und ging gleich darauf auf Ian los, der fast auf einer Lache Tequila ausgerutscht wäre. Dem ersten Schlag des anderen Mannes konnte er ausweichen, doch der zweite landete wenig treffsicher zwischen Mundwinkel und Wange. Ian verpasste dem Typen, der wegen seiner zwanzig Dollar herumgeheult hatte, einen Schlag in die Seite, duckte sich vor dem nächsten Schlag und schaffte es mit einem gezielten Faustschlag ins Gesicht, dass der andere in die Knie ging und bewusstlos zu Boden sackte.

Eigentlich hatte er damit gerechnet, dass er jetzt Ruhe hatte, doch anscheinend war der Typ mit den widerlichen Ausdünstungen nicht allein gewesen.

Während der Kneipenbesitzer brüllte, dass er die Polizei rufen würde, packte irgendjemand Ian von hinten und hielt ihn fest, als ein anderer ihn in den Bauch boxte. Beinahe wäre er wie ein Taschenmesser zusammengeklappt, konnte sich jedoch befreien und seinem Hintermann den Weg auf den Boden weisen. Von seinem Vordermann bekam er zwei Faustschläge mitten ins Gesicht und überhörte das Gebrüll der anderen Gäste oder das Geräusch von zerberstenden Möbeln, als er seinem Gegner einen so festen rechten Haken verpasste, dass der über einen Tisch fiel, der dabei in zwei Hälften zerbrach. Irgendjemand sprang ihn von hinten an und warf ihn auf den Boden. Mit demjenigen prügelte er sich immer noch, als kurze Zeit später Polizeisirenen zu hören waren.

„Zerstörung fremden Eigentums, Erregung öffentlichen Ärgernisses, Widerstand gegen die Staatsgewalt.“ Teddy MacLachlan-Palmers Stimme überschlug sich beinahe, während sie wutschnaubend einige Papiere ausfüllte und dabei die ganze Polizeiwache unterhielt. „Widerstand gegen die Staatsgewalt! Hast du jetzt völlig den Verstand verloren, Ian?“ Nicht weniger aufgebracht, zischte sie ihm zu: „Ich musste meine Mom anrufen und die wiederum ihren Freund – den Polizeichef –, damit du nicht über Nacht oder womöglich das Wochenende über in Polizeigewahrsam verbringen musstest! Seinetwegen ist die Anzeige in Wohlgefallen aufgelöst worden!“

„Schatz, können wir das vielleicht auf dem Weg nach Hause besprechen und nicht mitten auf einem Polizeirevier?“ Brian Palmer schaute sich zweifelnd um und bewegte dabei seinen Oberkörper rhythmisch vor und zurück, um die beiden Babys, die vor seiner Brust und hinter seinem Rücken in Tragebeuteln saßen und dabei fröhlich quietschten, zu beschäftigen. Eigentlich hätte man vermutet, dass der baumlange Quarterback dafür zuständig gewesen wäre, seinen Teamkollegen aus dem Gefängnis zu holen, doch seine Frau war diejenige, die wie Rambo höchstpersönlich vor wenigen Minuten das Revier gestürmt hatte, um ihren Wide Receiver abzuholen.

Angesichts der Wut seiner Chefin fragte sich Ian, ob er auf seinen Telefonanruf nicht lieber verzichtet hätte, als er vor drei Stunden auf das Revier gekarrt worden war und Blake angerufen hatte. Dieser schien sofort seine Chefin alarmiert zu haben, da er zusammen mit den beiden hergekommen war und nun schuldbewusst dreinblickte, wenn er nicht gerade dabei war, den Damen, die zweifelsohne ihr Geld in der Horizontalen verdienten, mit Handschellen auf einer Bank saßen und darauf warteten, vernommen zu werden, Autogramme zu schreiben.

Fast schon automatisch rieb Ian seine Handgelenke, die noch immer von den strammen Handschellen, die ihm bei seiner Verhaftung angelegt worden waren, schmerzten und wund waren. Wenn er in besserer Stimmung gewesen wäre, hätte er irgendjemandem erklären können, dass er sich nur gewehrt hatte, aber da ihm so ziemlich alles egal war, hielt er die Klappe.

In den vergangenen drei Stunden hatte er zusammen mit ein paar Typen, die wie Zuhälter, Drogendealer und Autoknacker ausgesehen hatten, in einer Zelle gesessen und sich einen Beutel Eis auf sein schmerzendes Gesicht gedrückt. Glücklicherweise waren die meisten diensthabenden Polizisten der Wache große Titans-Fans und hatten ihn nicht nur mit Eis für sein Gesicht, sondern auch mit Kaffee versorgt. Zwar schmerzten die Prellungen in seinem Gesicht noch immer, und er befürchtete, dass seine Nase angeknackst war, aber gleichzeitig war er auch wieder nüchtern und begriff, was er für einen Bockmist veranstaltet hatte.

Natürlich hätte er sich nicht zwei Tage vor einem so wichtigen Spiel die Kante geben, sich in eine Kneipenprügelei verwickeln lassen und verhaftet werden dürfen, aber noch viel weniger hätte er Taylor im Stich lassen dürfen. Nicht nur vor fünf Jahren, sondern auch heute.

Auch wenn sie ihn stehen gelassen hatte, hätte er ihr nachfahren und mit ihr reden sollen. Jetzt musste sie das Gefühl haben, dass er sich für sie, für ihre Probleme und für ihre gemeinsame Vergangenheit nicht interessierte. Auf ganzer Linie hatte er versagt. Ihm war zwar nicht egal, weshalb Teddy ihn anschrie, aber verglichen mit den Vorwürfen, die er sich wegen Taylor machte, waren das Peanuts.

„Dir ist doch klar, dass wir übermorgen ein Spiel haben, oder?“ Teddy unterschrieb mit kräftiger Handschrift und einem Fluchen das Papier vor sich, um gleich darauf das nächste Formular in Angriff zu nehmen. Es war tatsächlich ein Wunder, dass sie den Stift noch nicht zerbrochen hatte. „Kannst du dir auch nur im Ansatz denken, wie wichtig dieses Spiel ist? Nein, antworte nicht! Ich will mir deine scherzhaften Kommentare nicht anhören!“

„Teddy“, seufzte ihr Mann und gab seinem Sohn einen Kuss auf den Kopf, auf dem eine Babymütze der Titans prangte. „Es ist spät. Wir sollten nach Hause fahren.“

„Sobald ich fertig bin.“ Sie drehte den Kopf zu Ian und schüttelte fassungslos den Kopf. „Was ist nur in dich gefahren? Denkst du auch nur eine Minute an dein Team? Du hättest dir bei dieser Prügelei die Hand brechen, die Schulter ausrenken oder den Arm verletzen können! Abgesehen davon warst du anscheinend sturzbetrunken, als du verhaftet wurdest! Und das zwei Tage vor diesem Spiel.“

Dass er nicht antwortete, sondern stoisch vor ihr stand und sich die Handgelenke massierte, schien sie noch mehr aufzuregen.

„Wenn ich könnte, würde ich dich ...“

„Teddy“, warnte Brian sie, trat vor und tippte auf das Formular. „Jetzt nicht.“

„Aber ...“

„Nicht hier und nicht jetzt“, wies Brian seine Frau geradezu diktatorisch an und deutete auf die Papiere. „Sobald du fertig bist, fahren wir nach Hause.“

Unschlüssig sah sie ihren Mann für einen kurzen Moment an, grummelte und machte sich anschließend daran, den Rest auszufüllen, wobei sie hin und wieder grimmig vor sich hin murmelte.

Ian konnte ihre Wut verstehen und nahm es seiner Chefin nicht übel, dass sie seinetwegen ausrastete. Er fand es lediglich unangenehm, dass über ein Dutzend Augenpaare ihn dabei beobachteten und dies vermutlich mit ihren Handykameras filmten. Nun gut, die

Prostituierten waren jeweils mit einer Hand an die Holzbank gefesselt und würden ein Handy nicht bedienen können, ebenso wenig wie der schnarchende Obdachlose, der auf einen Stuhl verfrachtet worden war, aber es blieben immer noch ein paar Polizisten übrig.

Eine der hochgradig geschminkten Prostituierten, die einen dermaßen kurzen Rock trug, dass sich jeder halbwegs vernünftige Mensch fragte, warum sie in der Januarkälte von New York nicht längst erfroren war, schnitt dem Baby, das sich an den Rücken seines Dads schmiegte und interessiert das Innere der Polizeiwache begutachtete, herzhafte Grimassen. Der kleine Racker lachte erfreut und quietschte ohrenbetäubend auf.

„Du bist ja ein süßes Schätzchen“, schwärmte sie entzückt. Dass die gute Frau mit einer Handschelle an eine Holzbank gefesselt war, schien sie jedenfalls nicht davon abzuhalten, dem Baby die Zunge herauszustrecken und Tiergeräusche von sich zu geben.

„Lululululu, wo bist du?“

Ian beobachtete, wie Blake skeptisch die Stirn runzelte und mit einer verstörten Miene die Arme vor der Brust verschränkte.

„Stacy, schau dir den Süßen an.“ Sie stieß ihre Freundin an, die einen nicht minder kurzen Rock trug, und deutete auf das glucksende Baby.

„Jo“, antwortete Stacy mit den unnatürlich aufgepumpten Lippen. „Und einen süßen Arsch hat er auch, Irene.“

Irene schnalzte mit der Zunge. „Doch nicht der Mann, sondern das Baby, Stacy!“

„Ach ja, der ist auch süß.“

Gleich darauf gaben beide Prostituierte Tiergeräusche von sich, während Brian sehr verwirrt wirkte und sich unsicher umdrehte. Damit schien er bei den beiden Damen Begeisterungsschreie auszulösen.

„Schau mal! Noch ein Baby!“

„Zwillinge!“

Nun kreischten beide Babys vor Vergnügen und zappelten in ihren Tragebeuteln wie wild herum.

„Nein, was seid ihr niedlich!“ Irene schaute den Vater der beiden an und seufzte verzückt. „Wie heißen die Racker denn?“

„Sie ... äh ... also ...“

Anscheinend war es dem Quarterback peinlich, dass eine Prostituierte ihn nach den Namen seiner Kinder fragte – und das vor den Augen seiner Frau, da er stotternd von einem Bein auf das andere trat.

Teddy war jedoch nicht umsonst als die Lässigkeit in Person bekannt, da sie die Augen verdrehte, einem Polizeibeamten den Stapel Papiere gab und sich umdrehte, um mit einem freundlichen Lächeln an die beiden Frauen zu erklären: „Sie heißen George und Scott.“

„Wie putzig!“

Die Teambesitzerin der New York Titans seufzte matt. „Meistens.“

„Sie sind so süß“, lobte Irene und nickte anerkennend. Die Handschellen hielten sie nicht davon ab, vertraulich zu grinsen und stolz das Kinn nach oben zu recken. „Da hast du dir ein hübsches Kerlchen geangelt, Schätzchen. Und hübsche Babys scheint er auch zu machen.“

Ohne eine Spur davon, beleidigt zu sein, nickte Teddy und lächelte. „Ich kann mich nicht beklagen.“

Brian dagegen wirkte mehr als verlegen und schaffte es, sie alle schnell aus der Wache heraus zu eskortieren, wobei Stacy und Irene den Babys hinterherriefen und noch immer lustige Geräusche von sich gaben.

Vor der Tür fuhr Ian der kalte Wind ins Gesicht und erinnerte ihn daran, dass er ganz schön viel abbekommen hatte. Bisher war es ihm noch nicht vergönnt gewesen, in einen Spiegel zu schauen, aber er nahm an, dass er scheiße aussehen musste.

Das bestätigte ihm auch Blake, der ihm auf die Schulter klopfte und verständnisvoll nickte. „Hast du gegen Conan den Barbaren gekämpft oder ist jemand mit einem Schnitzelklopfer auf dein Gesicht losgegangen?“

Ian bewegte seine Schulter hin und her und murrte: „Irgendein Penner machte mich doof an, weil er zwanzig Mäuse auf uns gesetzt hatte und mich mit dem Tequila in der Hand sah.“

„Sag mir seinen Namen, dann spendiere ich ihm eine Dauerkarte.“ Teddy walzte auf ihn zu, presste aufgebracht die Lippen aufeinander und musterte ihn unergründlich, bevor sie widerwillig wissen wollte: „Tut’s noch weh?“

„Ein bisschen“, gab er zu.

„Gut“, stellte sie zufrieden fest, um dann sehr ruhig zu erklären: „Ich will gar nicht hören, was passiert ist. Versprich mir nur, dass du dich bis Sonntag aus allem Ärger heraushältst und die Finger von Alkohol lässt.“

Eigentlich hätte er mit einem flotten Spruch darauf geantwortet, aber in seiner jetzigen Verfassung war er nicht in der Stimmung, den Komiker zu spielen. Daher starrte er sie lediglich an und nickte schwach.

„Wenn das geklärt ist ...“, mischte sich Brian ein und legte seiner Frau einen Arm um die Schulter, „... können wir ja endlich nach Hause fahren. Ich bin nämlich tierisch müde und würde gerne die Zwillinge ins Bett bringen.“

„Gute Idee“, warf auch Blake ein. „Ich bringe Ian nach Hause und pass auf, dass er auf dem Weg dorthin nicht einen Bandenkrieg anzettelt oder einen Schnapsladen ausräumt.“

Weder Teddy noch Brian oder Ian fanden das ziemlich komisch, was Blake jedoch nicht zu kümmern schien. Er hielt seinen Patensöhnen die Hand hin, damit die beiden ihm Highfive geben konnten, was sie zu gerne taten und fröhlich brabbelten. Als der kleine Scott auch Ian die Hand hinhielt, in die er normalerweise sofort eingeschlagen hätte, bekam er wieder einen Kloß im Hals, betrachtete das süße Baby mit gemischten Gefühlen und hielt dem Kleinen zögernd die Hand hin.

Glücklicherweise verschwanden die jungen Eltern gleich darauf mit ihrem Nachwuchs zu ihrem Auto und ließen Blake und Ian zurück.

Kaum saßen die beiden in Blakes protziger Karre, schaltete Ian die laute Musik aus und lehnte seinen schmerzenden Kopf gegen die Fensterscheibe des Autos. Leider schien sein Teamkollege unempfänglich für die Stimmung seines Beifahrers zu sein.

„Ich dachte, dass Teddy einen Wutanfall bekäme, als ich sie anrief. Mann, hättest du nicht bis nach dem Superbowl warten können, bis du dich besäufst und eine Kneipe auseinandernimmst? Du weißt doch, wie empfindlich sie sein kann.“

Ian antwortete nicht, sondern hoffte, dass Blake auf die Tube drückte, damit er schnell in seiner Wohnung war und sich nicht länger Vorwürfe anhören musste. Ein schlechtes Gewissen hatte er eh schon.

„Die Jungs rasten aus, wenn Teddy uns deinetwegen wieder auf vegane Diät setzen oder uns pinke Trikots besorgen will. Wenn sie richtig sauer ist, dann kann nicht einmal Rabbit sie besänftigen, auch wenn er die Hüllen fallen lässt."

Er gab ein Murmeln von sich und fuhr sich durch sein Haar, ohne die Augen von der nassen Fahrbahn zu nehmen. Über das Sexleben seiner Chefin und seines Mannschaftskapitäns wollte er eigentlich nicht reden. Ebenso wenig wollte er überhaupt reden oder sich Blakes Gefasel über pinke Trikots anhören. Am liebsten hätte er etwas Ruhe genossen und an gar nichts denken müssen.

„Madison wird auch nicht begeistert sein, dass ich so spät zurück bin", stöhnte der Runningback. „Eigentlich sollte ich heute kochen, weil sie noch Bandprobe hatte. Vielleicht war es jedoch besser, dass du mich aus dem Knast angerufen hast. Mein Essen schmeckt nämlich selten besser als Krankenhausfraß."

„Blake", stöhnte Ian und kniff die Augen zu.

„Jau", ertönte die fröhliche Stimme seines Kumpels.

„Tu mir einen Gefallen und halt die Klappe."

Erstaunlicherweise herrschte daraufhin tatsächlich etwas Ruhe – ungefähr eine Minute.

Blake räusperte sich und wollte neugierig wissen: „Ist es Frauenkram?"

Ian biss die Zähne zusammen. „Blake ..."

„Ich frag ja nur", empörte sich sein Teamkollege.

Ian schluckte hart und erwiderte heiser: „Frag lieber nicht. Nicht heute."

19. Kapitel

Einen Tag lang hatte Taylor Blut und Wasser geschwitzt, war nicht ans Telefon gegangen, das alle fünf Minuten ununterbrochen geläutet hatte, und hatte sich die Bettdecke über den Kopf gezogen, weil sie allein sein und niemanden sehen wollte. Der Schock darüber, ihre Prüfung vergeigt zu haben, saß ihr noch immer in den Knochen, aber sehr viel schlimmer war die Erkenntnis, was sie sich Ian gegenüber geleistet hatte.

Die ganze Nacht hatte sie an die dunkle Zimmerdecke über sich gestarrt, hatte sich eingeredet, dass sie das Recht besessen hatte, ihm Vorwürfe zu machen, und war dann zu der Einsicht gelangt, dass sie ihm nicht die Schuld an ihrer Misere hatte geben dürfen.

Es war nicht seine Schuld, dass sie sich dazu entschieden hatte, ihre Prüfung abzubrechen und aus dem Raum zu rennen. Es war auch nicht seine Schuld, dass sie unglücklich mit ihrer Situation war. Und ganz sicher war es auch nicht seine Schuld, dass sie bisher nie den Schneid besessen hatte, sich den Wünschen ihres Vaters zu widersetzen.

Genauso wenig war es seine Schuld, dass sie das Baby verloren hatte.

Niemand war daran schuld, weil solche Dinge passierten. Leider. Er war nicht bei ihr gewesen, hatte sich verleugnen lassen und sein Telefon ignoriert, was alles feige, mies und verantwortungslos gewesen war, aber dennoch war es nicht seine Schuld gewesen.

Er hätte nichts daran ändern können, selbst wenn er bei ihr gewesen und ans Telefon gegangen wäre. Ihm die Schuld an der Fehlgeburt, ihrem Unglück oder an ihrer vergeigten Prüfung zu geben, machte nichts davon ungeschehen oder besser, es machte sie lediglich zu einer Person, die nicht den Mumm hatte, der Wahrheit ins Auge zu sehen.

Dass sie ihn angebrüllt und ihm in ihrer Panik vorgeworfen hatte, was damals passiert war, war einfach nicht fair gewesen. Und dass sie ihm vorgeworfen hatte, ihr Leben zu zerstören, weil er ihr hatte klarmachen wollen, dass sie sich nicht danach richten musste, was andere von ihr erwarteten, sondern dass sie das tun sollte, was sie selbst wollte und was sie glücklich machte, war ebenfalls nicht fair gewesen.

Es war sogar extrem dumm gewesen.

Taylor schämte sich in Grund und Boden und war zutiefst unglücklich, weil sie Ian so sehr vor den Kopf gestoßen hatte, dass sie dies niemals wieder gutmachen konnte.

Was sie jedoch tun konnte, war, endlich Verantwortung für ihr eigenes Leben zu übernehmen und ein für alle Mal klarzustellen, dass sie von nun an eigene Entscheidungen treffen würde.

Aus diesem Grund fuhr sie an einem sonnigen Januarsamstag in die Upper East Side und stattete ihren Eltern einen Besuch ab, als diese beim Frühstück saßen. Wie immer las ihr Vater in seiner Zeitung, während ihre Mutter damit beschäftigt war, Kataloge zu wälzen, als Taylor das Esszimmer betrat, nachdem die Haushaltshilfe sie hineingelassen hatte.

„Guten Morgen." Entschlossen nickte sie ihren Eltern zu, trat an den Tisch und setzte sich zu ihnen.

Ihr Vater schien einen Moment lang sprachlos zu sein, bevor er seine Zeitung weglegte und sich zu ihr drehte, um sie kritisch und vorwurfsvoll zu mustern.

„Guten Morgen. Was verschafft uns die Ehre deines Besuchs, nachdem wir dich gestern vergeblich zu erreichen versucht haben?“

„Ich muss mit euch sprechen“, erklärte sie fest und nahm sich vor, nicht vor den stechenden Augen ihres Vaters einzuknicken.

Das war jedoch gar nicht so leicht.

„Weißt du eigentlich, welche Sorgen wir uns gemacht haben, als du dich nach deiner Prüfung nicht gleich bei uns gemeldet hast? Deine Mutter war ganz krank vor Sorge!“

„Daniel“, flüsterte ihre Mutter begütigend und schüttelte fast unmerklich ihren Kopf, was Taylor bestätigte, dass ihre Mom sicherlich nicht *ganz krank vor Sorge* gewesen war. Das Einzige, was sicher war, war der Manipulationsversuch ihres Vaters.

Da sie nicht um den heißen Brei herumreden wollte, holte sie tief Luft und erklärte leichthin: „Ich habe die Prüfung nicht abgelegt.“

Einen Moment lang herrschte schockiertes Schweigen, bis ihr Vater empört rief: „Was soll das heißen?“

Sie zwang sich dazu, ihm in die Augen zu sehen, und wiederholte fest: „Ich habe die Prüfung nicht abgelegt.“

„Hast du verschlafen oder ...?“

Kopfschüttelnd unterbrach sie ihn. „Nein, ich habe nicht verschlafen, Dad. Ich saß im Prüfungsraum und habe gemerkt, dass ich mein Examen nicht ablegen wollte. Also bin ich gegangen.“

Wieder wurde es ganz still im Raum. Jedoch nur für ungefähr zehn Sekunden.

„Hast du völlig den Verstand verloren?“

Mit einem weiteren Kopfschütteln reagierte sie auf den schockierten Ruf ihres Vaters. „Ehrlich gesagt habe ich nie zuvor so klar gesehen, Dad."

„Du *hast* den Verstand verloren!" Fassungslos starrte er sie an, schlug mit seiner flachen Hand auf den Tisch und rang nach Luft. „Ist dir gar nicht klar, was du getan hast?"

Angesichts der erzürnten Fassungslosigkeit ihres Vaters zitterte sie zwar innerlich und wäre am liebsten geflohen, antwortete jedoch voller Überzeugung: „Dad, ich möchte keine Zahnärztin werden. So einfach ist das."

„So einfach ist das", echote er aufgebracht und bekam einen hochroten Kopf.

Taylor warf einen zögernden Blick zu ihrer Mutter, der die Aufregung ebenfalls anzusehen war, wobei Taylor eher davon ausging, dass ihre Mutter lediglich aufgeregt war, weil ihr Mann gerade einen Wutanfall erlitt.

„Mom." Flehentlich sah sie ihrer Mutter ins Gesicht. „Verstehst wenigstens du, dass ich das tun musste? Ich möchte nicht als Zahnärztin arbeiten."

„Aber ... aber ... du hättest wenigstens deinen Abschluss machen können", entgegnete ihre Mutter lahm und ängstlich, darauf bedacht, dass ihr Mann gerade wie Rumpelstilzchen höchstpersönlich auf den Tisch schlug und laut fluchte.

Resigniert hob Taylor eine Hand. „Um was damit zu tun, Mom? Wozu brauche ich ein Examen, wenn ich sowieso nicht praktizieren will?"

„Das fällt dir früh ein", schrie ihr Vater unbeherrscht. „Du bist fünfundzwanzig Jahre alt, Taylor! Ist dir erst gestern während der Prüfung klargeworden, dass du keine Zahnärztin werden willst?"

„Nein“, konterte sie mit nicht überhörbarem Groll in der Stimme. „Ich weiß seit Jahren, dass ich keine Zahnärztin werden will. Ehrlich gesagt ist mir schon die Vorstellung zuwider, anderen Menschen in die Münder zu schauen.“

„Warum zum Teufel hast du dann deine Zeit mit diesem Studium verschwendet? Und mein Geld dazu!“

Taylor holte tief Luft und schaute ihren Vater anklagend an. „Du warst es, der mir eingeredet hat, Medizin zu studieren ...“

„Du hättest auch Jura studieren können!“

„Nein“, schrie sie ebenso laut zurück. „Ich hätte Tanz studieren können, Dad!“

Er stockte einen Moment und erklärte dann abfällig: „Damit wärst du niemals in der Lage gewesen, Geld zu verdienen.“

„Aber ich wäre glücklich gewesen“, korrigierte sie ihn.

Er verdrehte die Augen und setzte ein großspuriges Lächeln auf. „Taylor, jetzt nimm doch wieder Verstand an. Ich werde mit dem Dekan reden, damit du die Prüfung wiederholen kannst.“

Abwehrend schüttelte sie den Kopf. „Ich werde diese Prüfung nicht wiederholen.“

„Natürlich wirst du das“, widersprach er ihr mit fester Stimme und einem warnenden Unterton. „Ich lasse nicht zu, dass meine Tochter ...“

„Nein“, unterbrach sie ihn hitzig und ignorierte das entsetzte Keuchen ihrer Mom, während ihr Augenlid vor Anspannung zu zucken begann. „Dir mag es vielleicht egal sein, ob ich glücklich bin, aber mir ist es nicht egal, Dad! Das ist mein Leben, und das will ich nicht darauf ausrichten müssen, es euch recht zu machen.“

„Taylor“, jammerte ihre Mutter. „Du bist ungerecht.“

Darauf ging sie gar nicht ein, sondern fixierte ihren Vater mit stoischer Miene, während ein kleiner Teil ihres Herzens verzweifelt darauf hoffte, dass er sie verstand. Er war ihr Dad und sie liebte ihn, aber sich selbst liebte sie auch. „Dad, ich bin nicht glücklich. Ist es nicht wichtiger, dass ich glücklich mit dem bin, was ich tue, als dass du deinen Golfpartnern erzählen kannst, dass deine Tochter Zahnärztin ist und einen Abschluss der Columbia hat?“

Verächtlich runzelte er die Stirn. „Du klingst schon wie deine Cousine! Hat sie dir das etwa eingeredet?“

„Madison hat damit nichts zu tun“, wehrte sie ab. „Seit Monaten bin ich unglücklich und ...“

„Dann hättest du dich von Adam nicht trennen sollen“, beklagte sich ihr Vater. „Der Junge hat dir gutgetan!“

„Der *Junge* hat mir überhaupt nicht gutgetan“, rief sie empört und wütend zugleich. „Adam ist die letzte Person auf Erden, die mir guttun könnte, Dad, aber du willst das nicht verstehen! Ian“, krächzte sie. „Ian tut mir gut!“

„Wer zum Teufel ist Ian?“

Sie schöpfte bebend Atem. „Ian Carlisle. Er ist Footballspieler und ... und mein Freund.“

„Dein Freund!“ Eine Ader pochte auf der Stirn ihres Vaters. „Jetzt hör mir mal zu, Taylor ...“

„Nein“, erklärte sie stürmisch. „Dazu hast du nichts zu sagen, Dad! Das ist meine Sache.“

„Ein Footballspieler“, tobte er. „So weit musste es ja kommen, wenn du schon als Cheerleader arbeitest!“

„Was ist so falsch daran? Er ist nett, großartig und versteht mich! Im Gegensatz zu dir interessiert er sich dafür, ob ich glücklich bin.“

Ihr Dad schien nur einen Gedanken zu haben. „Hat er dir etwa eingeredet, dass du deine Prüfung nicht antrittst?“

„Niemand muss mir etwas einreden, Dad! Ich kann meine eigenen Entscheidungen fällen.“

„Ich verbiete dir ...“

„Du kannst mir gar nichts verbieten!“ Aufgebracht stemmte sie beide Fäuste auf den Tisch, während ihr Herz rasend gegen ihren Brustkorb schlug. „Du wirst dich ab sofort nicht mehr in mein Leben einmischen und mir sagen, was ich zu tun habe. Mit wem ich ausgehe oder nicht ausgehe, geht dich nichts an!“

Im ersten Moment schien er absolut perplex zu sein, bevor er brüllte: „Wie bitte, junge Dame? Was hast du gerade gesagt?“

Taylor zuckte zusammen und wollte im ersten Moment am liebsten fliehen, entschied sich dann jedoch dafür, ihm die Stirn zu bieten. Daher nickte sie mit trockener Kehle. „Du hast mich schon verstanden, Dad.“

„Dein Vater will doch nur dein Bestes, Liebling“, schniefte ihre Mutter.

Entschieden schüttelte Taylor den Kopf. „Er will das, was er für das Beste für sich hält, Mom.“

„Also ...!“

„Es stimmt doch“, fuhr sie ihren Vater an. „Du willst, dass ich mit Adam zusammenkomme, weil du mit seinem Dad befreundet bist! Dass er mich betrogen hat und ein furchtbar oberflächlicher Mensch ist, dem meine Gefühle egal sind, interessiert dich nicht.“

„Unsinn!“

„Das ist kein Unsinn“, beschied sie. „Du willst nicht, dass ich mit einem Footballspieler zusammen bin, weil er dir vor deinen akademischen Freunden peinlich wäre, obwohl dieser Footballspieler deine Tochter glücklich macht."

„Aber ..."

Taylor ließ ihn überhaupt nicht zu Wort kommen. „Er fragt mich sogar danach, was mich glücklich macht, Dad, weil es ihn interessiert. Du willst nur, dass ich in einer schicken Privatpraxis als Ärztin arbeite, damit du jedem Geschäftspartner berichten kannst, dass aus deiner Tochter etwas geworden ist. Dass ich mit diesem Beruf unglücklich bin und eigentlich etwas völlig anderes machen wollte, ist dir egal."

Eigentlich hätte sie mit einem erneuten Wutanfall gerechnet, doch ihr Vater war plötzlich sehr still und starrte sie nachdenklich an.

Mit einem Zittern holte sie Luft. „Außerdem willst du, dass ich das aufgebe, woran mein Herz hängt. Ich bin gerne Cheerleader und mache das verdammt gut. Hast du dir wenigstens ein Spiel angesehen, bei dem ich dabei war, Dad?"

Er seufzte schwer auf. „Taylor, du bist meine Tochter. Natürlich ist es mir nicht egal, wenn du unglücklich bist."

Zu ihrem Entsetzen brach sie in Tränen aus. „Dann zeig mir das, Dad! Zeig mir, dass ich dir wichtig bin, auch wenn ich meine eigenen Entscheidungen treffe."

Auch ihre Mutter brach in Tränen aus.

Taylor wischte sich über die Augen und verfluchte das Gefühlschaos in ihrem Inneren. All das, was sie über Ian gesagt hatte, stimmte. Er machte sie glücklich, aber das hatte sie völlig übersehen, als sie ihn gestern für ihr Unglück verantwortlich gemacht hatte. Sie hatte sich dermaßen egoistisch benommen und alles kaputtgemacht.

Wie sollte sie ihm wieder vor die Augen treten und das erklären können?

Das Räuspern ihres Vaters holte sie wieder in die Wirklichkeit zurück. Mit bebender Unterlippe schaute sie ihn abwartend an, als dieser widerstrebend wissen wollte: „Nun gut, Taylor. Dann sag mir doch, welcher Beruf dich glücklich machen würde."

Sie schluckte ihre Tränen hinunter und schniefte zitternd: „Das weiß ich noch nicht, Dad, aber ich finde es heraus."

„Verstehe ich das richtig?" Madison klang mehr als skeptisch, während sie in Taylors Küche stand und einen Kuchen aufschnitt. „Du hast deine Prüfung geschwänzt, willst nicht mehr Zahnärztin werden und bist bei deinen Eltern in die Wohnung gewalzt, um ihnen mitzuteilen, dass sie dich mal kreuzweise können?"

Taylor rümpfte die Nase und schaute in ihre Kaffeetasse hinein. „*So* habe ich das nicht gesagt."

„Schon klar. Du hast deinem Vater nur gesagt, dass du das teure Studium in den Sand gesetzt hast und von jetzt an einen Scheiß darauf gibst, was er zu sagen hat."

„Madison!"

Ihre Cousine hob abwehrend beide Hände in die Höhe und hielt dabei das Kuchenmesser fest. „Schon gut, schon gut. Eine Frage hätte ich allerdings noch?"

„Die da wäre?", wollte Taylor seufzend wissen.

„Wer sind Sie und was haben Sie mit meiner Cousine gemacht?"

„Sehr witzig“, antwortete sie trocken und zog ein Bein an ihren Körper, das sie mit beiden Beinen umschlang, bevor sie die Wange auf ihr Knie bettete. „Für Späße bin ich nicht zu haben.“

„Hey“, erwiderte Madison fröhlich. „Kopf hoch! Du hast deinem Vater Paroli geboten, und er hat es geschluckt, so wie sich das bei dir angehört hat. Sei doch froh, dass endlich die Fronten geklärt sind.“

„Das bin ich auch“, murmelte Taylor betrübt. „Zwar ist er alles andere als glücklich über meine Entscheidung, aber dafür bin ich es.“

Sehr trocken konterte Madison: „Na ja, so siehst du aber nicht aus.“

„Doch das bin ich“, beharrte Taylor dumpf. „Ich bin sehr glücklich.“

„Eigentlich gibst du ein deprimierenderes Bild ab als ein beidseitig armamputierter Mann in einem Sexshop.“

Taylor runzelte die Stirn und blinzelte zu ihrer Cousine hoch, um tadelnd zu flüstern: „Über Armamputationen macht man keine Scherze, Madison.“

Madison schien durch Taylors Rüge nicht im Mindesten beeindruckt zu sein. „Wenn der Gute sich in einem Sexshop umsieht, hat es eine unfreiwillige Komik. Das musst du zugeben. Was will er da schließlich kaufen?“

Um nicht weiter über Madisons perversen und leicht abartigen Sinn für Humor nachzudenken, schloss Taylor die Augen und nuschelte: „Warst du mit Blake mal wieder in einem Sexshop oder warum fängst du davon an?“

„Blake geht nicht gerne in Sexshops.“

Nun war sie doch irritiert und öffnete wieder die Augen, um ihre Cousine zu mustern. „Wie das? Hast du mir nicht von seiner Pornosammlung erzählt?“

„Oh ja, die ist riesig! Aber er bestellt lieber im Internet, weil ihn die Vorstellung verfolgt, dass ihn irgendjemand dabei fotografieren könnte, wie er sich in so einem Shop versaute Dinge ansieht, und die Fotos anschließend ins Netz stellt. Männer!“ Madison lachte fröhlich. „Jetzt lenk aber nicht vom Thema ab! Wieso bist du nicht erleichtert, dass du mit deinen Eltern Tacheles gesprochen hast?“

„Ich bin erleichtert!“

„Ach.“ Madison stellte ihnen beiden zwei Teller mit Schokoladenkuchen auf den Tisch und setzte sich auf den gegenüberliegenden Stuhl, um Taylor skeptisch zu mustern. „Wenn ich es nicht besser wüsste, würde ich denken, dass du Liebeskummer hast. Das scheint momentan Konjunktur zu haben. Blake musste Ian gestern von einer Polizeiwache abholen und schwor Stein und Bein, dass ein Problem mit Frauen dahinter ...“ Ihre Cousine brach entsetzt ab.

Taylor dagegen fuhr sich über die trockenen Lippen und sah nervös auf. „Ian war auf einer Polizeiwache? Warum? Wurde er verhaftet?“

„Taylor Elisabeth Roberts“, erklärte Madison streng. „Hast du dich etwa mit Ian Carlisle eingelassen und mir nichts davon erzählt?!“

„Madison“, bat Taylor ernsthaft und setzte sich auf. „Was ist passiert? Geht es ihm gut?“

Noch immer leicht aus der Fassung gebracht blinzelte ihre Cousine und schüttelte fast unmerklich den Kopf. „Abgesehen davon, dass er sich hat volllaufen lassen und dann in eine Schlägerei verwickelt wurde, bevor er verhaftet wurde, scheint es ihm hundeelend zu gehen. Blake meinte, dass dein Footballspieler kurz davor gestanden hätte, auf dem Weg nach Hause in Tränen auszubrechen, was ich mir zwar nicht vorstellen kann, meinem Freund aber Glauben schenken will.“

Entsetzt griff sich Taylor ins Gesicht und biss so fest auf ihre Unterlippe, dass sie den metallischen Geschmack von Blut auf ihrer Zunge spürte.

Madison nahm einen Bissen Kuchen und schien unempfänglich für das Entsetzen ihrer Cousine zu sein. „Wie lange geht das schon zwischen euch? Irgendwie bin ich beleidigt, dass du mir nichts gesagt hast.“

Taylor schluckte den Kloß, der sie zu ersticken drohte, nur mühsam hinunter. Schuldgefühle brachen in Wellen über sie hinein, als sie daran dachte, was ihre Worte angerichtet hatten.

„Blake hat dir gesagt, dass es Ian ... dass es Ian hundeelend geht?“

Die quirlige Madison zuckte mit der Schulter. „Vielleicht hat Blake auch übertrieben. Manchmal ist das seine Art. Ich weiß nur, dass Ian ihm nicht sagen wollte, worum es ging, und ein Gesicht machte, als wäre sein Hund gestorben. Habt ihr euch gestritten?“

„So kann man das sagen“, murmelte Taylor unglücklich und schnappte stockend nach Luft.

„Willst du mir denn sagen, worum es ging, wenn Ian schon nichts verrät?“

Kopfschüttelnd starrte Taylor auf ihr Stück Kuchen und erklärte mit belegter Stimme: „Das ist eine Sache zwischen uns beiden.“

„Tja.“ Ihre Cousine schlürfte ihren Kaffee und stellte die Tasse anschließend in typisch rüpelhafter Weise ab, dass die Tischdecke ein paar Flecken abbekam. Ihr

Umgang mit Blake schien abzufärben. „Dann solltet ihr das vielleicht klären, damit ihr beiden nicht mit solchen Mienen durch die Gegend rennt. Morgen steht ein wichtiges Spiel an!“

Bedauernd legte Taylor den Kopf zurück und wisperte unglücklich: „Ich habe ihn sehr verletzt und glaube nicht, dass wir das klären können.“

„*Du* hast *ihn* verletzt? Was hast du getan? Mit einem Baseballspieler geschlafen?“

„Du bist heute alles andere als hilfreich“, stellte Taylor erzürnt fest und funkelte Madison an. „Und nein, ich habe nicht mit einem Baseballspieler geschlafen! Ich habe Ian ein paar schlimme Dinge an den Kopf geworfen! Das wird er mir nicht verzeihen ...“

„Der Mann ist Footballspieler, Taylor“, unterbrach Madison sie amüsiert. „Zwar sind sie alle ein paar Mimosen, aber glaube mir, nichts, was du ihm an den Kopf wirfst, wird ihn dermaßen verletzen, dass er es dir nicht verzeihen könnte.“

„Aber ...“

„Ich habe schon erlebt, wie sie sich untereinander die schlimmsten Schimpfwörter an den Kopf geworfen und sich bis aufs Blut geprügelt haben, um sich anschließend brüderlich eine Pizza zu teilen. Das Gute an ihnen ist, dass sie nicht nachtragend sind.“

Taylor konnte Madisons Optimismus nicht teilen und seufzte unglücklich. „Ich weiß nicht ...“

Etwas ernsthafter als zuvor wollte ihre Cousine wissen: „Wenn du dir solche Sorgen darum machst, ob Ian Carlisle durch deine Worte verletzt sein könnte, gehe ich davon aus, dass du nicht einfach nur mit ihm schlafen und ihn dann von der Bettkante stoßen wolltest, oder?“

„Nein“, antwortete Taylor leise und musterte das unberührte Stück Schokoladenkuchen auf ihrem Teller. Sofort musste sie an einen gewissen Abend vor fast drei Wochen denken, als sie mit Ian in der neunundvierzigsten Etage eines Gebäudes Käsekuchen gegessen und sich zum zweiten Mal in ihrem Leben in ihn verliebt hatte. „Ian ist ... er ist mehr als das.“

Pragmatisch erklärte Madison: „Dann solltest du das mit ihm klären.“

„Und wenn er mir nicht zuhört?“

„Dann zwing ihn dazu.“

20. Kapitel

Es war nicht sein Tag.

Ian saß auf der Bank und goss sich Wasser über seinen Nacken, während er keuchend darüber nachdachte, dass das heutige Spiel der Tiefpunkt seiner Karriere werden könnte, wenn er nicht endlich den Arsch hochbekam.

Wäre Julian Scott nicht gewesen, hätte er sich längst einen Strick nehmen können. Der andere Wide Receiver lieferte ein überragendes Spiel ab und bügelte all die Fehler aus, die Ian ständig passierten. Niemals zuvor hatte er so unkonzentriert gespielt. Niemals zuvor war es ihm so egal gewesen, ob sie verloren oder gewannen. Das war vermutlich das Erschreckendste an dem ganzen Drama. Wenn ein Spieler keine Lust mehr aufs Gewinnen hatte, konnte er sich gleich erschießen – oder den besagten Strick nehmen.

Vielleicht sollte er seinen Coach bitten, ihn vom Platz zu nehmen.

Das wäre für alle Beteiligten sicherlich am besten gewesen.

Seit er auf das Feld gekommen war und gesehen hatte, dass Taylor nicht unter den Cheerleadern war, gab es dieses Loch in seinem Bauch und diesen Kloß in seinem Hals, die es ihm unmöglich machten, ein gutes Spiel abzuliefern. Immer wieder fragte er sich, wo sie war, was sie tat und wie es ihr ging. Weil er mit diesen Fragen ständig so abgelenkt war, hatte er auch keinen Blick für den gegnerischen Cornerback, der ihn bei jedem Spielzug zu Boden warf. Eins war klar: Mit dem heutigen Spiel ruinierte er seine Statistik.

„Carlisle.“ Julian Scott ließ sich neben ihm auf die Bank fallen und keuchte ebenfalls. „Nichts für ungut, aber du spielst heute extrem beschissen.“

„Erzähl mir was Neues“, brummte er und ließ die Arme zwischen seinen Oberschenkeln baumeln.

Sein Kumpel klopfte ihm auf die Shoulderpads und klang mehr als gutmütig – im Gegensatz zu den betrunkenen Zuschauern hinter ihm, die seit zehn Minuten *Fick dich, Carlisle, du Hurensohn* brüllten. „Wenn du mir jetzt sagst, dass dein beschissenes Spiel daran liegt, mich besser aussehen zu lassen und mir einen tollen Abgang aus der NFL zu verschaffen, verpasse ich dir ein zweites Veilchen.“

Er schnaubte. „Die Idee käme nicht einmal mir.“

„Dann liegt deine Unkonzentriertheit vielleicht an dem Cheerleader, der seit drei Minuten auf der Stadionleinwand eingeblendet ist und deine Aufmerksamkeit zu erregen versucht?“

Ians Kopf schoss in die Höhe und folgte dem belustigten Blick seines Kumpels zur übergroßen Leinwand am rechten Rand des Stadions. Beinahe wären Ian die Augen aus dem Kopf gefallen, als er Taylor entdeckte, die dort überdimensional mit einem Schild zu sehen war. Allem Anschein nach hatte die Kiss-Cam sie eingefangen, da sie auf der Haupttribüne saß, ihr Cheerleading-Outfit trug und ein Schild in die Kamera hielt, auf dem in fetten Lettern zu lesen war: *Ian, es tut mir leid. Lass mich dein Käsekuchen sein.*

Vor Schreck bekam er einen Hustenanfall und verstand jetzt auch, warum die betrunkenen Typen hinter ihm von *Fick dich, Carlisle, du Hurensohn* auf *Fick dich, Carlisle, du Käsekuchen* umgeschwenkt waren.

„Das mit dem Käsekuchen verwirrt die Jungs und mich“, ließ sich Julian wie die Ruhe selbst vernehmen.

„Ein Insider“, stammelte Ian ungläubig und spürte, wie sein Herz zu rasen begann, während er atemlos das zögerliche und unsichere Lächeln in sich aufnahm, das Taylor ihm und den anderen achtzigtausend Zuschauern schenkte.

„Dann ist ja gut. Eddie klagt nämlich schon, dass er Hunger auf Käsekuchen bekommt, wenn er das Schild noch länger ansehen muss.“

Er ging auf den Scherz seines Kumpels nicht ein, sondern konnte nicht anders, als weiterhin auf die Leinwand zu schauen, auf der Taylor noch immer zu sehen war. Beinahe hätte er lauthals gejubelt, entschied sich dann aber für ein breites Grinsen, das keinen Millimeter verrutschte, obwohl hinter ihm weiterhin gegrölt wurde, was das Zeug hielt.

„Dir ist schon klar, dass Teddy dir verboten hat, etwas mit Cheerleadern anzufangen, oder?“, ließ sich sein Teamkollege beiläufig vernehmen.

„Dann soll sie mich halt feuern“, lautete Ians Kommentar, während er über das ganze Gesicht strahlte und sich umdrehte, um die Haupttribüne in Augenschein zu nehmen.

„Gute Antwort.“

Ian wartete nicht darauf, dass die Freaks hinter ihm damit aufhörten, ihm lauthals Beleidigungen an den Kopf zu werfen, sondern sprang von der Bank auf, ignorierte das Gebrüll seines Coachs und rannte die Seitenlinie entlang, um dann rechts abzubiegen und unter den Zuschauerrängen zu stehen. Gleich über sich entdeckte er Taylor, sprang leichtfüßig auf ein Podest und hangelte sich an den Rand des Niedergangs, um von der auf die

Tribüne klettern zu können. Keine zehn Sekunden später hatte er Taylor erreicht, deren Gesicht hochrot geworden war.

Ohne sich umzudrehen, ging er davon aus, dass die Kiss-Cam weiterhin auf sie beide gerichtet war, und ignorierte die Sitznachbarn der Frau, die das Schild umklammerte und ihn schüchtern anlächelte.

„Käsekuchen?“, raunte er heiser und beugte sich lächelnd zu ihr hinab. „Willst du aus mir die Lachnummer der NFL machen?“

Sie schüttelte den Kopf, ließ das Schild los und umfasste stattdessen sein Gesicht, das mal wieder ein Veilchen sowie eine gestauchte Nase als auch blutverkrustete Hautabschürfungen zierte. Ihre Berührung traf ihn wie ein Schlag und ließ jede seiner zig Milliarden Nervenenden verrückt spielen.

„Es tut mir leid“, flüsterte sie so leise, dass nur er verstand, was sie ihm sagte. „Du machst mein Leben nicht kaputt, Ian. Du machst es glücklicher.“ Sie schluckte. „Du machst mich glücklich.“

Sein Herz schien jeden Moment vor Glück, Erleichterung und Überschwang zu zerplatzen. Sehr bedächtig fragte er: „Gehst du heute mit mir aus, Taylor? Auf ein Date?“

„Immer“, beteuerte sie leise. „Sogar ohne die Aussicht auf Käsekuchen.“

Unter den Anfeuerungsversuchen der Zuschauer, vereinzeltem Buhen und dem Gebrüll seines Coachs am Spielfeldrand konnte Ian nicht anders, als herzhaft zu lachen, den Kopf nach vorne zu beugen und Taylor lange und gründlich zu küssen.

Epilog

Obwohl Ian auf den sogenannten *Tanzkram* ganz gut verzichten konnte, wie er nie müde wurde, vor seinen Teamkollegen zu betonen, begleitete er sie auffällig oft ins Theater und protestierte nur der Form halber, wenn sie abends einen Tanzfilm anschauen wollte und ihn dazu zwang, sich zu ihr auf die Couch zu gesellen. Jedenfalls war das Taylors Eindruck. Zwar erklärte er stets mit einem großspurigen Grinsen auf dem Gesicht, dass er sich den *Tanzkram* nur antat, damit sie mit ihm schlief, aber Taylor kannte die Wahrheit.

Saßen sie beide nebeneinander im Publikum, um sich eine Inszenierung anzusehen, wippte sein Fuß im Takt der Musik, während er sich mit Popcorn vollstopfte und gebannt den Tänzern auf der Bühne zusah. Stand er in der Küche, um ihnen ein Abendessen zuzubereiten, hörte er Musik und bewegte sich im Rhythmus der Lieder und sang sogar dazu. Und sprach sie mit ihm über ihren Plan, was sie mit ihrem Leben anfangen wollte, nachdem sie sich dazu entschlossen hatte, Abstand von dem Job einer Zahnärztin zu nehmen, funkelten seine Augen vor Begeisterung.

Ian Carlisle stand auf diesen *Tanzkram*, auch wenn er es niemals zugegeben hätte. Vor allem nicht vor seinen Teamkollegen.

In den vergangenen Monaten hatte Taylor einiges über ihren Freund gelernt, das sie niemals von ihm vermutet hätte. Zum einen war er furchtbar penibel, was gute Tischmanieren und die Sauberkeit seiner Wohnung betraf. Vor allem, als sie nach einem halben Jahr Beziehung zu ihm zog, stellte sie erleichtert fest, dass er ganz ähnlich wie sie gestrickt war und dreckiges Geschirr sofort spülte oder seine Sachen ordentlich wegräumte, bevor sie in der Wohnung herumfliegen konnten. Zum anderen verstand er sich mit ihrer Grandma blendend.

Von allen Familienmitgliedern war es ausgerechnet ihre aristokratisch wirkende, mit einer spitzen Zunge gesegnete Großmutter, die ihr Herz an Ian verlor und Taylor stets ermahnte, *nett zu dem Jungen zu sein.* Außerdem bestand ihre Grandma darauf, dass Taylor ihren Freund bei jeder sich bietenden Gelegenheit mitnahm.

Wie sie von Madison hörte, war Blake ein wenig eingeschnappt, dass Eunice Rosemary Roberts auf Familienfeiern immer nur Ian ihre volle Aufmerksamkeit schenkte, während sich Blake vernachlässigt fühlte. Wenn der Runningback nicht immer aussähe, als würde er sich gerade vor Angst in die Hosen machen, sobald ihre Grandma in der Nähe war, hätte sie ihm sogar glauben können.

Der Unterschied zwischen Ian und Blake bestand nun einmal darin, dass Blake einen geradezu panischen Respekt vor ihrer Großmutter empfand und kaum ein Wort herausbrachte, während Ian ihr so begegnete wie sie ihm: mit einer großen Klappe.

Taylor blieb meistens nichts anderes übrig, als zwischen den beiden zu sitzen und zuzuhören, wie sie abwechselnd flapsige Kommentare vom Stapel ließen und sich tierisch darüber amüsierten. Auch heute war es nicht anders.

Ihre Grandma hatte sich mit ihrer unnachahmlichen Art zu ihnen eingeladen, thronte nun mit ihrem Gehstock in der Hand auf dem Sofa und ließ sich von Taylor einen Tee eingießen, während Ian dazu genötigt wurde, ihr ein

Stück Kuchen auf den Teller zu legen. Selbstverständlich hatte er Käsekuchen gekauft.

„Was sagt eigentlich dein Vater dazu, dass du zu Ian gezogen bist?“

Sie schnitt eine amüsierte Grimasse. „Nach den letzten Monaten konnte ihn dies nicht mehr schocken, Grandma. Mom und er waren auch schon hier. Selbst wenn sich seine Begeisterung in Grenzen hielt, hat er nicht protestiert, falls du das wissen wolltest.“

Lachend reichte Ian der alten Dame einen Teller. „Ich glaube ja, dass Dan damit rechnet, dass Taylor bald völlig durchdreht und zum Zirkus geht. Er beobachtet sie, als würde sie sich jeden Moment in ein Alien verwandeln und sich zu ihrem Heimatschiff hochbeamen lassen.“

„Ich wusste ja gar nicht, dass du ihn Dan nennst“, ließ sich ihre Großmutter erstaunt vernehmen. „Mein Sohn ist furchtbar konservativ.“

Trocken erklärte Taylor, während sie sich auf einen Stuhl setzte und Ians Grinsen mit einem Augenverdrehen erwiderte: „Ian ließ Dad keine andere Wahl, Grandma. Bei ihrem letzten Besuch holte er eine Flasche Scotch heraus, zwang Dad zum Mittrinken, nannte ihn *Dad* und plante mit ihm eine Reise nach Schottland, um dort mit ihm Destillerien zu besichtigen. Mom erzählte, dass Dad zwei Tage lang einen Kater hatte.“

Das gackernde Lachen ihrer Großmutter war im ganzen Raum zu hören. „Mein armer Sohn! Das halbe Hemd hat noch nie Alkohol vertragen. Gut gemacht, Ian.“

„Danke, Eunice“, erwiderte er mit einem verschlagenen Lächeln. „Möchtest du auch ein Gläschen heben?“

Sie schnaubte. „Das bekäme dir nicht, Jungchen. Ich habe schon Iren unter den Tisch getrunken, als du nicht einmal in Planung warst.“

„Wer sagt denn, dass meine Geburt geplant war?“

Das amüsierte ihre Großmutter köstlich, da sie feixend Taylor ansah. „Unter uns: Die Geburt deines Onkels war auch nicht geplant.“

Seufzend griff sie nach ihrem Teller. „Ich glaube, dass ich bald ein Gläschen heben muss, wenn das mit euch so weitergeht.“

Ian stieß sie auffordernd mit seinem Fuß an. „Bevor du dich betrinkst, könntest du deiner Grandma von deinen Plänen berichten. Dann musste sich der Taxifahrer wenigstens nicht umsonst ihre derben Witze anhören, als er sie hergefahren hat.“

Paradoxerweise lachte ihre Großmutter und schenkte Ian einen Blick voller Zuneigung. Sentimental, wie Taylor war, freute sie sich darüber, dass ihr Freund in ihrer Familie einen so guten Anschluss gefunden hatte, da das Verhältnis zu seiner eigenen Familie unverändert war. Zwar hatte er seiner Schwester zwei Karten und Flugtickets zugeschickt, als die Titans den Superbowl erreicht hatten, aber Casey hatte beides in einem Brief zurückgeschickt, in dem sie bedauernd erklärt hatte, dass sie leider keine Zeit habe, um sich das Spiel anzusehen. Ians Verbitterung hatte Taylor in der Seele wehgetan.

Da der erwartungsvolle Blick ihrer Großmutter auf ihr ruhte, schüttelte sie die Gedanken zu Ians Familie ab und erklärte zögerlich: „Seit Monaten denke ich darüber nach, irgendetwas in Richtung Tanz zu machen.“

„Bist du nicht etwas zu alt dafür, an einer Ballettakademie zu studieren?“

Wie nicht anders zu erwarten gewesen wäre, mischte sich Ian an: „Du solltest mal gewisse Bewegungen von ihr sehen, Eunice, dann ..."

„Ian", zischte Taylor ihm zu und wurde knallrot, während ihre Großmutter vor Vergnügen prustete. Rasch sprach sie weiter, um den peinlichen Kommentar ihres Freundes unter den Tisch fallen zu lassen. „Ich will nicht an einer Akademie studieren, sondern eine Tanzschule eröffnen – mit angeschlossenem Tanzstudio. Es soll ganz klassisch Ballett angeboten werden, aber auch moderne Richtungen. Bis hin zu Streetdance. Für Kinder, Erwachsene und für Profitänzer, die dort Kurse besuchen, aber auch selbst geben können, um zusätzlich etwas Geld zu verdienen. Es haben sich schon Interessenten gemeldet, die sich bei mir anmelden möchten. Passende Räumlichkeiten habe ich auch schon."

„Und einen Businessplan", warf Ian ein und nickte stolz. „Einen richtig guten, wie ich hinzufügen darf."

Bei dem Gedanken an ihre eigene Tanzschule stieg prickelnde Aufregung in ihr hoch. Mit glühendem Gesicht erklärte sie ihrer Grandma: „Ians Chefin hat mir geholfen und ihn mit mir erstellt. Mein Bankberater hat ihn sich schon angesehen und ist überzeugt. In den nächsten Tagen werde ich wegen eines Kredits Bescheid bekommen und ..."

„Ein Kredit?" Ihre Großmutter war entsetzt. „Roberts nehmen keine Kredite auf, Taylor! Wir sind doch keine Bettler."

Bevor ihre Großmutter auf die Idee kam, abfällige Vergleiche zu anderen Volksgruppen anzustellen, erwiderte Taylor ruhig: „Grandma, das ist kein Betteln, sondern ein Geschäft. Die Bank bekommt Zinsen dafür, dass sie mir das Geld leiht. Als Startkapital habe ich

Großvaters Erbe und werde den Kredit sinnvoll verwenden, bevor ich ihn zurückzahle."

Der stechende Blick ihrer Großmutter traf Ian, der gerade mit voller Hingabe seinen Käsekuchen mampfte. „Soviel ich weiß, verdienen Footballspieler geradezu abartig viel Geld. Wieso lässt du zu, dass sich deine Freundin für einen Kredit prostituieren muss?"

Der arme Ian blinzelte entsetzt mit vollem Mund, schluckte seinen Bissen hinunter und sah Taylor neugierig an. „Ich dachte, dein Bankberater wäre schwul!"

„Das ist nicht komisch, ihr beiden!" Sie schüttelte den Kopf und rügte ihre Grandma: „Das ist doch keine Prostitution!"

Ian räusperte sich. „Außerdem habe ich ihr gesagt, dass sie das Geld von mir haben kann – im Austausch gegen sexuelle Gefälligkeiten. Zu meinem Bedauern hat sie es nicht angenommen."

Taylor überhörte das mit den sexuellen Gefälligkeiten und hob erklärend die Hände. „Grandma, ich schaffe das schon und brauche keine Unterstützung von Ian. Mein Erbe reicht völlig als Sicherheit und ..."

Die alte Dame spitzte abfällig die Lippen. „Du hättest auch deinen Vater um das Geld bitten können, Taylor."

Sie verdrehte die Augen. „Als ob ich Dad nach einer Finanzierung für meine Tanzschule fragen würde. Er hat mehrere hunderttausend Dollar für eine Ausbildung ausgegeben, die nicht zum Abschluss gebracht wurde."

„Dein Großvater hat ihn auch unterstützt, als er seine Kanzlei eröffnete", wies ihre Großmutter sie zurecht.

„Aber ..."

„Papperlapapp“, beschied Eunice Rosemary Roberts. „Am Montag begleitest du mich zu meiner Bank, Taylor. Dann ist dieses leidige Thema vom Tisch.“

„Grandma“, protestierte sie. „Ich will dein Geld nicht!“

„Du bekommst es dennoch.“ Sie stampfte mit ihrem Stock auf den Boden. „Und jetzt will ich nicht länger *darüber* reden, sondern wissen, warum zwei meiner drei Enkelinnen mit Footballspielern zusammen sind, die es nicht schaffen, ihnen einen Heiratsantrag zu machen. Bevor ich ins Gras beiße, will ich noch einmal mein *Coco Chanel*-Kostüm tragen – und zwar auf einer Hochzeit!“

Taylor blieb die Luft weg und begann zu stottern.

Ian dagegen war die Ruhe in Person, stellte seinen leeren Kuchenteller auf den Couchtisch und zuckte lässig mit der Schulter. „Was Blake betrifft, musst du ihn schon selbst fragen, aber ich befürchte, dass er sich dabei vor Angst in die Hosen machen wird. Und was uns angeht ...“ Er schenkte Taylor ein großspuriges Lächeln, während seine Augen zärtlich über ihr Gesicht glitten. „... wir arbeiten daran.“

Leseprobe

„Nur ein Kuss“ – 25. April 2015

Es war nicht das Sirenengeheul oder der schmerzende Rauch, der ihr in der Nase und im Mund brannte, sondern das ängstliche Weinen ihrer Tochter, das von der Rückbank zu ihr her drang und sie aus ihrer Benommenheit riss. Irgendetwas stimmte hier ganz und gar nicht, aber Amy war zu benommen, um klar denken zu können. Die Schmerzen kamen plötzlich und raubten ihr den Atem, breiteten sich von ihrer Brust aus in jeden Muskel ihres Körpers, sodass sie Mühe hatte zu atmen. Langsam öffnete sie die Augen und sah mit klopfendem Herzen, dass das Armaturenbrett ihres Kleinwagens völlig zerstört war, das Lenkrad zwischen Tür und Angel klemmte und sie selbst gegen die Autoscheibe gedrückt wurde.

Dann war da der Rauch, der sie husten und nach Luft schnappen ließ, während es unter ihren Sommerschuhen unerträglich heiß war. *Feuer*, schoss es ihr benommen durch den Kopf. Vor Schmerzen stöhnte sie auf, als sie sich zu bewegen und aus dem Sitz zu befreien versuchte. Mit steifen Fingern nestelte sie an ihrem Sicherheitsgurt herum, der sich jedoch nicht öffnen ließ. In ihrer Benommenheit ignorierte sie den scharfen Schmerz und fühlte sich regelrecht taub, auch wenn ihre blutenden Fingerkuppen gegen einen scharfen Metallsplitter stießen.

Plötzlich wurde das Weinen auf der Rückbank schwächer. Augenblicklich war Amy hellwach und erinnerte sich daran, dass ihre Tochter mit ihr im Auto saß. Panisch schrie sie ihren Namen und bemühte sich, sich aus ihrem Auto zu befreien. Vergebens.

„Audrey!“ Sie schrie den Namen immer und immer wieder. „Audrey, Mommie ist da, Baby, Mommie ist da!“

Tränen strömten aus ihren Augen, als sie mühsam und unter Schmerzen den Kopf nach hinten drehte und verschwommen sah, dass der Kindersitz zerdrückt war und ihre Tochter in einem unnatürlichen Winkel darin saß. Das kleine Mädchen war kreidebleich im Gesicht und rührte sich nicht. Eine Platzwunde auf der Stirn blutete – genauso wie auf ihren Beinen. Ihre dicht bewimperten Augenlider flatterten leicht, öffneten sich jedoch nicht.

In ihrer Panik begann Amy zu schluchzen. „Audrey! Sieh Mommie an! Schau zu mir, Liebling, bitte! Tu Mommie den Gefallen!“

Doch das fünfjährige Mädchen rührte sich nicht. Panisch schrie Amy um Hilfe und zerrte an ihrem Gurt, der sich einfach nicht lösen wollte. Sie versuchte schluchzend, nach hinten zu greifen, doch sie konnte ihre Tochter nicht erreichen.

„Hilfe! Hilfe! Meine Tochter ist hier, warum hilft denn niemand!“

Schreiend drehte und wand sie sich in ihrem Sitz, zerrte an dem Gurt, bis ihre Fingernägel blutig waren, doch es half alles nichts. Der Rauch wurde stärker, nahm ihr nicht nur die Sicht, sondern ließ sie so stark husten, dass ihre Lungen brannten. Über dem Versuch, sich aus dem Sitz zu befreien, Atem zu schöpfen und die unerträgliche Hitze zu ignorieren, die ihr die Beine hochschoss, während sie gleichzeitig nach Hilfe schrie, wurde sie ohnmächtig.

Weitere Romane von Poppy J. Anderson

„Verliebt in der Nachspielzeit“ (Band 1)

erschienen im Juli 2013

Hanna Dubois kann es nicht glauben! Ihre erste Woche in New York City hält einige Überraschungen für sie bereit: Sie bekommt das heiß ersehnte Stipendium, wird in einen Autounfall, den Paparazzi verursacht haben, verwickelt und lernt dabei John kennen - das Bild von einem Mann. Sie verliebt sich Hals über Kopf in den berühmten ehemaligen Quarterback, dessen Schritte ständig von Pressevertretern überwacht werden. Eine wahre Hetzjagd auf Hanna beginnt, an der die Beziehung der beiden zu zerbrechen droht ...

Seitenzahl: 393

„Touchdown fürs Glück“ (Band 2)

erschienen im November 2012

Julian Scott ist der talentierte und neue Footballspieler der New York Titans, dessen Leben nicht schöner sein könnte. Er ist auf dem Höhepunkt seiner Footballkarriere, die Frauen laufen ihm scharenweise hinterher und finanziell kann er auch nicht klagen.
Liv Gallagher ist die erfolgreiche und angesehene Architektin einer New Yorker Agentur, deren Leben strikt geordnet ist. Sie lebt für ihren Beruf, macht sich wenig aus den Männern, die ihr nachschauen, und konzentriert sich lieber auf ihre Karriere.
Julian und Liv sind grundverschieden und doch waren sie früher ein glückliches Ehepaar. In New York treffen sie zufällig aufeinander und müssen feststellen, dass immer noch die Funken fliegen, wenn sie sich sehen ... wäre da nicht ein dunkles Geheimnis aus ihrer Vergangenheit.

Seitenzahl: 454

„Make Love und spiel Football“ (Band 3)

erschienen im Januar 2013

Der Footballgott muss sich mit den New York Titans wohl einen Witz erlaubt haben, als er die Tochter des verstorbenen Teambesitzers zur neuen Chefin ernannt hat! Das glaubt jedenfalls Brian Palmer, Quarterback und Kapitän der Titans, als sich die skandalbehaftete Teddy MacLachlan mit Hippiekleidung, Bauchnabelpiercing und Flipflops dem Team vorstellt. Frauen können in der Welt des Footballs nicht bestehen, vor allem nicht wenn sie auf Räucherstäbchen und Meditationen abfahren. Football bedeutet Krieg, da haben Frauen nichts zu suchen – Brian hat keine Skrupel, das seiner neuen Chefin ins Gesicht zu sagen, doch die bricht wider Erwarten nicht in Tränen aus, sondern grinst ihn frech an. Anders als der Rest der Frauenwelt, die sich dem heißen Quarterback an den Hals wirft, legt sich Teddy mit ihm an und schlägt ihn mit den eigenen Waffen.

Seitenzahl: 393

„Verbotene Küsse in der Halbzeit“ (Band 4)

erschienen im September 2013

Erin Hamilton hat klare Zielvorstellungen vor Augen und weiß, wohin ihr Weg gehen wird ... wären da nicht ständig Komplikationen, die ihr das Leben erschweren. Zum einen gibt es da ihre jüngere Schwester, deren überdimensionale Hochzeit jeden vernünftigen Rahmen zu sprengen droht, dann treibt ihre sexuell orientierungslose Mitbewohnerin sie beinahe in den Wahnsinn und Geldsorgen hat Erin auch noch. Zu allem Überfluss muss sie mit dem verantwortungslosen und arroganten Tom Peacock klarkommen, der sie als Kindermädchen für seine vierjährige Tochter engagiert, damit er sich nicht selbst um die Kleine kümmern muss. Der berühmte Footballspieler ist es gewöhnt, seinen Willen durchzusetzen und das zu bekommen, was er haben will. Doch bei Erin beißt er auf Granit, denn sie ist alles andere als beeindruckt von ihm und zeigt dies deutlich. Sie zwingt ihn dazu, Zeit mit seiner süßen Tochter zu verbringen. Ob Tom gegen so viel Weiblichkeit um ihn herum eine Chance hat?

Seitenzahl: 394

„Knallharte Schale – zuckersüßer Kerl (Band 5)

erschienen im Dezember 2013

Dupree Williams ist ein knallharter Footballspieler, der bei seinen Gegnern Angst und Schrecken auslöst. Nicht umsonst gilt er als "menschlicher Bulldozer". Doch niemand kann sich vorstellen, dass Dupree unter extremer Schüchternheit leidet und nicht weiß, wie er mit Frauen sprechen soll. Zu sehr nagt ein Erlebnis aus seiner Collegezeit an ihm. Meistens kaschiert er seine Unsicherheit mit einer großmäuligen Art und gerät prompt an Sarah, die ihm mit einem gezielten Tritt zu verstehen gibt, dass sie arrogante, großmäulige und aufdringliche Typen nicht leiden kann. Der Spaß fängt erst an, als Sarah einen Bericht über Dupree schreiben soll, da er das Aushängeschild der New Yorker Brustkrebshilfe ist, für die sie arbeitet. Zwar mag Sarah keine arroganten, großmäuligen und aufdringlichen Typen, aber das ist Dupree ja auch eigentlich gar nicht ...

Seitenzahl: 342

„Kein Mann für die Ersatzbank“ (Band 6)
(Kurzroman)

erschienen im Februar 2014

Bobby O'Connor ist alles, was man sein muss, um erfolgreicher Sportagent zu sein - Kumpeltyp, großmäulig, blitzgescheit und extrem tough! Nur ist Bobby O'Connor kein Typ, sondern eine Frau. Eine Frau, die sich problemlos in dieser Männerdomäne durchsetzt und sogar mit verknallten Footballspielern umgehen kann. Jack Armstrong lernt die coole Sportagentin kennen und wird sehr schnell ihr bester Kumpel. Wenn er mit ihr zusammen ist, vergisst er manchmal sogar, dass sie eine Frau ist. Doch plötzlich kann er gar nicht anders, als daran zu denken, dass sie eine Frau ist - eine süße und extrem anziehende Frau ...

Seitenzahl: 216

„Unverhofft verliebt“ (Band 7)

erschienen im März 2014

Mit den Männern klappt es einfach nicht! Frustriert muss Claire erkennen, dass sie nicht der Typ Frau ist, den Männer heiraten wollen. Schön und gut ... sie haben nichts gegen einen Flirt mit der umwerfenden Rothaarigen einzuwenden und sind auch ganz sicher nicht abgeneigt, ihr das Kleid vom kurvenreichen Körper zu schälen, aber eine langfristige Beziehung scheint in weiter Ferne zu liegen. Doch Claire hat die Nase voll davon, nach Mr. Perfect zu suchen, und beschließt, auch ohne einen Mann an ihrer Seite das Glück zu finden und ein Baby zu bekommen. Wozu gibt es schließlich Samenbanken? Wenn sich Frauen mit Kreditkarten Schuhe und Taschen kaufen können, dann sollte es doch auch möglich sein, diese für den Kinderwunsch zu benutzen! Ihr Entschluss steht fest, doch dann hat ein One-Night-Stand mit dem wortkargen Grant Folgen, die den Einsatz der Kreditkarte unnötig machen ...

Seitenzahl: 307

„Auszeit für die Liebe“ (Band 8)

erschienen 8. Mai 2014

Sieg auf der ganzen Linie! Quinn Atherton hat alles, was ein Mann braucht, um ein verdammt cooler Typ zu sein. Zum einen lebt er den Traum eines jeden Amerikaners – er ist Profi-Footballspieler und kassiert Millionen dafür, dass er mit einem Lederball unter dem Arm über ein Spielfeld rennen darf, während ihm Tausende von begeisterten Zuschauern zujubeln. Zum anderen umschwärmen ihn heiße Groupies, die schneller ihre BHs öffnen können, als er das Wort Touchdown überhaupt über die Lippen bringen kann. Doch Quinn hat ein Problem. Er hat nämlich keine Lust, sich die Zeit mit Groupies zu vertreiben, sondern will seine Frau zurück - seine entzückende und streitlustige Frau Bryce, die ihn vor die Tür gesetzt und die Scheidung eingereicht hat. Eigentlich hat er keine Probleme, das weibliche Geschlecht um den Finger zu wickeln, doch Bryce stellt die Ohren auf Durchzug und ignoriert seine Entschuldigungen rigoros. Aber die Liebe ist wie ein Footballspiel. Wenn man eine Chance sieht, zögert man nicht lange und rennt einfach los.

Seitenzahl: 370

„Hände weg vom Quarterback“ (Band 10)

erschienen im Juli 2014

Mitch Cahill war ein grandioser Quarterback und gefeierter Footballgott, der alles besaß, was er sich nur hätte wünschen können. Doch einige Auswärtsspiele, Groupies und eine Knieverletzung später ist er geschieden und muss sich vom Profifootball sowie von den New York Titans verabschieden. Letzteres macht ihm nichts aus, aber die Trennung von seiner Exfrau hat er auch nach vier Jahren kaum verwunden und tut sich schwer damit, wieder eine Beziehung einzugehen. Dank eines Postens als Geschäftsführer in seinem alten Verein ist er jedoch so abgelenkt, dass sein Liebesleben kaum von Belang für ihn ist. Vor allem als er bei der Arbeit mit Avery Lancaster aneinandergerät, schweifen seine Gedanken immer wieder zu der herrischen und unbeschreiblich hübschen Frau ab, die ihn bei ihrer ersten Begegnung einen abgehalfterten Ex-Footballspieler genannt hat. Es widerstrebt ihm aus tiefstem Herzen, mit dieser Furie zusammenzuarbeiten, doch es bleibt ihm nichts anderes übrig. Sobald Mitch erkennt, wie sie wirklich ist, und er ihre weiche Seite entdeckt, ist er hin und weg. Aber schafft er es auch, Averys Vertrauen zu gewinnen?

Seitenzahl: 355

„Küss mich, du Vollidiot“ (Band 10)

erschienen im Oktober 2014

Blake O’Neill ist ein Rüpel, ein Macho, ein widerlicher Kerl ... ein Footballspieler! Madison kann ihren Abscheu gegen ihn gar nicht in Worte fassen und versteht nicht, warum der Schwachkopf kein Nein von ihr akzeptiert. Seit er sie vor den Augen unzähliger Menschen zu Tode blamiert hat, wird sie ihn einfach nicht mehr los und fährt schwere Geschütze auf, um ihm klarzumachen, dass sie kein Interesse an einem oberflächlichen, großkotzigen und selbstherrlichen Typen wie ihm hat. Außerdem hat sie ganz andere Sorgen, als ihre Zeit damit zu verschwenden, seinen Flirtversuchen aus dem Weg zu gehen. Selbst als sie erkennt, was hinter seiner Fassade steckt, und sich ein Funke Mitleid in ihr regt, ändert das nicht ihre Meinung über ihn. Oder doch?

Seitenzahl: 317

Impressum

Poppy J. Anderson
c/o copywrite Literaturagentur
Georg Simader
Woogstr. 43
60431 Frankfurt

Es werden grundsätzlich keine Pakete angenommen!

34021646R00190

Printed in Poland
by Amazon Fulfillment
Poland Sp. z o.o., Wrocław